醫仙地主婆

5

完

月色如華 著

風文創 207

目錄

第六十章

對於名朝皇宮，林小寧曾看過其外的輝煌雄偉，如今卻是真的入了裡面，才知道，自己的品味並不像所想的那般有格有調。

皇宮花園，各種百花爭妍，綠葉新枝，垂柳青嫩，一步一景，一景一步，神聖工巧，備出天造。她曾去過的所有府中的花園，早前蘇府、太傅府，還有胡大人府中，都相形見絀，醫仙府、林府就不提了，提了丟人。

望仔與火兒在寧王懷中與肩膀上跳著，吱叫著，興奮得很。牠們只要寧王在，更願意在寧王身上待著，寧王的肩寬闊，更穩當舒適。

林小寧坐在軟輦上，對同行軟輦上，逗著望仔的寧王訕然笑道：「你從前去桃村時，還老愛逛我府裡的花園，真不知我林府的花園是哪裡入了你的眼。」

寧王奇道：「妳何出此言？這園子豈能與林府相比，只是天下最有名的園藝師打理出來的，又能如何？不過是煞費匠心、媚俗之氣。豈能像林府那般，稍加打理便自成風光，四季青蔥，那等寶地熏習之氣，才是真風景。」

好吧，她又無品了，又丟人了！

林小寧乾笑了兩聲。

寧王不覺，笑道：「早前一直納悶，妳不缺銀子，為何獨愛棉布，後來才明白，正如林府的園子一樣，絲綢錦帛華麗錦繡，反而蓋住了身上獨特，唯有棉布如平性藥材，豔者豔，素者素，正與妳相映成輝，如活物一般有了性命，妙不可言。」

她這是喜好，只是個人喜好而已。

林小寧乾巴巴地笑著。

荷花走在軟輦邊，對林小寧與寧王的交流充耳不聞，神情嚴肅，不苟言笑。

寧王看到林小寧與荷花的神情，輕輕笑道：「我母后與皇兄待我極親。」待他親，自然就待他的心愛之人親，不要緊張。

林小寧是緊張，笑容都有些假了。她深吸一口氣，回給寧王一個微笑。

荷花也放鬆了表情。

太后正在自己宮中前殿裡，與皇后雙雙坐著飲茶，大黃蹲在一側，下巴靠在她的腿上，深情地看著她。

太后輕輕摸著大黃的腦袋，慢慢品著茶。寧王與林小寧一入宮門就有人快步前來報，她懷著不明的情緒品茶候著。這個將要為軒兒擋難的女子，也得了軒兒的真情，還與軒兒同一天命之星，到底是個怎樣的女子？

皇后也是滿腹心思。此女到底是個怎樣的女子？聽說既無絕色之姿，又無才情橫溢，竟然得了六弟的歡心。六弟此人一向挑剔，當年那前王妃是名朝第一絕色，是真正的傾國傾城之貌！小表妹纖兒、工部侍郎的嫡長女，京城屈指可數的幾位美貌才情無雙的閨中女子，哪個比不過前王妃，差的不是一星半點兒，骨子裡就沒有前王妃的那樣傲然大氣。

那是自小就知道容貌就是武器的傲然。

前王妃那等天姿，若不是六弟看中娶了回去，若是入了後宮，怕她這后位保不保得住都說不準。哪知道她竟然是奸細，好好的寧王妃放著一身的尊榮不享，非要做奸細，真是費解，真為那樣的容貌可惜。

太后還沒來得及放下手中的茶盅，大黃就警覺地抬起腦袋，發出興奮的嗚聲，甩著尾巴就衝出去了，太后又嗔又笑道：「軒兒來了，這個大黃啊，靈得很。」

皇后笑道：「大黃親六弟呢，不過，更親母后您。」

兩個軟輦在太后殿前不遠處停下了，寧王與林小寧才一下軟輦，只聽得汪汪汪的興奮叫聲，大黃跑得飛快，一下衝進了林小寧的懷中，林小寧差點被大黃撲了一個後踉蹌，寧王眼明手快地忙扶住。

「大黃。」林小寧笑道，抱著大黃用下巴蹭了蹭牠的腦袋，大黃開心得發抖，不停地狂甩著尾巴。

望仔與火兒從寧王身上跳下來，站到大黃的腦袋上，揪著大黃的毛髮吱吱亂叫著，一臉快活。

緊跟著大黃跑出來的小陸子看到這一幕，忙給兩人行禮，禮畢後，小心地靠近大黃道：「大黃，來，過來。」

大黃理也不理，只顧在寧王與林小寧身邊打著轉，而望仔揪著大黃的毛手舞足蹈，把小陸子看得倒抽一口冷氣。

寧王大笑不已。「好大黃，還記得丫頭與望仔呢。」

林小寧笑笑。「望仔，告訴大黃，收著點，這可是在宮裡，不得失禮。」

望仔神氣地對大黃叫了幾聲，大黃便安靜下來，但仍是興奮地吐著舌頭、哈著氣。

小陸子的牙都疼了，這要是把大黃的毛給揪下一撮來，那可是掉腦袋的大事！小陸子彎著腰，陪著笑，一臉討好對望仔道：「小望仔，來，我抱抱。」

望仔對小陸子齜了齜牙，小陸子被齜得不敢上前，只好又討好的對大黃說道：「大黃，我帶你去逛園子撲蝴蝶如何？」

嘴中說著，眼睛卻離不開望仔爪子中那撮大黃脖子上的毛。

林小寧忍耐不住笑起來。「小陸子，你可是怕望仔欺負大黃？你又不是不知道牠們以前就這樣相處的，親熱著呢。」

寧王了然笑笑。「小陸子你別緊張，有什麼事我擔著，一邊跟著。」

小陸子擦了擦腦門子上的細汗。「六王爺，林小姐，這……這大黃的毛……」

林小寧笑道：「一撮毛而已，大黃又不計較這些，你倒心疼了。」

寧王笑著俯身低語。「還沒來得及告訴丫頭，現在大黃今非昔比了，封了子爵，少了一根毫毛，那可是茲事體大……」

林小寧生生被嗆了一口笑，嗆得胸口疼得不行。太后宮殿在前，不敢失禮，強忍著，低聲笑問：「大黃可是母狗，怎麼封子爵啊？」

「母后要這樣封，哪管是男是女，是公是母呢？還說大黃不能生育了，不然還要世襲。」寧王笑著回答。

林小寧胸口又疼了，連嗓子都嗆疼了，好一會兒才微笑道：「望仔，不許揪大黃的毛，乖乖的。」

望仔吱吱叫了幾聲，大黃很是狗腿地汪汪了幾下，望仔才不屑地放開爪子。

小陸子心中大鬆一口氣。「謝林小姐，謝林小姐。」他迭聲謝過，一邊慌慌張張地掏出一把稀疏粗齒牛骨梳，小心翼翼地把大黃脖間厚毛梳了梳。

望仔無趣得很，拉著火兒就又跳回到寧王肩膀上，對大黃齜牙吱了幾聲，大黃可憐巴巴地垂頭低嗚了兩聲。

小陸子看得心驚肉跳，心中哀嘆著：我的大黃姑奶奶，您如今怎麼成這副狗腿模樣了？我求求您了，趕緊抬頭，您可是爵爺，您失了身分事小，我的屁股開花事大啊！

林小寧看著大黃那喪氣的模樣，歡心疼愛地摸了摸大黃毛光水滑的背部。「大黃啊，別理望仔，牠是小壞蛋，就知道欺負人，就你實誠，聽牠的。」

小陸子又是一腦門子的汗。我的天爺爺，大黃姑奶奶實誠？那就是一條大精狗，比人都精，不知道多懂恃寵而驕的道理，牠要實誠，明日的太陽打西邊出來。

「是，大黃是實誠。」寧王笑著認同，無比寵愛地摸了摸大黃的腦袋，指指望仔道：「別理這個小壞蛋，你如今是子爵了，得像個子爵的樣子。」

大黃被林小寧與寧王一哄，腦袋終於抬起來了，昂首闊步地走在兩人中間，向太后殿內走去。

到了太后殿前，荷花把手中捧著的三個精緻木匣子遞過來，小聲道：「小姐，婢子在外候著。」

這些禮節，昨天胡夫人私下交代了一下，林小寧點點頭，接過木匣子，與寧王入了殿中。

這是林小寧第一次入宮。就是前世時，北京的紫禁城也沒去參觀過，只在電視電影上見過。

現在看來，電視實在是小氣了些，那些小屋小房的，儘管處處精緻無比，卻過於小家子氣，哪裡像太后皇后所居之處？唯有記憶中，「末代皇帝」的電影裡，溥儀與婉容大婚時，那樣的大殿才吻合。

只是電影因為鏡頭畫面，那大婚的殿內空蕩蕩的，一張大榻在其中，是暗喻了兩人的命運。

可現下，巨大的前殿撲面而來的奢華讓林小寧心中嘆息，太后與皇后正端坐在正副座，兩個女人一老一少，均是華服盛裝。皇后生得國色天香，如牡丹般盛豔，貴氣逼人。

太后雖然年歲有五十多，但保養得實在是好，看上去最多四十，一身尊貴之氣如殿內陳設，迎面而來。

太后看了看林小寧與寧王，還有中間的大黃，又看了看寧王肩膀上的望仔與火兒。最後，目光又落到了林小寧身上。

她的眼神不怒自威。鳳目生威說的就是這樣，是久居高位後那種骨子裡的尊貴與自信，是開口可定富貴的權力。

此時，皇后心中無限懷疑，這個女子就是將來的寧王妃？看其打扮，如此普通，一身素色棉布上衣，下面是赭色布裙，頭髮綰了個少女髮髻，只插了一根釵子，看著成色是不錯。果真只是中等之姿，端莊秀麗，雖是美人，卻怎能比得京城那些才貌雙全的女子？不過此女素淨似蓮，氣質說不上來是雅致還是從容，難以形容，可就是這樣，也不過爾爾，六王爺到底是相中了她哪一點啊？

此時太后心中微微驚訝。此女雖無絕色，可往殿中一立，獨特非凡，這等氣質難以言表，只能說若是放在後宮萬千佳麗，國色天姿，或豔或雅，或濃或淡，或濁或清中，無論是哪個人，只會一眼落到她身上。

難怪軒兒喜歡。

林小寧手中捧著三個木匣子，迎接著太后與皇后的打量，走上前來。

太后身側的宮女便前來接過木匣子。

林小寧暗自鬆口氣，按昨天胡夫人私下教授的規矩，行了一禮道：「民女林小寧拜見太后娘娘、皇后娘娘，太后娘娘安好，皇后娘娘安好。」

「起來吧。」太后笑咪咪道。

寧王笑道：「母后，丫頭有心將去年採得的三株千年藥材獻來，兩朵靈芝是孝敬給母后與皇后的，一株人參是獻給皇兄的。」

皇后眼神微微一驚，復又平靜道：「是去年母后所服那等年分的靈芝嗎？確是千載難逢的寶物，母后服後眼見著年輕好多，氣色也好。」

寧王笑道：「正是。」

太后笑道：「林小姐有心了。這等寶物，天下難尋啊。」

「太后娘娘，皇后娘娘，再難尋也是名朝土地上的寶物。」

林小寧恭敬地只說了這一句，再多說則有巧言令色之嫌，不說又讓人生出木訥之感。

太后與皇后對視一眼。此女厲害，一句話，什麼意思都表明了，毫無獻媚之態，又無失禮之處。

太后笑道：「林小姐，來，過來。」

林小寧略有些拘謹地上前，太后手一動，一枝口含明珠的鳳釵便取了下來，簪到了林小寧頭上。

「謝太后娘娘。」林小寧恭敬道。

皇后笑道：「林小姐，我也為妳準備了見面禮。」身側的宮女便將小几前的托盤掀開，裡面是一串東珠細鍊子，皇后拿起東珠項鍊，親自為林小寧戴上。

「謝皇后娘娘。」林小寧仍是恭敬說道。

大黃看了看幾人，上前與太后撒嬌，又對著林小寧與寧王汪汪叫著，然後又衝太后汪汪叫著。

太后笑道：「大黃心疼舊主，怕你們站得辛苦了，林小姐入座吧。」

「謝太后娘娘。」林小寧恭敬隨寧王入了側座。

立刻有宮女前來斟茶。

望仔與火兒聞香，從寧王肩上跳到寧王懷中，指著茶吱吱叫著。寧王笑道：「再給這兩個小傢伙泡兩盅。」

太后與皇后被望仔、火兒此舉完全吸引住了。

「軒兒，這兩隻狐狸要喝茶？」

寧王笑道：「看樣子是呢。」

望仔一聽太后開口，不停點頭。

「天，這隻白的聽得懂人話！」太后與皇后驚訝道。
「是的，母后，這雪狐極靈慧，聽得懂人話，與大黃一樣，只是大黃不知道點頭而已。」
「可不是嘛，」太后笑著摸著大黃道：「大黃聰慧著呢。」
宮女又斟上兩盅茶，好奇不已地看著望仔與火兒。
太后笑問：「林小姐，這狐狸是妳養的？」
「是的，太后娘娘，民女兄長在山上陷阱裡看到的，便留著給民女養著好玩。聰慧倒是有些，只是性子頑皮，從前與大黃也是一起玩的，很是想念大黃，所以今日六王爺才帶牠們倆入宮來見見大黃。」林小寧這時才放鬆下來，微笑著說道。
大黃聽林小寧喊牠的名字，便圍著林小寧打轉，興奮直哈氣。
林小寧心中對望仔道：叫大黃不要黏我，太后在呢，別惹來不必要的麻煩，讓牠與太后和六王爺多親近。
望仔吱吱叫著，大黃安靜下來，回到太后身邊。
「這狐狸長得實在機靈，那隻紅的，是火狐吧，媚得很，可是母的？」太后摸著大黃的毛髮笑問。
「太后娘娘實在是慧眼，正是，火狐名叫火兒，銀狐名叫望仔，火兒是望仔從山上尋來的伴侶，是後來才來的。」林小寧答道。

「母后，丫頭人善，看活物，這些動物都靈得很，心裡清楚著呢。」寧王笑言。

「我看正是，動物看人比人看人準。」太后笑道。

這時，望仔與火兒在寧王懷裡急不可耐地跳著，大黃討好地又過來搖著尾巴，望仔爪子指著茶盅，大黃汪汪叫了兩聲，望仔與火兒又吱叫著，大黃便蹲坐在寧王身側。

太后樂壞了。「這兩隻狐狸在和大黃說話呢。」

寧王笑道：「是啊，望仔急著要喝茶，大黃說茶太燙了，望仔牠們又說，讓大黃在這兒待著，一會兒不燙時，一起喝。」

太后驚道：「軒兒聽得懂牠們說話？」

寧王失笑。「母后，兒臣是猜的，不過也八九不離十。」

望仔又點點頭。

太后更歡樂了。「牠在說你猜得對呢，是不是？望仔。」

望仔便衝太后點點頭。

太后開心極了。「等茶溫了，我看牠怎麼喝茶，太有趣了。」

皇后有些不自在，怎麼一隻狐狸就把太后給逗得這麼開心？母后真是老了，越老就越喜歡這些小孩的事物，但還是投其所好地笑道：「母后，這兩隻小狐狸有趣得緊，不如留在宮中幾天陪大黃玩玩……」

林小寧心中一驚。

「母后有大黃就夠了，大黃性子順，這兩傢伙是野東西，養不住的，平時裡也是牠們自己玩耍著，餓了、睏了才知道回來，別把大黃給帶歪了。」寧王淡然說道。

皇后有些訕訕地笑著。「原是覺得牠們是玩伴，相互惦念著，那就多玩幾日也是好的。」

寧王笑道：「如今望仔與火兒知道大黃在宮中，想見大黃，那牠們自己就能來玩。牠們性子自由得很，與大黃不同，大黃身體雖然好，但到底年歲大了，算下來都十歲了，身邊不能離人，而望仔與火兒卻是人管不住的。」

太后不接皇后之話，對寧王柔聲笑道：「我兒所言正是。太醫說，如果伺候得好的話，像大黃這樣的狗，能活到十五年的樣子，但是又說，依大黃目前的身體，活上二十幾年都可能，只是要精心伺候，所以大黃身邊不能離人，我要牠一直陪著我。」

太后說完，寵愛地看著大黃。「大黃啊，你說是不是？」

望仔，讓大黃以後精著些，對太后說話要應，要討好。林小寧心中又對望仔吩咐。

望仔還沒開口，大黃便自知危機地汪汪叫了兩聲。

林小寧心中暗笑，大黃的確夠精了，不然能受寵至此嗎？狗封子爵，自古第一例，看來自己是多心了。

太后驕傲笑道：「軒兒，你看，大黃也是知道回答的，大黃聰明著呢，就只是不會點頭而已。」

寧王笑道：「可不是嗎？大黃這性子黏人，又聰明，兒臣征戰，一離府就是一年半載，大黃理當跟著母后，這才是大黃的歸宿。」

大黃又對太后黏著，用爪子撥弄著太后的手，討要撫摸。

太后默認，又笑咪咪地摸著大黃，笑容中有些說不清的意味，似對峙一樣，宣告大黃的歸屬。

林小寧一陣汗流浹背。

這是婆媳開戰的第一仗？自古都是如此，再智慧高貴的女人，對兒媳也仍是有著莫名的敵意，看她對皇后的態度就能感覺出來。皇后與太后，兩人之間有些莫名的氣氛。就連寧王，剛才對皇后話中也並不十分恭敬，到底是女子如衣，今日是皇后，明日或許就是棄妃。

寧王不動聲色笑著，拿起為望仔泡的茶盅，開蓋吹了吹。「嗯，還要再等等才行。」

寧王一動茶盅蓋，望仔就露出敬畏的表情。

太后奇道：「這、這表情是什麼意思？」

林小寧恭敬解惑。「太后娘娘不知，望仔與火兒獨愛這雲霧茶，並且對此茶敬畏有加，我猜想此茶太珍貴難獲，牠們心中是知道的。」

太后一聽更奇。「這狐狸真是靈啊，竟然知道這茶珍貴難獲，還知道對茶敬畏。」

大黃這時有些不高興了，對望仔嗚嗚叫著，望仔齜牙咧嘴地凶著，寧王忙摸著大黃道：「好大黃，母后只是看著牠們個頭小，好玩，不是不喜歡你了。」

太后看到大黃這樣，頓時柔聲道：「大黃，來，我餵你喝茶，我這盅茶不燙……」

林小寧心裡冷汗直流，心道：大黃還好，仍那麼聽望仔的話，沒怎麼黏我，好大黃啊好大黃，這等狗腿性子真是解了我的圍，若是當著太后的面與我親近不已，那太后肯定酸得很……

大黃聽到太后招呼，便過去，前腳趴在太后的座位邊上，太后笑咪咪，一臉慈祥地拿起自己那杯茶盅，遞到大黃嘴邊，大黃的舌頭一伸，幾下喝了個乾淨，喝完後又用腦袋側過來，在太后的腿上蹭了蹭，表示感謝與討好。

太后開心得呵呵直笑。「之前可一直不知道大黃愛喝茶呢，既是大黃愛喝，給小陸子一罐，每日伺候幾盅就是。不過還得問問太醫，大黃這身體，得喝什麼樣的濃淡程度、一日能喝幾盅？不可過貪，知道嗎？大黃。」

大黃溫柔地坐在太后腿邊，汪汪又叫了兩聲，然後對望仔也汪汪叫了兩聲。

望仔與火兒看到大黃有得喝，急得上竄下跳，寧王只好失笑哄道：「不許鬧，不然沒得喝，茶太燙了。」

宮女忍著笑，給太后換上乾淨的茶盅，又斟上一盅茶。

終於等到望仔與火兒的茶溫了，寧王把茶蓋拿開，望仔與火兒就急急地把尖尖的嘴伸到茶盅裡，先是喝了一口，仰著小腦袋享受了一會兒，然後就三兩下喝了個乾淨，然後滿足地吱吱叫著。

大黃一聽就汪汪叫著，望仔與火兒就蹦到大黃背上，大黃對太后汪汪了兩聲，便揹著兩隻小狐狸出了殿。

太后樂得不行。「到底是舊日相識，大黃太聰明了，帶牠們逛園子去了，去看看，小陸子跟著沒？」

宮女笑著回道：「太后娘娘放心，小陸子在殿門口候著，大黃一出殿門，跟得緊緊的呢。」

「嗯，小陸子是個放心的，不枉我提拔他一場。」太后悠然道。

皇后笑道：「小陸子與大黃是跟對了母后，這小陸子現在可是神氣得很哪。」

太后笑笑。「神不神氣不說，只說他盡心伺候大黃，我就得提他，現在像小陸子這樣人前人後一個模樣的太少了，到底伺候的不是人，大黃性子好，就是受了委屈也不會告狀，我怎麼放心把大黃交給旁人？」

林小寧心中又是一陣嘆息。豪門的生活與觀念，她是理解不了的。

太后笑著說完又道：「林小姐，妳是華佗術傳人，醫術過人，還有心法，也給我看看吧。」

「民女不敢與太醫同論醫術。」林小寧直抽冷氣，恭敬道。

寧王鼓勵笑道：「丫頭，母后一早就想讓妳給她看看，宮裡的太醫雖然把母后調養得不錯，但換個人看，許是能看出不同的來。」

脈。

「那……民女斗膽獻醜了。」林小寧恭敬說道。

宮女輕笑搬來矮凳，用一方絲帕蓋住太后的腕，林小寧又施禮後才坐到凳上，輕輕號脈。

太后笑道：「軒兒，林小姐的心法在太醫院盛傳，我一直好奇，這心法之說玄得很，無字無書、無證無據，卻使太醫們津津樂道，必有其神妙之處啊。」

林小寧閉眼號脈，輕輕回答道：「太后娘娘，心法說得直白些，便是醫者之境，說是玄，卻也簡單。」

皇后笑道：「當初林小姐與曾嬤嬤一席話，讓她得了心法，那席話我們聽了卻有些似懂非懂，似明非明……」

林小寧恭敬道：「皇后娘娘，那篇話是正巧對治當時嬤嬤的作為，並不是心法本身，而是以此番話通了她的心門，才得悟心法。」

太后笑問：「前前後後是怎麼個緣由？林小姐，說來聽聽。」

林小寧便把當時曾嬤嬤對藥坊製藥流程拆分，以便殘疾舊兵製藥的不屑婉轉說了。然後道：「這等行為，若是放在太醫院的確是大不敬，但放在傷藥坊，卻是不同。那些人曾是兵，如今身體不全，仍能為自己掙下安寧生活，又為戰場兵將們製作成藥，這也是為自己前身做藥，為著自己的輝煌戰績，英雄時刻，為著自己的傷痛做藥……」

太后與皇后沈默不語。

「所以民女才說了地面淨與不淨之話，嫣嫣心門已通，一點就開，自然得了心法。」林小寧又輕聲說道。

寧王但笑不語。

太后沈思許久。「原是這麼個原由，再一想地面髒與淨，果真如此！」

皇后沈吟道：「確是妙，怪不得當初說心法從來沒有，心法又無處不在。心法由境而生，原是這樣……」

林小寧極為恭敬地號完脈，抬眼看著寧王。

寧王大剌剌地坐在太后身邊，四人成一圈。「丫頭，母后的身體可還好？」

林小寧心裡只恨不能馬上回醫仙府，與皇室打交道實在是太難，一句話得要思前想後許多，生怕哪兒說得不對。可以後要常打交道的，太多的規矩得慢慢學習了，都說女子為愛飛蛾撲火，可不正是如此嗎？太后與皇后，兩人之間的暗流是不需要理由的，將來自己也會是太后的天敵。

「太后娘娘的身體康健，只是脾土蘊化稍差一些，是木鬱土濕之症。還有，經絡似乎不大通順，我處個方子，回頭讓太醫看看，做些添減。」林小寧恭敬道。

太后不動聲色道：「林小姐的醫術的確是奇。」便不再多言。

林小寧有些緊張，不知道到底是對還是錯，這感覺讓她極難堪。這是什麼，考驗自己有幾把刷子嗎？然後發現與想像的落差不大？

太后又道：「林小姐處方吧，也不用太醫添減了，我倒是想吃吃妳的方子。」

「謝太后娘娘信任。」林小寧有些臨上刑場的悲壯。

宮女很快就把文房四寶伺候好，林小寧對寧王使了個眼色。

寧王笑道：「母后的方子，兒要親自來寫。」

太后不動聲色，笑著點頭。

皇后心中暗道：還不知道會不會寫字呢，這等鄉野女子。

林小寧起身磨墨，寧王笑把茶盅的剩茶倒進硯中，林小寧看了寧王一眼，拿起墨條磨著。

寧王回視溫柔一笑。

皇后暗道：六王爺與這女子是情投意合，眼神交流竟是那般動人。

太后心想，這女子近前時，身上氣味聞著極為舒適，如同和順大和尚，雖然氣味完全不同，但舒適感是一樣的。木鬱土濕之症，這丫頭所診一半是對的，她這些年一直是肝鬱、腎虛之症，且讓她處方，給軒兒一個臉面，喝不喝是另一回事了。

林小寧輕輕報著方子，寧王提筆而書。

寧王書寫完畢，微笑道：「母后，這方子您服用幾日，便知丫頭的醫術之奇了。」

林小寧心中冷汗淋漓。她一個從醫不過十年的女子，怎能與宮中太醫相比？

寧王卻是信任無比地看著方子道：「丫頭開方從不猶豫，不像太醫們，商議半天，才處得一個方子。」

皇后欲言又止。

林小寧道：「可讓太醫察看，做添減，民女到底年歲小，又不曾瞭解太后娘娘的體質。」

太后笑道：「不必添減，方才說的，我就是想吃妳的方子。」

到了中午時分，皇帝前來用膳，林小寧終於見到了天下最尊貴的男子——名朝天子。皇帝的模樣和寧王有相像之處，雖然不如寧王那般帥，但威嚴內斂穩重，讓人不敢正視。到底是帝王之氣，這樣近地接觸天子，林小寧惶恐不已，極力克制著，便行大禮。

皇帝虛扶一把，阻止了。「到明年就是一家人了，還客氣這些禮節作甚？六弟，引你未來的王妃入座吧。」

然後，又細細打量端坐著的林小寧。

她會幫六弟擋難，會失掉性命，六弟與她並不知道他們將來的命運。這個從去年就一直聽聞的女子，實在是個別具一格的女子，做的所有的事，都可為史書添彩，若是她香消玉殞，定會讓史官為她立傳。

她端坐在下方，無一絲貴氣，可氣場卻是說不出的自信，那布裙散開在座位上，竟彷彿有話可說……說的是什麼？

林小寧被皇帝打量得有些不大自在，寧王輕咳一聲。

皇帝笑道：「醫仙小姐之名從去年不斷聽聞，今日一見，的確獨特非凡。」

寧王自豪地笑著。「皇兄慧眼。」

宮女輕聲上前問道：「太后娘娘，御膳房來問，可要現在傳膳？可要備酒？」

皇后笑道：「母后、皇上、六弟、林小姐，今日也算是家宴，便不拘什麼禮節，現在入席傳膳如何？」

林小寧頭有些暈了，只覺得這麼長時間下來，她的精神有些恍惚了。

寧王笑道：「也好，不過丫頭酒量不行，中午飲酒更易醉，酒還是改天喝吧。」

皇帝溫和笑道：「那就改天吧，林小姐初次入宮必有許多不適應，大婚後，皇后與林小姐便是妯娌，今日之後可多走動，多陪陪母后。」

宮女應聲退下，皇后也笑著稱是。

林小寧暗鬆一口氣。

飯席間，太后體貼又溫和地問著林小寧家中成員，林小寧恭敬回答。

皇帝只對從桃村拉回來的糧種感興趣，說著在京郊試種的情況，又問著增產的秘訣。

林小寧禮貌微笑道：「回皇上，是當初民女師父傳華佗術時，還傳了這一招，配出的藥水來改善糧食的生長，以能增產，但這水實難配得，成本極高，是費盡心力，只為得良種之法。只有用這糧種，還能保持這樣的高產，才是真正的好事。」

皇帝心中嘆息，這等女子，明明是名朝的福星，卻是注定要殞落。依著六弟的性子，將來怕是得孤獨一生。

席間，太后、皇后、皇帝各懷心思，卻又滴水不漏，誰也不能察覺。一席御膳吃得林小寧如坐針氈，胸前背心都是汗，被規矩累的。

寧王儘管了然於胸，卻只能給她安撫鼓勵的微笑。

林小寧心知，這個時候，寧王是無法拉著她一起輕鬆自在的，這個時候是要她去面對。如同前世女子初到男友家必要洗碗一般，男人則會理所當然地看著電視。

便是作戲，也只這幾回。

好不容易吃完，太后飲著香茶，笑咪咪道：「騰兒，林小姐這次前來又送了三株千年藥材來了，兩朵靈芝是給我與皇后，一株人參是給你的，實在是有心。」

皇帝笑道：「林小姐不僅有心，也是奇緣不斷，這等千年藥材，竟然屢屢獲得，又每每獻入宮中，林家其心忠厚可嘉。林小姐，朕昨日已頒召，封妳爺爺為安樂侯，三代後每降一等承襲。」

林小寧心中狂喜，忙施禮謝恩。寧王含笑阻住。

皇帝揮揮手，善意笑道：「不必多禮，還是那句話，都是一家人。這是鎮國將軍與六弟為林家請的功，其實我也早有此意，林家理當封侯。」

皇后笑道：「正是，光獻千年寶藥都多少了，皇上，之前林小姐還給母后處了方子，可是六弟親書的呢。」

寧王笑言。「丫頭處方，我書寫，為母后盡孝，可不正是佳話？」

太后樂呵呵地笑著，一派子媳孝、母親慈的風光。

「母后讓林小姐開方可真是對了，聽聞胡兆祥的頑疾就是她一個方子根治的，實是太醫院那幫人做不到的。一個方子根治，真是了不得。」皇帝朗聲笑道。

「可不正是嘛，一會兒就把方子送去太醫院，今晚的湯藥按此方配。」太后悠然笑道。

林小寧的方子被送到太醫院後沒人當回事。宮女心知太后只是不忍拂了皇上與六王爺的面子，太醫們卻暗笑這方子根本不對太后娘娘的症，這醫仙小姐，也就是得了開膛破肚的華佗術，其他不過爾爾。

當然，就是配好藥煎來，太后也不會喝。林小寧的方子在她眼中，不過就是一個應酬的小藉口而已，雖然聽聞她的心法之說，的確是妙，可說歸說，做歸做，多少會說的文臣，謀略非凡，但能真正帶兵作戰嗎？她也一樣，一個十五歲的丫頭的處方，哪個人敢服？

於是，這張寧王親筆書寫的方子就留在太醫院落塵沾灰。

直到一個多月後，太醫院使看到這張方子，細細觀後才驚覺，或許太后娘娘的主症根本就是中土不蘊，腎虛只是表症？這麼一想，竟然越發覺得正確，不然太后身體多年都一直不大有起色，還是去年服了靈芝才好了許多，又因為老是遛大黃，走動多了，少不得又好了許多，可病根卻未除……遂提筆添減一番，配好藥送去太后服用，一週後，太后脈象便大好。

太醫院使這才小心翼翼地將實情對太后和盤托出——這是醫仙林小姐所處的那張方子做

了添減。

那時，林小寧的身分正尷尬無比。太醫院使小心斟酌字句道：「太后娘娘，從方子看出，這醫仙小姐處方能力並不出色，甚至很是一般，但辨症卻極為了得，慚愧我們太醫院卻是當局者迷。醫仙小姐華佗術是破局之術，出奇制勝，她的處方也是這般，以破局制勝，這樣的醫術，奇則奇，卻根基不穩，難免有投機取巧之嫌。這等方子偶爾用很是不錯，若是長期用，是自誤之舉，可是……這等天賦在此，若是再潛心習醫十年、二十年，當真會不同凡響……」

太后聽聞不語，良久才道：「如今，還提她作甚？」

第六十一章

出了宮後，林小寧才長吁一氣，對寧王嬌嗔道：「以後能不能少進宮，我實在不適應那些規矩，太嚇人了。」

寧王呵呵笑道：「妳以後與我在王府居住，只是年節與初一、十五才入宮，不會拘著妳的，瞧妳這點出息。」

「我就是沒出息，我本是鄉野丫頭一個。」林小寧賭氣道。

荷花心中卻怦怦激動著，興奮地眼睛泛光，臉頰紅撲撲的。

太后殿裡她雖沒去，可宮女引她入了偏殿守候，真是奢華，午膳精緻無比，擺著就好看，都不敢下筷子，哪裡是人吃的啊？荷花狂喜著，她也入宮了，她一個婢子，也能入宮，還由宮女招待於她。

望仔與火兒則是吱吱叫著，稱讚著中午的膳食可口，是宮女與小陸子準備的，每個傢伙一盤小乳豬肉、一盤三個月的幼牛肉、一碗牛乳、一盤青菜，只是水煮，卻肉香滑嫩，美味無比。

林小寧氣道：「你們這兩個不要臉的，吃了御膳就忘本了，那裡規矩多，時間一長，就拘得你們喘不過氣來。」

寧王失笑。「妳不必遷怒於牠們，其實妳是不熟悉，慢慢就好了，我母后與皇兄待我好得很，不會為難妳的。」

林小寧不願意說話，只覺得累。

寧王笑著哄著。

林小寧唉了一口氣，又笑道：「沒吃飽，回府再吃。」

「好。」寧王笑道。

回到醫仙府一通忙碌，備好了一小桌席面。

林小寧與寧王入席，寧王笑道：「我陪妳吃。」

林小寧瞇眼道：「你個饕餮鬼，才吃完那麼多，中午在宮裡就數你吃得最多，你還吃。」

「那我看妳吃。」

「行。」

「荷花，去拿罈酒來，我喝酒看妳家小姐吃。」

「是，六王爺。」荷花笑著應道。

林小寧懶得理他，只覺得肚子餓得咕咕叫，狼吞虎嚥地吃著，也不說話，一大碗飯下去才緩過勁來，又喝了一碗湯，才嘆氣道：「終於飽了。」

寧王正拿著酒盅飲著，一直注視著林小寧的吃相，歡喜無比。見她用膳這樣凶猛，只覺得踏實，並無半點可笑之處。

林小寧抬眼看著寧王。「笑什麼，笑我之前在宮中那傻樣嗎？」

寧王笑道：「妳之前在宮中一切有禮有度，從容大方，沒見我母后與皇兄那般開心嗎？」

那是我會作戲好不好，作戲！林小寧心中暗道，又得意笑問：「可是真的從容大方？」

「當然，妳一向從容大方，處變不驚，有禮有度。」

林小寧有些飄起來的，溫柔笑道：「我陪你喝一盅。」

荷花上前斟酒，輕笑道：「小姐慢慢喝，不急的，吃到晚上再換晚席。」

「我的好荷花，就愛聽這樣的話。」林小寧笑道。

寧王也樂了。「荷花，妳叫車夫到鎮國將軍府中送信，說今天我不過去了，」又對林小寧溫柔道：「我陪妳喝到晚上，妳今天辛苦了。」

林小寧聽得此話，有些感動。「你對我真好，若是有事你就去吧，不用陪我的。」

「不是太重要的事，就是滑翔翼的事，鎮國將軍與安風在就行。」

「喔，滑翔翼什麼事？」

「可用於攻城，正大量趕製，一個個試用，千里、如風與小東西、小南瓜這幾日也是忙著每天送人去荒郊處。試用不能被人看到，得尋無人跡之處。」

「但一定不能有太多樹木啊，萬一被樹枝掛到就危險了。」

「在桃村時，妳都說了無數回了，這些都是知道的。」

林小寧笑道：「若是真有用，也算我沒白看那孤本。」

寧王拿著酒盅。「妳是我的福星，喝酒吧。」

林小寧笑著一飲而盡。

寧王再為林小寧斟滿酒，低聲道：「妳今天好酒興。」

「我今天百般心思取悅你母后、你皇兄、皇嫂，你開心吧？」林小寧笑問。

「開心。」寧王真誠說道。

「你知不知道，婆媳是天敵，不似丈母娘看女婿，越看越歡心。況且我算是攀高枝了，所以在你母后面前，我是不敢有半分放鬆，不像你在林家與我爺爺相處融洽。」林小寧的聲音有些委屈。

寧王暗道：我若不知，便不會白活這麼大了。皇后在太后面前，也是一直小心翼翼的。當初娶前王妃時，母后面上歡喜，暗地卻有所刁難，可真娶進門了，也就不再刻意刁難，對前王妃也不錯。母后之前是想讓她做側妃的，又突然轉變，今日母后初見她和顏悅色，就說母后看到她就會喜歡的，果真如此。不過皇兄對她好那是正常，不管她有沒有救過他，在他的印象中，皇兄不僅僅是兄長，還有些像父親那般對他寵愛，皇兄是唯他開心便好，與母后的婦人性情不同。

「我知道的。」寧王溫柔說道：「我知道妳今日很是辛苦，不過待大婚後，妳進了門，我母后自然看到妳就開心。若是再為我添上個小王爺，那母后就更開心了。」

誰說古代人含蓄，他從來不含蓄，不過，他是皇室，皇室成員不會在這樣的事情上含蓄的。

林小寧笑笑。「你對我好，我自然也要回報你。」

寧王只覺滿心歡喜，拿著酒盅送到林小寧嘴邊。

林小寧看了一眼，便飲了一半，寧王手便收回來將另一半飲盡。

林小寧笑而不語。寧王再次斟酒，低聲道：「來，這杯我敬妳對我的好。」

「我酒量不行的，你可是想把我灌醉？」

「妳上回不是把我灌醉了嗎？」寧王笑道，又回憶起桃村那晚的醉酒，什麼都記不住了，只記得她一盅盅地餵他酒，記得她笑得妖媚動人，真是無限甜蜜，忍不住舔了舔嘴唇。

林小寧看著心火又起，忙飲掉杯中酒，打趣笑道：「六王爺敬小女子，自是要乾的。」

寧王只覺有趣，便又將兩人酒盅斟滿，舉盅說：「如此，本王再敬醫仙小姐一盅。醫仙小姐當初於青山洞中慷慨送大黃，又在西南止疫大義救我朝兵馬無數，更是情深獻出舍利子，從閻王手中搶回本王性命，此情此義，莫不敢忘，只求醫仙小姐憐本王一片深情，與本王攜手共度半生逍遙如何？」

林小寧笑吟吟舉起酒盅，羞答答地說道：「幸得六王爺愛慕，又豈知小女子初在青山洞時，早已對君傾心，否則又豈能將大黃相送，本就是定情之物，只嘆君不知，空費了小女子兩年的光陰守候。」

寧王癡癡地看著，呆呆舉著酒盅。

林小寧忍著笑，嬌滴滴地以袖擋杯，一飲而盡。

寧王也忙跟著一飲而盡，直直地盯著林小寧微笑。

林小寧笑著說：「正如未琢的璞玉，空費了和氏的血淚……」

寧王只覺甜蜜言語竟然如此快樂有趣，低聲嘆息。「醫仙小姐深情至此，感天動地，本王待要如何回報？」

一語既出，竟是情緒萬千，胸中翻湧，目光閃閃。

林小寧酒喝得太急，已經醉了，呵呵笑道：「回報我？你已回報了。」

寧王灼熱地看著林小寧。

林小寧醉笑著。「你對我是與眾不同的，因我為你耗費了心血與精力，才使你變得如此重要。」

寧王沈默不語，久久地看著林小寧。

林小寧又飲了一盅酒，童趣大發，忘乎所以，笑嘻嘻地又說道：「小王子遇到小狐狸，小狐狸請求小王子馴服牠，小王子問，什麼是馴服？」

「是的，什麼是馴服？」寧王問道。

林小寧口齒不清笑著。「是啊，什麼是馴服？狐狸說，這是早就已經被人遺忘了的事情，它的意思就是建立連繫。」

「馴服就是建立連繫？」寧王失笑。

「是啊，正是。」林小寧又是一盅酒飲盡，寧王阻止不及，笑道：「慢慢喝，又沒有與妳搶酒。」

「你也喝，我喝一盅，你也得喝一盅。」林小寧笑道。

「嗯。」寧王斟滿酒飲盡，又往兩個酒盅裡斟滿。

林小寧笑道：「喝酒喝到這時最是快樂，飲下去竟是無比舒適，酒一入肚，如蜜汁一樣甘美可口，豁然開朗，自由自在。」

「妳酒量雖差，卻是真正懂酒的。」寧王笑道。

「你真會誇我，我喜歡聽你誇我。」林小寧嬌笑著。

「妳剛才所言，馴服就是建立連繫，這等古怪的解釋從哪看來的？」寧王好奇笑問。

「古怪嗎？你不感動嗎？我當初覺得馴服是讓人感動的，狐狸請小王子馴服牠，如同我與你，人與人之間也是相互馴服的。比如當初，你只是一個男人，與其他男人沒有任何不同，我不需要你，你也同樣用不著我。對你來說，我也不過是一女子，和其他千萬女子一般無二。可是現在，對我來說，你就是世上唯一的了。」

「妳對我來說，也是世上唯一的。」寧王說道，聲音低沈熱切。

林小寧又飲盡一盅酒，媚笑著說：「你的腳步聲與安風、安雨的不同，與梅子、荷花的不同，我辨認得出你的腳步聲。沒人喜歡傻子，但你穿著地主服時，笑起來會有一點傻氣，所以我將來會喜歡傻子的笑容，因為會使我想到你……」

寧王沈默片刻。「將來我看到身著細棉布裙的姑娘，便會想到妳。」

「嗯，你將來看到身著細棉布裙的姑娘，會想到我的。」林小寧笑道。

「這是哪個話本，如此有趣又如此深情動人？」

「我心中的話本。你如果是璞玉，我便是和氏。」林小寧又飲盡一杯。

荷花這時才進屋內，看到林小寧滿面醉態，癡癡媚笑，驚呆了。

「妳是璞玉，我是和氏，是妳馴服了我。」寧王道。

蜀國。

蜀王看著手中的書信沈默不語。

「二哥，你決定要這樣做嗎？」

蜀王仍是不語，良久才道：「決定了。」

老三半天不語，低聲道：「二哥，這樣我們太虧了，當初我們三人一起齊心封了蜀國之地，擁你為王，老五雖然年輕出力少，可對我們兩人也的確是忠心不二的，實在不忍啊……」

蜀王又陷入了沈默，老三低低嘆息著。

蜀王咬了咬牙。「無毒不丈夫！就這麼定了，只能是老五。老五與老六年紀最近，最適合。夏國為此計得獻出一名大巫師，夏國的大巫師身分相當尊貴，不亞於皇室。」

老三嘆道：「唉，可老五他……」

蜀王面露狠色。「我就不心疼老五嗎？不如你替老五如何？」

老三打了個冷顫，不言語了。

蜀王掃了老三一眼。「待老六死去，天運逆轉，夏國自然就會全力發兵。老大那邊痛心而失了方寸，而鎮國老頭年歲已大，疾病纏身，目前朝中最有經驗的只有尚將軍，可他在西北邊境，到時夏國發兵，尚將軍自顧不暇，哪裡還管得了西南這邊？我們倆兄弟趁亂打回西南失地，再慢慢打下半個名朝，老五成全我們兄弟，追封也好，世襲罔替也好，都沒問題。我們善待他的家眷後代，各種尊榮自是由他們享用不盡。」

京城丞相府，王丞相看著信，陰陰笑著。

牡丹輕扭腰肢進屋來，紅唇微啟而笑。「大人，可是有什麼好事，如此開心？」

王丞相笑著招招手，牡丹便妖媚上前，坐到王丞相的腿上，嬌聲低語。「丞相大人，今天牡丹燉了虎鞭湯……」

王丞相笑咪咪在牡丹的蜂腰上擰了一把，牡丹格格地笑了起來。

王丞相頓覺骨酥，雙手便在牡丹身上摸索著。牡丹吃吃低笑，輕聲耳語。「大人不急，待到晚上，牡丹便好生伺候大人……」

王丞相春風得意地笑了。「牡丹，妳真是我的小心肝，有妳這樣的佳人在懷，我必能大功告成。」

牡丹吃吃笑道：「大人的大事，牡丹小女子自是不懂，但牡丹心中裝著大人，待得大人事成後，牡丹只要一個名分即可。」

王丞相笑問：「牡丹可知道大人我謀劃何事？」

「牡丹愚笨，許多事不懂，但大人正當年華，身強體健，一人之下萬人之上，自然要小心謀劃，才能防得小人算計不是？」

「我竟不知道妳這般聰慧，待得大人我事成後，自然少不了妳的好處，名分自然是要給妳的，榮華富貴也是要給妳的。」

牡丹欣喜笑著。「謝謝大人疼愛牡丹，不知大人今天為何事這般開心？」

王丞相笑道：「我的眼中釘、肉中刺很快就會拔除了，可不是值得樂的一件喜事嗎？」

「牡丹恭喜丞相大人心想事成。」牡丹嬌媚笑道。

「這幾日妳又去花滿樓了，可是去炫耀妳那串東珠鍊子？」

牡丹撒嬌笑道：「大人，那串東珠鍊子可是比皇后所得的都要大，價值連城，大人說賞就賞牡丹了，牡丹感激不盡，要生生世世回報大人的寵愛。」

「要說這些事物，也不知道為何這麼就讓女子歡喜。」王丞相笑道：「那串東珠鍊子也是人家送來的，知道我身邊有妳這麼個美人兒，不賞妳能賞誰？」

牡丹快樂說道：「牡丹謝大人的寵愛。大人，牡丹今日得聞一樁樂事，說給大人同樂一番。」

「喔，又聽到什麼趣事？」

「是關於鎮國將軍的事呢，有傳言說鎮國將軍身體大好，將軍夫人還有意為他納一房側室，鎮國將軍這把年歲了，還想納側室留後，可不笑死了嗎？」牡丹捂嘴吃吃笑著。

王丞相立刻頓住。「牡丹，這傳聞是聽哪個說的？從哪個嘴裡傳出來的？」

「聽菊花說的，也不知道從哪得聞，反正就是個樂子。」

王丞相想了想，也笑了起來。「這種老傢伙，最不服老，一生無子，臨老了，還想納妾留後，真是妄想。」

「可不是嗎？都多大年歲了，鎮國將軍五十好幾了吧，又是武將，哪似大人這般懂得養生之法，如此風流倜儻，風度翩翩如少年郎。莫說大人如此年輕，就是到了鎮國將軍這把歲數，也是豐神俊朗無人能及。」

「小嘴兒可真甜。」王丞相笑道：「妳先下去，我處理一些事情，晚上……」

牡丹垂首輕笑，更是嬌羞動人。「湯一直燉著，牡丹等著大人。」

牡丹一走，王丞相便道：「來人。」

屋中頓時神不知鬼不覺地出現一個黑衣人。

「剛才牡丹所言，你可聽到？」
「屬下聽到。」
「你覺得呢，可信有幾分？」
「屬下覺得是不可能。」
王丞相沈思道：「或是個局，自去年年底，姓胡的與朝中一些交好的一直活躍不休，設下連環局，還得逞了，如今他們是有些忘形了。鎮國老兒現在與寧王屬下一直不斷忙碌著，保不定又是想出什麼陰招。鎮國老兒此次回京城，氣色是好轉許多，看著也年輕許多，可若是說能生子嗣，實難讓人信服。這傳聞是為什麼目的而傳出？其中有什麼陰謀……」
「大人，屬下去查。」
「嗯，小心行事，莫像上回那個蠢貨一般，劫了人還被人殺了，劫人的人到現在也沒尋到，估計是被毀屍滅跡了，還讓姓胡的他們拿了這個理由，與那不知道怎麼就鋪天蓋地的通緝令扯到一起，被揪出了七個人。」
「大人不必動氣，他們得勢也只是暫時的，到大人事成後，朝中大亂，到時，可以……」黑衣人停止不語。
王丞相嗯了一聲。「喬將軍的人馬，他能調動的，現在有多少？」
黑衣人做了個手勢，低聲道：「還在不斷增加，屆時定能助大人功成。」
「目前看來，只是銀兩方面的問題了？」

「是，大人，那個皇家票號，自從前陣子，存三個月者連本帶利地取走現銀，現在各地存銀的百姓越來越多，目前已收存銀超過兩百萬兩了。這錢來得真快。去年稅收雖然大半扣下了，可朝堂又有周家捐軍糧，現在國庫吃緊的情況已解除，正是此鬆彼緊啊。」

王丞相怒聲道：「那蠢貨辦的好事！原本兩百萬銀就能到手，可到手的人質都被人救了回去。那林家的小妮子，竟然是寧王相中的，也沒人知道這消息，不知道你們都是幹什麼吃的，早知道將那小妮子就一刀殺了，給那寧王添添堵，也省得這般鬧心。可現在，卻不能輕舉妄動。」

「大人莫動氣。大人運籌帷幄，決勝千里，不過是個小妮子而已，如今殺不殺都無所謂。」

王丞相又嗯了一聲。

黑衣人笑道：「雖然沒有足夠的銀兩長久支撐，但目前還是能負擔的，只要蜀王那邊一定下來，很快的，寧王他……大人一朝事成，那天下都是……」

王丞相微不可見地笑了一下。

「大人，屬下去了。」黑衣人說道。

「去吧。」

黑衣人消失後，王丞相手指輕叩桌面，表情愉悅，輕聲自語。「借力打力，現在只消等上幾個月，幾個月就成。」

林小寧醒來時已是暮色四合，只覺得喉嚨有些乾，閃身入了空間，喝了一通泉水才舒坦。

清泉酒果然是不頭疼、不傷腦，醉後醒來，就清醒如斯。

荷花進來小聲道：「小姐醒了，可要喝些茶？」

「也好。」林小寧笑道。

荷花端著茶進屋。「小姐，溫的，特意摻些涼開水，喝得慢些正好入口。」

林小寧端起茶盅嗅了嗅。「荷花細心。」

荷花小聲道：「小姐，席已備好，六王爺說等妳醒了，問妳何時開席。」

「他還沒走？」

荷花笑道：「沒呢，在客房歇息了一會兒，才醒來不久，說是與小姐一起用晚膳。」

「他倒是好興致。」

「他是王爺，又是小姐的未來夫君，安風大人也回府了，並無不合規矩之處。」荷花笑道。

「那他現在在哪？」

「在前院偏廳中和安風大人商議事情呢。」

林小寧抿了一口茶，道：「那就按點開席吧，梅子回來沒？」

「梅子姊叫人來打了招呼，晚上與蘭兒姊在外院用過膳後再回，說是外院的一位先生過生辰。小姐，我便提前到庫房挑了些禮物……」

「荷花越發能幹，做得很好，再加幾個精緻的菜色與酒吧。」林小寧鼓勵笑道。

「好的，小姐，不過酒就算了吧，因為曾掌事送了酒的。」

「行，記得禮單要列一下，這種先生講究這些。」

荷花有些羞澀。「禮單已列好，小姐妳讓我找人謄寫三千堂的章程，我便讓那先生謄寫了一份禮單，妳過目一下吧！」

「先送禮過去吧，這都快到晚上了。禮單我回頭過目。禮物還算厚吧？」

「放心小姐，不會失禮，是依著曾掌事禮單的等級送的。」

「荷花很是細心。」林小寧稱讚道。「梅子與蘭兒送了禮物沒？」

「也送了，是她們用自己的俸祿購的，兩人一起湊銀兩買了一方硯。」

「好硯多貴啊，她們倆的銀兩買得起？」

「只是花了二十兩，但先生喜歡那硯臺，說是極好。」

「真是個好先生。」林小寧暗道。

荷花這時便小聲笑道：「小姐，今日還聽到一樁喜事，說鎮國將軍的夫人要為鎮國將軍納妾室，鎮國將軍同意了。」

林小寧一口茶差點噴了出來。「什麼?!」

荷花微笑。「小姐，是鎮國將軍的夫人主動的，說是現在鎮國將軍身體大好，納一房妾室看看能不能生下子嗣。」

「妳剛才說，鎮國將軍還同意了？」

「是的小姐，說是這次回來，欽天監正使為將軍占卜過，說鎮國將軍會老來得子，鎮國將軍不信，後來太醫為鎮國將軍診了脈，說是將軍的確身體大好，可以試試，所以鎮國將軍夫人才興了這個念頭，主動張羅納妾一事，納的是刑部侍郎四姨娘的姪女兒……」

林小寧只覺得心有些堵，其實的確又不能怪鎮國將軍，他一直無子，欽天監正使說他老來得子，太醫又說能試，換誰都想試試，無可厚非，可他夫人的年紀根本不可能生育了……

罷罷罷，鎮國將軍無子對其也是不公平的。人家夫妻一輩子，這等事早已不介懷了，鎮國將軍夫人只盼老將軍能有一子，了了這一生遺憾。這事在前世也是屢見不鮮的。

林小寧失笑搖搖頭，洗漱完後，只覺得身上還有淡淡酒香，無半點濁氣。

「真是好酒。」她忍不住自語道。

晚上席還未開，皇帝卻賜了一席御膳來，竟然還有望仔與火兒的，是水煮三月羊肉一盤、水煮一月牛肉一盤、水煮乳豬一盤、牛乳一碗，還有許多新奇的貢果。

太監對林小寧恭敬道：「皇上與太后賜新封安樂侯御宴一席，請安樂侯嫡長孫女代為承謝。」

林小寧帶著荷花與安風行了大禮，謝了隆恩後，來人便隨荷花，吩咐宮人將御膳送入席間，然後恭敬退下。
寧王低聲笑道：「母后與皇兄是知道妳中午沒吃什麼，所以才特賜的。」
林小寧心中感動。「你母后與皇兄竟這麼好，這麼細心，看來我以後要更加討好取悅他們才是。」
寧王笑道：「為何老想著討好取悅這種詞呢？」
林小寧笑笑。「我出身低，對於這樣尊貴身分的人，心中惶恐，只敢想這樣的詞，以後慢慢處久了，會好些的。」
寧王歡樂展顏，愉悅低沈道：「妳說得不錯，處久了就是互相關心，不再是什麼討好取悅之情。」
望仔與火兒聞著小牛肉與小羊肉的香味就冒出來了，興奮的眼睛發光像星星，急急地圍著膳桌打轉轉。
林小寧含笑罵著。「兩個小吃貨，有點修養行嗎？都是你們倆的，沒人和你們搶。」
望仔與火兒理也不理，仍是急急轉著，風度盡失。
寧王忍俊不禁。「入席吧，小傢伙可真是急壞了。」
荷花一邊偷笑著，一邊把望仔與火兒的餐食拿到一邊，讓小丫伺候。
小丫與望仔還有火兒在桃村時已熟悉了，小丫年歲小、單純，心思也不重，因此對望仔的吱叫聲理解得八九不離十，一個小丫頭哄著兩隻小狐狸，在一邊小案上哄勸餵著，和睦得很。

望仔毫不客氣地指使著小丫伺候這個，伺候那個，儼然一臉貴族氣質，火兒倒是收斂許多。

眾人一看望仔的德行就笑，望仔渾然不覺，繼續頤指氣使地指指這個，指指那個，小丫就殷勤地餵著。

而醫仙府備的豐盛席面，便與先生的生辰禮一起送去了太醫外院。

御膳的滋味的確精美無比，林小寧這次才能放開著品嚐，比起辛婆子與小香的手藝來說，這是迥然不同的風格，更體現了對美食的種種精雕細琢，滋味也是千迴百轉。

林小寧嘆息。「你府裡的廚子也是宮裡指派的嗎？」

「是的。」寧王回答。

林小寧只是笑笑不再言語，繼續吃著。

安風現在大方以新的身分示人，坦然坐在席間，笑道：「小姐喜歡，可把那廚子送來醫仙府，天天做給小姐吃。」

寧王卻笑吟吟道：「這等菜色精美有餘，我倒是更喜歡妳家辛婆子與小香妹妹的手藝，更原汁原味一些。」

林小寧笑道：「吃多了肉，自然是覺得青菜可口的。這樣的生活當然也是我嚮往的。頓頓紅燒肉，天天女兒紅，這還是人過的日子嗎？」

寧王與安風有些迷惑。

是了，林府與幾個老爺子家，都是頓頓紅燒肉，天天清泉酒了，這不過是家常水平，他們豈能聽出其意。

林小寧笑著解惑。「天天頓頓參鮑翅肚，好酒珍饈，這還是人過的日子嗎？」

這會兒，寧王這個貴族與安風是素來慣會享受的人，樂笑了。

荷花一邊笑道：「可不是嗎？是神仙般的生活。」

林小寧笑咪咪地搖頭。「面對這一席極致精美的御膳，什麼天大的道理都不用說了，都得給我離得遠遠的，我這話就是明晃晃的——得意，也就是炫耀。」

寧王與安風笑抽了，荷花不敢出聲，忍笑忍得身體直發抖。小丫在一邊，也是身體與手不停地抖著，望仔則嚴厲地吱叫了一聲。

林小寧又笑。「從前一直嚮往這樣得瑟的貴族式的生活，終於享受到了，是不是得好好得意一下呢？」

「理應如此，小姐。」安風臉抽動著，忍耐地笑道。

寧王笑道：「妳天天吃，吃上一個月，就不是真得意，而是抱怨了。」

「對啊，」林小寧眼泛著光彩。「所以才要抱怨，這還是人過的日子嗎？」

寧王與安風這時才反應過來，再也忍耐不住，捧腹大笑起來。

第六十二章

待到飯飽酒足，安風退席，林小寧摒開下人，只留荷花在側，小心問道：「鎮國將軍他要納妾室？」

寧王一聽便笑。「是呢，還沒來得及告訴妳。將軍夫人想一個月內馬上納妾室進門，將軍夫人是知道將軍的心思的，將軍膝下無子是一生遺憾，如今能有子嗣當然是歡喜無比，想馬上成就喜事。」

林小寧古怪笑道：「鎮國將軍這年歲，真的能有子嗣？」

寧王奇道：「妳何出此言？不是妳調理的嗎？是妳當初說會把將軍的身體調得和安風一樣棒的，妳為將軍所配的藥水、熬的參湯，還有三七粉，讓將軍身體見好。後來在桃村時妳又號過脈，說已大好，所以將軍回京才請了欽天監正使給卜了一卦，的確卜出老來得子之相；將軍仍是不敢信，又讓太醫診脈，確認能有子嗣。將軍和夫人還說要來醫仙府裡謝妳呢，我和將軍說忙完聘禮後再說，妳才進京，事也多，緩些日子得好。」

林小寧有些無語。「將軍的身體是大好啊……」

寧王笑道：「是啊，將軍身有暗疾，如今暗疾已除，所以說妳的醫術無人能及。」

天大的誤會啊，美好的誤會啊！

林小寧笑著扯開話題。「我得備上禮，祝鎮國將軍納妾之喜了。」

「小姐奇術在手，不驕不躁，謙虛有禮。鎮國將軍與夫人一門心思要謝小姐，小姐還想著送禮賀喜將軍。」安風道。

寧王笑道：「妳心性之謙和，天下難尋。將軍是這次被幾個太醫診脈確認後，才真正信了身體已大好，說是妳的醫術神妙無比。老將軍與妳就是緣分，記得妳說過，大夫醫人時，不僅僅是醫人，還要看緣，所以有些普通的大夫也能治好重病人，而有些高超的大夫，卻治不好普通病症。這在佛學上來說，有時傷與病痛，本就是業力。老將軍說，妳當初的一罵，氣得他吐出積年瘀血就是先兆，妳是大善之人，福澤深厚，為他消了業，他當感激一生。」

林小寧暗地羞愧，只好訕笑不語，想想又道：「鎮國將軍這等大喜之事，理當送上厚禮同喜一番。」

寧王又笑。「想送便送，什麼樣的禮都是妳的心意，收到妳的禮，相信老將軍肯定是最開心的。」

林小寧這時只覺得萬事真是奇得很，當初一句愧疚安慰之言，竟然一語成讖。不過就是空間水加上人參與三七，就讓鎮國將軍除了暗疾，恢復生育能力。

她突然有些惶恐。這空間水能用多久？自己對醫術的追求已停止，只知道作弊，可自己死了以後呢？世上就再也沒有這神奇的醫術。

她已習慣於作弊而忘記了進取與探索，潛心研究醫術才是她這一生最應該做的，而不是像現在這樣，只想著種田賺錢做地主，這些事是可以交給大哥，家福、馬大總管，張年，還有三虎他們的。

她這麼一想就快樂了。

是啊，若是能研製出青黴素才好。抗生素在前世是氾濫成災，隨便一個小發熱、小感冒就用上，現有些病症已成洪水猛獸；但是最初，青黴素的發現與研究成功是醫學史的一項奇蹟，挽救了多少人的生命。

有了青黴素，沙場上能少死多少好男兒？外傷感染的病症，以及術後消炎都能用得上。雖然嫣嫣與兩個先生在那婦人剖腹產後，用大量的中藥湯劑也一樣有效果。即使中藥消炎針劑在前世也是有相當市場的，但那婦人術後傷口癒合後，是用大量滋補藥材慢慢養回來，成本極高。戰場上沒這個條件，也根本負擔不起。

這青黴素才應該是她要去鑽研的。

寧王又笑問：「怎麼了，妳在想些什麼？」

「我在想送些什麼禮才好。」林小寧笑著掩飾。

「讓荷花備就是了，荷花得歷練歷練了，明日我送個宮中的嬤嬤來給荷花教授各式禮制規矩，荷花早已是極有臉面的管事了。」

荷花忙欣喜謝恩。

林小寧笑道：「荷花別謝，去年就答應的事，到現在才想起來，府裡幾個婢子再提兩個來給我做貼身伺候的，還得買個有經驗的，能識文斷字的男管事，李二與小丫專給妳使喚，所以，車夫還得配一個，妳得慢慢離這些伺候人的活遠一些。」

寧王道：「妳與我想到一起了，本是想多送幾個人來，但一想到妳的性子，便沒開口。貼身伺候的人，可由宮中的嬤嬤一起調教。」

林小寧笑笑。「你倒是心細如髮，你若真送來幾個婢子，我打也不是罵也不是，那不是給我添堵嗎？這樣最好。」

寧王笑道：「我只想妳定是更願意用自己挑的人，但妳說打不得罵不得，實在教人費解，妳愛打愛罵都行，這可是妳的府裡。」

「那還不是因為你送的嘛，我要打罵，那不是讓你添堵嗎？」

寧王笑道：「妳想法太怪了，我豈能為幾個下人不開心。」

林小寧笑笑不再糾纏這話題。多少小說與電視劇裡，男人送的人都是心懷鬼胎的，你是沒有此意，可人家難免不生此想。自己家的下人，得是自己挑的才敢用。當然太傅夫人送的這十六個除外，這情況不大一樣。

說到管事，得讓太傅夫人和胡夫人說一下，推薦一個好的男管事。

林小寧轉著話題就問安風：「安風，你現在不再是我的護衛了，怎麼還住在醫仙府裡呢？鎮國將軍府與寧王府你都可以住的。」

安風有些不自在。「目前京城不大平，小姐身分尊貴，晚上我在府裡守著，爺才放心。

況且我目前仍是小姐的護衛，入府住也是合規矩的。」

林小寧八卦地笑道：「安風，你還認為你是我的護衛，那小姐我問一事，你要誠實回答。」

安風莫名其妙，寧王饒有興趣地喝著茶，手指輕輕地叩了叩桌面。

林小寧抬眼看了看，寧王意味深長笑著。

古靈精怪的，什麼事也跑不過他的眼，真是人精。林小寧心中笑罵著。

林小寧清了清喉嚨，正色道：「安風，你可記得我府中那次遇刺，你把昏倒的梅子抱到房間？」

安風仍是有些不自在。「小姐，這事……」

林小寧笑道：「安風，你看這事……」

安風說道：「小姐，是事出有因，我絕不是故意冒犯。」

真是個笨的！林小寧暗罵。

「你可是三十出頭了吧？」林小寧循循善誘著。

安風很認真地想了想。「小姐，我知道妳的意思，但梅子姑娘現在是九品女官，年輕有才，安風年過而立，更無功祿在身……」

「那功成名就後，你可願意？」

「梅子小姐荳蔻年華，可安風已過而立。」

「安風，鎮國將軍將要納的妾室多大？」
「十六年華。」
「那你是打算功成名就後，娶個三十歲的寡婦？」
安風噎住了。
「其實你若是看不上梅子，只管說出來就是，梅子人不在，我更不會亂嚼舌根，只是想促成一段佳緣，你不願意便不會強求。」
安風沈默片刻。「小姐，梅子姑娘如今已非往昔，哪裡能看得上我這般無功無祿之人？待到有了功與名，梅子姑娘也是百家求娶，定已名花有主。」
「那是什麼想法？梅子才多大，也不是那種追名求利之人，等到你功成名就不過幾年，這時把親事訂下來，到那時，正好可以風光大婚，多好？」
「安風豈能為一己之私，誤了梅子姑娘終身呢？小姐，這事萬萬不可。」
這便是婉拒了。說起來安風他眼光的確是高，沒錯，到那時，他怎麼樣的貴女求娶不到啊，梅子九品女官又算得了什麼？
林小寧笑笑。「這事也只是我興致來了便問上一問，只當沒這回事。」
寧王笑道：「妳對他人的事總是極有興致。」
「你這話是何意？」林小寧有些不悅。
「這等事不用妳操心的，他們有他們自己的姻緣機遇，安風不可能娶不到，梅子也不可能嫁不出去，妳偏摻和做什麼？」寧王並不介意林小寧的反應，悠然笑道。

安風尷尬告退了。

林小寧噘起了嘴。「你是說我多管閒事了？」

「我是說妳弄巧成拙了。」

林小寧突然有些明悟。安風是暗衛出身，功夫高，但情商卻低，由著他自己慢慢明白就是了。梅子現在也才滿十五，因為是官身了，至少要等上幾年後才會考慮婚事，加上梅子與蘭兒曾是婢女，婢女都是年滿至少十八歲以上才婚配的，雖然她們現在已是自由身，但在一直以來的概念中，對於婚配之事並不著急。

寧王意味深長道：「今夜星光燦爛，不如在下陪醫仙小姐賞花觀星如何？」

林小寧點頭笑了。

醫仙府比起桃村的林府來要小得多。

醫仙府在京城卻不算小，京城的宅子貴，買府時還花了一萬二千兩呢，一想到買這屋子，就想到曾嫣嫣用俸祿付訂錢一事。那時曾嫣嫣從來沒有貧窮過，問她要銀子，問清凡要銀子，她想著曾嫣嫣問清凡要銀子時的表情、語言和行為，只覺有趣得很。

曾嫣嫣買了個小院子，買了一堆男、女娃娃，再買幾個僕人看顧著這幫娃娃們，還把自家娘親送來醫仙府的禮全轉賣了，換銀子做花費。

為了華佗術的發揚光大，曾嫣嫣是大手筆的，況且她出生就是太傅之女，花費根本沒有節制，只要她認為是得做的事，無論多少錢那是一定要花的，反正有爹娘給她銀子。

去年時，太醫外院的小院子就擴建了，還把邊上幾個小院都買了下來，全歸為太醫外院，才有了現在這樣的規模，反正這些銀兩是朝堂出的。

「寧王府是什麼樣子？」林小寧走在醫仙府的花園中，問道。

「妳要有興趣，可以自己親眼目睹一下啊。」寧王笑道。

「有興趣，等我爺爺接了封侯旨，進京謝恩時，我們一起去看。昨日頒的旨，送到桃村，待爺爺接旨後收拾準備再進京，也就二十來天。」

「也好。」寧王微笑道：「妳中午時說的小王子與小狐狸，是從哪聽到的趣聞？」

林小寧仔細回憶了一下中午所說，有了依稀印象，笑道：「那是我瞎編的，來自於和氏血淚之想。和氏璧是天下至寶，下落成謎，古往今來，文人墨客無不愛詩文吟詠其傳奇身世，但我更願意從另一個角度去想，若沒有和氏血淚，縱然是天下無雙，也不能添上這樣傳奇一筆，和氏璧以和氏命名，後代詠嘆的又豈只是那塊玉？

「這是璞玉與卞和相互成就了對方，如同小王子與狐狸，他們是相互馴服了對方。其實這故事，我是打算編給小孩子聽的，想教他們知道情感與責任是怎麼回事，如同孩子們耗費了心血親自養大的雞，是不捨得宰殺來吃的。」

林小寧說完，暗忖：我心裡敬佩的聖埃克蘇佩里，可真是對不起了。

寧王聽得心中灼熱。她所言的情感與責任，這等詞語，簡單又直白，卻又極有力量。小王子與小狐狸分明就是說他們將來的小世子與望仔嘛，這時就想著編個有趣又淺顯易懂的故事，她聰慧心細至此，便是能摘下月亮，都會在她身上黯然失色。

她雖然年幼，卻總是讓人忘了她的年齡，甚至有時產生別的錯覺，竟覺得她身上有著莫名的、讓他無比依戀的東西，如同他年幼時聽母后與皇兄哼唱小曲的感覺。有時又極想對她疼愛到骨髓中，想把母后與皇兄對他的疼愛，依樣地對待她才覺舒坦。

這真是從未有過的感受。

「這故事是怎麼個故事，可否細細說來聽聽？頭前只聽妳提到了幾句，並不明白。」寧王溫言說道，心中甜蜜無限。說給他的小世子的故事，他當然要仔細聽聽。

「我的想法來自於卞和的血淚，但這個故事與和氏璧的故事是完全不同的。和氏璧只有舉世無雙的一塊，可如果和氏璧是有思想與情感的呢？玉天生有靈，豈又能知玉沒有思想與情感？還有，如果和氏璧不是那樣無雙的美玉呢？卞和待要如何？」林小寧笑道，便把小王子的故事，從到了地球那一段開始說起。

小王子是一個住在一顆星星上的男孩，他有一株玫瑰花。玫瑰總是表裡不一，驕傲吹噓，而小王子太年輕了，不知道該怎樣愛護她。

小王子打算獨自遠行，到這片遼闊廣袤的土地上來。

小王子走時，玫瑰不願意讓小王子看到自己哭泣，她曾經是多麼高傲的一朵花。

小王子來到了這片土地上，看到一座玫瑰盛開的花園，這些花兒們全都和他的那朵花一樣。

小王子感到自己非常不幸。他的那朵花曾對他說，她是星空中獨一無二的花。可是，僅僅在這座花園裡，就有大片大片和她一模一樣的花。

他總以為自己很富有，擁有一朵世上獨一無二的花；實際上，他所擁有的不過是一朵普通的玫瑰而已，一朵普通的玫瑰花。

之後，小王子遇到了小狐狸，小狐狸請求小王子馴服牠。小王子問：「馴服是什麼？」

小狐狸說：「這是常常被人遺忘的事情。它的意思就是建立關係。」

小狐狸說：「如果你馴養我，那我的生命就充滿陽光，你的腳步聲會變得跟其他人的不一樣。其他人的腳步聲會讓我迅速躲到地底下，而你的腳步聲則會像音樂一樣，把我召喚出洞穴。對我而言，你只是一個小男孩，和其他成千上萬的小男孩沒有什麼不同。我不需要你，你也不需要我。對你而言，我也和其他成千上萬的狐狸並沒有差別，但是，假如你馴服了我，我們就彼此需要了。對我而言，你就是舉世無雙的；對你而言，我也是獨一無二的。」

最後，小王子馴服了狐狸。

當小王子出發的時刻就快要來到時，小狐狸哭了。

小王子說：「這是你的錯，我不想傷害你，可是你讓我馴服你……而你現在卻想哭，那馴服根本對你毫無好處。」

小狐狸說：「馴服對我是有好處的——因為麥田的顏色。麥田和我沒有任何關聯，不過，你穿著金黃色的衣裳，麥子也是金黃色的，那會使我想起你。我會喜歡聽風吹麥浪的聲音。就像水一樣，因為轆轤和繩子，使得你讓我喝的水有如音樂一般。你記得嗎？它是如此淒美。人們早已忘記了這個道理，可是你不應將它遺忘，你必須永遠對自己所馴服的負責，你要對你的玫瑰花負責，你在你的玫瑰花身上耗費的時間，使得你的玫瑰花變得如此重要。再回頭看那些玫瑰花吧！到時，你就明白你的玫瑰花仍是舉世無雙的一朵花。」

小王子說：「是的，那朵玫瑰花馴服了我。」

於是，小王子又去看那些玫瑰，對他們說：「你們一點也不像我的那朵玫瑰，你們還什麼都不是呢！沒有人馴服過你們，你們也沒有馴服過任何人。你們就像我的狐狸過去那樣，牠那時只是和千萬隻別的狐狸一樣，但是，我現在已經把牠當成了我的朋友，於是牠現在就是世界上獨一無二的了。」

小王子又說：「你們很美，但你們是空虛的，沒有人能為你們去死。我的那朵玫瑰花，一個普通的過路人以為她和你們一樣。可是，她單獨一朵就比你們全體更重要，因為她是我澆灌的，因為她是我放在花罩中的，因為她是我用屏風保護起來的，因為她身上的毛蟲是我除滅的，因為我傾聽過她的怨艾和自詡，甚至有時我聆聽著她的沈默。因為她是我的玫瑰。」

小王子向小狐狸告別，小狐狸說：「我告訴你一個秘密——只有用心靈才能看得清事物本質，真正重要的東西是肉眼無法看見的。這片大地上的人們，在同一座花園培育了五千朵玫瑰——卻無法從中找到他們所要尋找的東西。但是，他們所尋找的，其實是可以從一朵玫瑰花或一滴水中找到的。然而眼睛往往是盲從的，人還是必須用心去看。沙漠之所以美麗，是因為在它的某個角落隱藏著一口井水。星星真美，因為上頭有一朵看不見的花。如果你愛上了某個星球的一朵花，那麼，只要在夜晚仰望星空，就會覺得漫天的繁星就像一朵朵盛開的花。」

小王子找到了小蛇。在小王子來到這片大地上的時候，曾遇到那條小蛇，小蛇對小王子說：「我可以讓你回到你來的地方。」

所以，小王子不是死了，他是回去了他來的地方……

林小寧身後傳來低低的飲泣聲，是荷花在哭。荷花是來續茶的，聽到林小寧說故事，就在黑暗中立著不去打擾。

寧王也沈默不語，心中沈甸甸的。這故事怎麼如此傷感動人？

荷花低泣著，好半天才記得續茶，羞澀笑道：「小姐說的這故事太感人了，聽了就讓人落淚。」

寧王失神片刻也緩了過來。和氏璧之所以為傳奇，因它是無雙美玉，又有卞和兩獻而失雙足，然後淚盡繼之以血的傳奇典故，才如此動人。而這狐狸與玫瑰如此普通，竟然也如此動人。

這個故事，他終是說不出感覺。為什麼？這樣的故事是說給孩童聽的，為何大人卻聽得這般沈迷？比如兒時的雨天，看著母后坐在窗櫺前聽雨時那樣的神情。

寧王有些魂不守舍。這到底是怎麼回事？這樣的故事，充滿了童趣，卻又這樣動人感傷。

荷花道：「小姐，這故事我怎麼覺得聽了之後，心裡面堵得慌。小王子，他、他明明是死了嘛……」

寧王道：「荷花是個性情中人，剛才妳家小姐說過，小王子不是死了，是回到他來的地方去了。」

荷花又泣道：「回到來的地方，不就是死了嗎？」

林小寧心道：荷花，我當初看時也哭了，與妳的想法是一樣的。但臉上卻笑著。「本來就是說給孩童們的故事，回到來的地方，孩子們當然理解為回到星星上去了。就算妳覺得小王子是死了，可死了也是回到來的地方啊，妳怎麼知道下一世，小王子不能找到他心愛的花，以及給他啟智的小狐狸呢？」

荷花眼睛一亮。「是的小姐，小王子是回到了他來的地方……」

寧王笑道：「小王子回到他來的地方，這才是故事最動人處。這故事，是大人、孩童都能聽的故事。」

《小王子》原本就是寫給成人看的童話。

林小寧笑道：「妳還傻站著做什麼？光給他續水，都不知道給我續水。」

荷花才反應過來，把林小寧的茶盅續滿水，不好意思道：「六王爺、小姐，真對不起，實在是聽得入迷……」

林小寧笑道：「妳偷跑過來聽故事，在一邊偷摸著，一壺水早就冷了。」

荷花極為尷尬。「都怪我，下回壺面的草套要加厚些……」

林小寧笑得更厲害了。荷花這是避重就輕，不知是有意還是無意，只覺荷花自從回京後一直跟在她身邊，尤其是寧王在的時候，荷花從不肯讓他們單獨相處過久。這定是桃村裡嫂子授意的，怕婚前他們出什麼不好的事，引來風言風語，曾嫣嫣就是前車之鑑。

其實寧王也同樣注意到了，在桃村時就注意到了，但他並不介意，從前的熱烈是緣，現在的溫情是愛，哪一樣都讓他覺得心滿意足。反正不久就要大婚，早半年、晚半年有何不同，反正丫頭注定就是他的，連天星都是同一顆呢。

每每看到她媚態顯露時，真是難耐的衝動，但又覺得這樣的忍耐，到後面是更加的期待，此等煎熬如同調情一般，有著無窮情致。

荷花又道：「六王爺、小姐稍候，我去換開水再來……」話畢就匆匆沒影了。

林小寧啞然失笑，與寧王對視一眼，寧王也是一臉了然，頓時林小寧有些不好意思。

寧王笑道：「荷花是個心細懂禮的。」

這話意有所指。

林小寧笑得更不自在了。

第二日下午，寧王指派的宮中嬤嬤就被寧王府的管事送到醫仙府裡來了。

嬤嬤姓崔，三十多歲的樣子，氣色非常健康，但不苟言笑，看起來十分威嚴，說話嚴謹，進退有度，滴水不漏。

寧王府的管事笑道：「以後崔嬤嬤就跟著醫仙小姐了。崔嬤嬤是宮裡的老嬤嬤，在宮裡很有地位。」

林小寧與崔嬤嬤見了禮。

清早時，荷花心細又殷勤地給將要來的嬤嬤準備了房間，房間在荷花的旁邊，醫仙府裡除了下人所用，其他各房全是上好的家具擺設東西，都是當初曾嫣嫣置辦的。

嬤嬤的房間比荷花房間更精緻，各式擺設、木箱、櫃子、上好的梳妝檯、上好光滑明亮的銅鏡等……

大大的雕花紫檀木床用了紗簾，放下來就是一方小世界，連那鉤簾的鉤子都是打得極漂亮的粗絲線花結加了玉質鉤。這都是曾嫣嫣的手筆，這些細碎的事物全是上好的，不用只能放在庫房沾灰，還得去重新置辦次一些的，那才是可笑。

只要不越過林小寧房裡的擺設，就不算逾越。

被褥都是簇新的，裡子是細白棉布，面子是漂亮的綢緞，枕頭是乾菊花與棉枕各一對，可睡可靠……

荷花很是小心地帶著崔嬤嬤參觀著房間，臥室是木質地板，貼了木質腰牆，看著就乾淨舒服。

現在京城有錢人都重修了淨房，卻不像醫仙府房間多，人少，有條件將兩間房打通修成一間，臥房更大，淨房更明亮寬敞。淨房的地面鋪的是有著花紋、凹凸不平的防滑瓷片，牆壁上是貼著青玉色的瓷片，還有一個精緻的屏風與茅坑、洗浴處隔了一下。屏風外是臉盆架，架子上放著銅盆，還搭著幾塊新軟帕。

寬敞的淨房裡潔白如玉的茅坑，邊上還擺著一個木凳子，那是專門為孩童、老婦使用的坐架，中間有個洞，可以將木架放在蹲坑上坐著方便。如今各地的茅坑鋪子裡，這樣的坐架都好賣得很。孩童、貴婦蹲久了自然多有不便，坐架就解決了這一問題；而坐架上還包著軟布面，裡面絮著一層棉花。這個面子是綁上去的，可以拆洗。

林小寧不打算做出瓷器坐桶，古代沒有自來水，坐桶很容易藏污納垢，產生異味。目前的蹲坑也是前世最老式的、不接水管的那種，她年幼時用的就是那種，沖水是手動沖洗的，不像後來新式的蹲坑，都是接了水管的，水從坑沿內沖出。在古代這種老式的，沒有坑沿內的暗槽，反而洗刷更乾淨。
坑邊上還有掛在牆壁上的小竹簍子，可以放些棉巾、草紙等事物，以及一個巨大的白瓷大缸裝滿著清水。
崔嬤嬤不動聲色地嗯了一聲，表示了滿意。
崔嬤嬤的到來，意味著林小寧頭大的時候到來。
原本的意思是讓崔嬤嬤教授荷花與四個提上來的大丫鬟：春兒、花兒、秋兒、風兒的。可沒料到崔嬤嬤也把林小寧盯上了，第二天就說要每日花兩個時辰教授她行、坐、笑、看等各種姿勢，以及各種禮儀規矩。
林小寧這時才意識到，怪不得曾嫣嫣私下說皇室不是那麼好入的。
林小寧皺眉道：「崔嬤嬤，請您來是為了教授荷花與我的貼身丫鬟的，不是讓您來教授我的。」
崔嬤嬤掛著一張百年不變的淡淡笑臉，禮貌說道：「小姐將是寧王妃，這些禮儀自然也是要心中有數才行。」
「嬤嬤盡心教授荷花她們就是，我便不用了，我要懂了這些，還要她們做什麼？」
「小姐，她們自然有她們要學的，小姐學的與她們學的不同。」
林小寧對這種宮中的嬤嬤還是很敬重的，非常客氣有禮道：「崔嬤嬤，您先教她們吧，先把她們調教好再說……」

崔嬤嬤正色道：「小姐是安樂侯的嫡長孫女，又是醫仙小姐，又是太醫外院的掌事，還將是寧王妃，這些禮數什麼的，怎麼能不學？」

林小寧仍是客氣笑道：「崔嬤嬤，您把她們要學的先教會了再說吧。」

崔嬤嬤道：「高門大戶、世家貴族，這些禮儀從小就習，習得一身好教養，才有大戶千金的氣度。小姐沒有從小習過，那現在更不能誤，請小姐從今日起，就開始學。」

林小寧有些不耐煩，理也不理，轉身就吩咐備車去了太傅府和胡大人府中，給兩位夫人送謄寫好的三千堂章程細則。中午還在胡大人府中與胡夫人用了膳，求胡夫人幫忙找個能寫會算的男管事。

胡夫人笑著應下了。

等到與胡夫人對著三千堂的章程議論半天，然後又寒暄半天，下午時分，林小寧才回到府裡。

看門房的婆子吞吞吐吐，小聲結巴地道：「小姐，荷花與四個丫頭在您走後就被罰跪，喬婆子前去說情，被崔嬤嬤訓了一通，可憐荷花姑娘與春花秋風四個丫頭一直跪到現在，什麼也沒吃、沒喝……」

這是什麼意思？這是崔嬤嬤要給她下馬威嗎？林小寧壓著心中的不適。「她們跪在哪裡？」

喬婆子也趕來了。「小姐……」

「到底怎麼回事？妳來說清楚。」林小寧皺眉道。

「小姐，我……奴婢也不大清楚，只知道您出門後不久，荷花姑娘與四個丫頭就被罰跪。奴婢去說道說道，崔嬤嬤就說，教規矩就得賞罰分明，奴婢身為管事婆子，卻看著下人無規無矩、恃寵而驕，不管不問……又說醫仙府沒有半分規矩，矯枉必須過正，得好好讓下人們知道什麼是規矩禮數才是……小姐，就奴婢先前的人家也是京城的大戶，在太傅夫人手上也是被調教過的……」喬婆子的話讓林小寧頭大起來。

「誰讓妳稱奴婢的，不是說了不要這樣稱呼嗎？」

「小姐，崔嬤嬤說，定要這樣稱呼，小姐是體恤下人才這樣做，可下人欺小姐好說話，順杆子上爬，那就是失了下人的本分，失了規矩。天下無規矩不成方圓，下人就是下人，小姐就是小姐……」喬婆子委委屈屈地說道。

「行了，知道了。」林小寧一邊說著一邊走到自己的院中，只看到院裡空無一人。

「荷花她們呢？不是說被罰跪嗎？」

喬婆子小心道：「回小姐的話，荷花她們不在這裡，在後院罰跪著。崔嬤嬤說，罰跪不能在小姐院裡罰，省得小姐看著不舒服，還有荷花的屋子也說要搬到下人屋裡去。」

「知道了，妳下去吧……」林小寧頭大道。

果然，人家的人可不是那麼好用的，規矩也不是嘴上說說那麼好學的。

後院裡，荷花與四個大丫鬟跪在冰涼的地上，頭垂得低低的，身形都佝僂下來，從上午她出門到現在，這是跪了多久啊！

林小寧只覺得心中怒火騰騰。打狗還要看主人呢，這是什麼意思，一個宮裡的嬤嬤就敢這樣打她的臉？

「妳們都起來。」

荷花猛一抬頭，看到林小寧眼眶紅了。

「起來。」

荷花要起身，卻歪向一邊倒了下去，林小寧忙上前扶住，使勁把荷花抱住。

「喬婆子，來幫忙！」林小寧大叫。

「來了來了。」果不其然，好八卦的喬婆子不會真的退下，偷偷跟在了後面。

「去叫幾個力氣大的婆子，把她們抱回屋裡去。」

喬婆子應了一聲就一路小跑著去了。

開玩笑，好不容易跟了個這麼好說話又身分尊貴的主子，荷花還是主子的心腹加管事大丫鬟，這事不上趕著點，更待何時？況且，將來受罰的很可能也有她，崔嬤嬤可是宮裡來的嬤嬤。

荷花臉色蒼白，僵硬的身體動也不能動，驚恐帶著哭腔說道：「小姐、小姐，我動不了了……」

「沒事，是跪久了，一會兒就好。」林小寧把荷花抱著放到遠一些的草地上。

林小寧放下荷花，哄道：「我們不學那些規矩了，妳就這樣跟著我快樂自在一輩子就行了，不學那些破規矩了啊，荷花。」

荷花可憐巴巴看著林小寧。「小姐，規矩是要學的，但能不能讓嬤嬤不要罰這麼重。」

林小寧又看著還跪著不敢動的春花秋風，依次把她們四個全抱到草地上來了。

春花秋風四個人全身直打哆嗦，不知道是被林小寧這一抱給嚇到了，還是因受罰而擔心害怕。

林小寧幫著荷花揉著膝蓋，一邊對春花秋風道：「手上有勁嗎？有勁的話可以自己揉一下膝蓋，這地上得有多涼啊。」

荷花眼淚汪汪地看著林小寧。「小姐，我自己揉就行。」

林小寧安撫地笑了笑。「好的，就這樣揉，看到沒？還有小腿肚也要揉一揉……」

荷花眼淚像雨一般地掉下來。「小姐……」

「是怎麼回事要這樣罰妳們？」

「早上小姐不肯學規矩就走了，崔嬤嬤就說我們這些下人平時縱主成了習慣，又在主子面前不稱奴稱婢，這等縱主、犯上之舉，得要重罰才能記在心裡，記得清楚明白。」

當我是七、八歲的小姐呢，做錯事，不罰小姐罰下人，多老套的手段！林小寧心中冷笑。這宮裡的嬤嬤也不過如此，這點手段也想在她的地盤興風作浪？

第六十三章

喬婆子帶著幾個婆子來了，可跟著的還有崔嬤嬤。

春花秋風四人看到崔嬤嬤，顯見地渾身又抖了抖。

林小寧站起身，遠遠看著崔嬤嬤，崔嬤嬤威嚴的臉上帶著不變的淡笑，挺胸而來。

她冷冷地看著崔嬤嬤一點點近前，喬婆子與身邊跟著的婆子走得小心翼翼，面上是無所適從的表情。

崔嬤嬤終於走了到她跟前，施禮後說道：「小姐回來了？」

只這一句並不再多言，也不解釋，的確高明。

林小寧知道自己最不擅長的就是各種鬥，但崔嬤嬤卻是他送來的，他到底是何意？難道是想看看她有幾斤幾兩，能不能鎮住這個崔嬤嬤，以便衡量她將來打理王府內宅的手段嗎？

果真美好的事物一定是有距離的，與他這樣的情感，再甜、再美、再熱烈、再思念，卻越不過這些可笑的事物。但一想到寧王的笑臉，她又笑了。真是的，愛他就要信他，他那樣的人，豈會用這樣的可笑手段？

林小寧說道：「崔嬤嬤辛苦了，這裡不需要妳了，妳明天回宮去吧。」

喬婆子等人頓時面露驚喜，崔嬤嬤不動聲色，禮貌回答。「小姐從宮中把老身要來教授規矩，老身就已是小姐您的人了。」

言下之意就是打發不了了。

「崔嬤嬤既然是我的人了，自己卻首先不守規矩，我醫仙府的規矩就是：一、不能自稱奴與婢；二、不能時時下跪；三、不能亂體罰下人。這些昨天想來荷花都與妳說了，妳卻一條也不遵守，我還要妳這樣的嬤嬤做什麼？自然是要送回宮裡去的。」林小寧冷冰冰地說道。

崔嬤嬤仍是禮貌客氣道：「小姐此言差矣，小姐是未來的寧王妃，醫仙府的規矩只是小姐娘家的規矩，不然老身來作何？小姐將來進了寧王府，自然是要守寧王府的規矩。」

林小寧冷漠道：「第一、醫仙府是我自己的府，不是我娘家，我娘家在桃村，是安樂侯府。第二、請妳來是來教授她們禮儀規矩，不是讓妳來罰她們的。第三、妳也知道我將是寧王妃啊，妳隨意重罰我的丫鬟，才是以下犯上。第四、我將來到了寧王府，自然是定下我的規矩，只是對外的禮儀規矩不甚明瞭，才請了妳過來，妳這等自大，把我醫仙府的規矩也改了，妳才是恃寵而驕。」

「小姐這罪名，老身不敢當。所謂國有國法、家有家規，老身現在雖是小姐的人，但又兼教養嬤嬤，所以有權在教授的時候小懲大戒。如同學子身分再尊貴，也要被先生們打掌心一般。她們五人恃寵而驕，忘了本分，理當重罰，這是老身教她們的第一課。」

說荷花她們恃寵而驕，忘了本分，不就是因為早上自己不肯學規矩，罰不了她就罰下人，打她的臉嗎？

「喬婆子，把她們五人抱到各自屋裡去。」

林小寧懶得再與崔嬤嬤鬥嘴。這些宮裡出來的人，說什麼都能把人說到坑裡去，她與這樣的人鬥嘴才是犯了癡傻病了呢。

崔嬤嬤客氣道：「小姐，她們原本還沒跪夠時辰，既然小姐開口赦免，老身莫不敢從。」

打她的臉打上癮了嗎？這時還要打她的臉！林小寧不怒反笑，對喬婆子說道：「再叫車夫去寧王府，把寧王叫來問問，崔嬤嬤這般行事，是不是我打發不了？」

崔嬤嬤心中暗想：這個醫仙小姐主不主、僕不僕的，全無高門貴胄千金的做派，真是個村姑，還派老身來教授規矩，真是給老身抹黑。這等人，哪來的規矩，根本沒有做王妃的半點樣子，如何管得住將來的後宅內院。如今老身我沒有犯事，她就想打發，豈不是打皇后的臉嗎？她這小妮子也想打發老身，真是笑話，不把妳治得服服貼貼的，老身不相信。

但面上卻是極為禮貌，說道：「小姐，今日您的規矩還沒學就走了，現下離晚膳還有一些時辰，正好，不如由現在開始學習如何？第一、早上本是小姐要學規矩的時候，小姐非要離府辦事，下人不懂為小姐分憂，還縱小姐出府拋頭露面，是為縱主。第二、小姐不讓下人自稱奴與婢，這是小姐心善好說話，可下人卻失了本分忘了身分，竟然在這等大事上聽從，是謂恃寵而驕。第三、下人就是下人，豈能與小姐同院相鄰而居，下人自有下人屋，除非是守夜睡在外屋好伺候小姐，豈能住在小姐隔壁？」

林小寧快要無語了。這個崔嬷嬷是腦子壞掉了嗎？現在還想這些，聽不明白她剛才的話嗎？

林小寧對一邊呆若木雞的喬婆子說道：「還不趕緊抱人進屋，這醫仙府的主子換人了嗎？敢情現在是崔嬷嬷當家作主了，我竟不知道。」

喬婆子這才反應過來，忙和幾個婆子把荷花五人抱走了。

後院只剩下林小寧與崔嬷嬷，林小寧冷漠地說：「崔嬷嬷想教我規矩怕不是那麼容易，妳好自為之，等六王爺來了自然會安排妳的去處。說到恃寵而驕、主僕之分，我倒要問問嬷嬷，雖是從宮中來的老嬷嬷，卻怎麼視主子的話如耳旁風？我是主子、妳是僕，妳不自稱老奴，卻稱老身，這算什麼？再說，妳說主子就是主子，下人就是下人，妳也是住我隔壁，怎麼不說自己也搬去下人屋？還有，妳在醫仙府一天，就得守醫仙府的規矩，豈能容妳這不知天高地厚的老奴才翻手為雲，覆手為雨。」

崔嬷嬷看著林小寧的背影笑了。想打發老身，怕不是那麼容易，老身是皇后指派下來的，小妮子這火爆性子，老身還以為要等上幾日呢，卻現在就要去叫寧王殿下了。小妮子啊小妮子，妳叫了寧王殿下來了，那才真正是一場笑話，寧王殿下若要為妳這等後院之事操心，還娶妳做王妃作甚？真是個蠢的。

小丫在院門候著，看到林小寧，忙小跑上前道：「小姐，喬婆子與荷花姊姊有要事回稟。」

「什麼要事？」

「不知道，小姐先回屋，小丫去叫喬婆子與荷花前來。」

「不用了，我去荷花屋裡。荷花她們跪大半天，地上那麼涼，就算漢子也吃不消，這幾日要好生用艾條薰膝蓋。小丫，妳上些心伺候荷花，我一會兒開個方子，妳去抓五人份的藥，再多買些艾條，藥煎好和艾條一起給春花秋風她們也送去。」

「是，小姐。」小丫應道。

荷花正靠坐在床榻上，與喬婆子私語著，看到林小寧進來，兩人忙起身行禮。

林小寧擺擺手坐下。「荷花，這幾日讓小丫給妳在膝蓋處薰艾，一次最少一個時辰，堅持一陣子就沒事了。喬婆子沒去吩咐廚房給她們五人熱一些吃的來嗎？」

荷花忙阻止。「小姐，吃的先不急，我才喝了幾盅熱茶，又吃了一些點心，現下好多了。而那四個丫頭，喬婆子也安排了熱茶與點心。小姐，妳的好，荷花一輩子都銘記在心，只是小姐，車夫派去了六王爺府中，可把六王爺請來後，小姐不可提崔嬤嬤的事。」

「為何？」

喬婆子與荷花低聲道：「小姐，此事不能與六王爺說，不然對小姐不利。」

林小寧皺著眉頭。「怎麼個不利法？荷花，別和喬婆子這樣說話曲裡拐彎的，什麼壞毛病。」

喬婆子訕笑著，不敢吭聲了。

荷花忙道：「小姐，如果您和六王爺說崔嬤嬤一事，要將她打發回去，那便是打了宮裡人的臉。崔嬤嬤雖然是嬤嬤，但是宮裡指派下來的，身分特殊，我們得用柔和些的法子，否則，傳了風言風語出去，於小姐的聲名大為不利。」

林小寧冷笑道：「我知道，外人會說，如果我連一個嬤嬤都鎮不住，如何坐鎮寧王府是嗎？」

荷花與喬婆子點頭。

林小寧道：「荷花，我既是未來的寧王妃，就不能在一個嬤嬤手上吃虧，這就是道理。至於我用什麼法子，那是我的處事方法，如果我要擔心風言風語，我會與曾嫣嫣做姊妹嗎？我會一個人在京城開府嗎？我會對妳如親姊妹疼愛嗎？」

荷花一聽眼淚又掉落下來。「小姐對荷花的好，荷花一生報不完的。」

「別說這些無用的，妳好好養腿傷，這事我會處理。天下萬事處理方法有很多種，但我的方法最簡單直接，不滿意就打發了，任他們如何想。妳將來少不得會拋頭露面，也會有許多風言風語，就如同現在，梅子與蘭兒照樣也要面對許多閒言一樣。管他九轉十八彎的九竅心肝，哪怕是心上長滿了眼，那也只有一條，在我的地盤上，只能聽我的，想要小心思，那就從哪來回哪去，明白嗎？我鎮不鎮得住她不重要，我與一個老嬤嬤暗中較量，太丟失身分。」

荷花與喬婆子眼中黯然。

荷花細聲道：「小姐，這是一個死局啊，小姐這般尊貴的身分，與一個嬤嬤計較自然是委屈了小姐，可如果一日就打發了回去，又是讓六王爺打發，那真就是有太多理由瞎想瞎說了……」

林小寧抬眼看看喬婆子，溫聲道：「喬婆子，妳先下去吧。」

喬婆子面上有微微地不甘心，但仍是照辦了。

這時林小寧才道：「荷花，我雖然不喜歡這些耍心眼的事，但不表示我是個笨的……要知道，解決方法太多了，但人總是想用最好的方法來解決問題。如同我當初對清水縣城西的貧民，卻不如三虎的方法有效果。這個崔嬤嬤，其實我可以用陰私的方法來解決，好辦得很，只讓她先患個不起眼的小毛小病，我們自然憂心，為她去求京城最好的大夫來看，然後病得越來越重，永遠好不起來就行了。看病的不是我，到時還可以求六王爺再找個人來專門為她煎藥，那麼藥也沒問題，神不知鬼不覺的，又無證無據。我這兒又是好吃、好喝，好多下人伺候著、養著，我這等仁義之舉，宮裡的那個人怕是有苦也難言。但我不願意，妳明白嗎？荷花，我一生行事最是不屑那些後宅手段，最是欽佩鎮國老將軍那樣剛強陽光的做人方法。當然，鎮國將軍在戰場上使的手段另當別論。」

荷花聽了激動不已。跟了這樣的小姐，是多麼大快人心的榮耀之事啊！

「妳記住，有時最簡單方便，最有效果。崔嬤嬤是六王爺送來的，但崔嬤嬤為何要這樣為難於我，這裡面有多少門道，我不去猜想。可有一條，那個嬤嬤絕對是被人授意了。荷花，妳也要學聰明些，這事六王爺知道嗎？是何人授意？出自何等目的？妳可知道借力打力……」

荷花兩眼泛光。「小姐妳真神了，明明是死局，可妳這樣禍水東引，就破局了……」

林小寧笑了，摸摸荷花的粉嫩臉頰。「荷花，我知道妳與喬婆子是為我好，但方法不要太侷限於後宅那點破伎倆，所謂大智若愚……」

荷花高興得忘形了。「小姐，妳真是太聰明了。」

「所以，崔嬤嬤處理了後，還會請另一個嬤嬤來。但我們學規矩的心，是真的。」林小寧促狹笑道：「當然，再來的嬤嬤，估計也不敢生出心思來為難我們了。」

車夫回來報信說寧王並不在府中，留了口信，說是等寧王晚上回府後會告之。

崔嬤嬤滿意地吃完豐盛精美的晚宴後，太醫外院有個女僕來了，急報太醫外院才送來一個傷著腿的漢子，性命垂危，還沒來得及治就去了，現在家人在鬧事……

林小寧匆忙隨女僕而去。女僕帶著林小寧從後院進去。

梅子與蘭兒還有兩位先生，正在華佗術室邊上的屋裡等著。

「目前是什麼情況？」林小寧鎮定問道。

「小姐，人去了，送來時出血不止，是傷了大腿的動脈……」梅子急道。

「這種傷到動脈，除非受傷當時就夾住動脈止血，否則就是一個死。是哪個送來的？」

梅子與蘭兒對視一眼道：「我們在市集貼了告示，遇大病或大傷者可送來太醫外院，免費治療。」

「那萬一沒治好呢？」

「治好所有費用全免，治不好也不負擔任何責任，反正送來的都是別家醫館不收的病人。」

「但他的家人還是要鬧事？」

「是的小姐，送來時說好的，當時先生就說回天乏術了，可我與蘭兒想試試看，到底沒嚥氣。可真的死了，他家人又變卦了。」

「那和他家人說清楚了沒，他家人鬧事是個什麼由頭？」

「說是我們技不如人，在大門口哭鬧不休，卻不來抬屍體回去。」

「不抬屍體回去，只管在門口哭鬧？」

「是的小姐。」

若是真要鬧，不是要抬著屍體在大門口鬧事嗎？這是怎麼回事？林小寧頭大得很。

「我看看屍體。」林小寧說著就入了華佗術室。

漢子約莫四十多歲，躺在華佗術室的床上，床上是大量的血跡，身體冰冷，右大腿的動脈上還夾著止血的鉗子。

「我們還做了份契約，凡是送來的病傷者，都要在契約上按手印才能施救，可他們還是不依不饒。」梅子又道。

「既有契約，還怕他們鬧什麼，由他們鬧去。」林小寧道。

「但怕是對太醫外院的名聲不大好。本來就有許多風言風語，現在又多一條人命。」先生說道。

又是一場死局，這要如何破局？林小寧陷入沈思。

梅子、蘭兒，還有兩位先生一臉懊惱。

林小寧安撫道：「這事不怪你們，只要人還有一口氣，就得全力施救，本就是醫者的本分，這事說到哪兒都有理。目前不要讓嫣嫣知道，她快要臨產了，這事我來解決，讓我想想……」

林小寧一邊說著一邊坐下來，心中思考著。按梅子說的，漢子傷口是大腿的動脈，送來時就已失血過多，沒得救了，這是陰謀還只是意外？

她腦子轉了轉，然後冷笑。

管他什麼陰謀還是意外，兵來將擋，水來土掩，誰怕誰啊！

「梅子和蘭兒跟我出去會會他的家人，先生隨僕人下去休息就好，今天辛苦了。」林小寧冷靜道。

漢子家人都來齊了，打頭的是四十歲樣子的老婦，三個二十多歲的兄弟與三個年輕婦人，婦人身邊還跟著幾個男孩、女孩，個個圍著躺在擔架上，用白布蒙住了的一具屍體，老婦低頭垂淚，三兄弟眼神亂飛，三個婦人嚎啕哭著，幾個孩子傻愣愣地發著呆，有兩個女娃子在小聲泣著，顯然是嚇著了。

梅子與蘭兒在一邊低聲道：「老婦人是漢子的妻室，三個兄弟是漢子的兒子，三個年輕婦人是漢子的兒媳，幾個孩子是孫兒、孫女們。」

這是全家出動，根本是謀算好的。

三個年輕的婦人一見林小寧一行三人，就又哭喊起來。「可憐苦命的公公啊……」

「先別哭了，說說，你們簽了契約，又來事後鬧事，這是什麼意思？」林小寧開門見山。

三個婦人聽到林小寧一開口，驚了一下，又更響亮地哭了起來，但翻來覆去就一句。「可憐苦命的公公啊……」

這是想引人同情，打悲情牌，引人來圍觀，然後再指責，這樣鬧顯然是個很懂，很專業的。

圍觀的人慢慢多了，三兄弟恨聲道：「太醫外院貼告示說送病傷者來免費治療，卻故意治死人，就只為了得到我爹的屍身，行那不為人知的邪門秘術，這樣歹毒的心腸啊！」

怪不得不肯抬屍體出來，原是在這兒下套啊。

梅子與蘭兒難過極了，若不是她們心軟想試上一試，豈會有這樣的結果？

如果是官府來判，也只會在民間落得個官官相護的閒言，如果是私下了事，又是堵了一口氣嚥不下去。

此事真是不好解決。

林小寧笑了。這幫蠢貨，太醫院外院雖是名聲不好，可到底是掛著太醫院的名頭，拿的是朝堂的俸祿，花的是朝堂的銀兩，豈能由平頭百姓污言穢語指責，這是活膩了吧？如果他們只是哭，引人同情反倒難辦，但那三兄弟的話明顯是在下套，那可是反把他們自己套住了，到底是誰用的計，這不是傻子嗎？

「那便請官府來吧。」林小寧輕輕淡淡道。「梅子、蘭兒，叫個僕人去報一下官，說是有人聚眾鬧事、歪曲事實、污言穢語、危言聳聽。」

「小姐……」梅子與蘭兒欲言又止。

「報官。」林小寧眼神掃了掃梅子與蘭兒。

「是，小姐。」

「叫人搬些椅子來坐著等著，還有，門口多點些燈籠，亮些。」

「是，小姐。」

京兆府張大人到了，與林小寧和梅子、蘭兒相互見了禮，又著人抬出了屍體，請來了京城最德高望眾的大夫驗了屍體的傷口，只道就算華佗在世，也是回天乏術的，這分明就是鬧事。

可那三兄弟卻一口咬定，太醫外院想用他爹的屍體行邪門秘術。

真是個傻的！

林小寧笑道：「這話怎麼說？你們自己棄自家親人的屍體不顧，獨跑來門口鬧事，我倒是覺得奇怪呢。」

那三兄弟還待要說話，張大人已變臉，怒道：「把這三個敢出言不遜、以下犯上的狗東西綁了起來，送官法辦。朝堂太醫外院，豈能容爾等小草民辱罵？」

那老婦已是渾身哆嗦，三個年輕的婦人也嚇得不敢吭聲，死死地拉著手中的孩子。

那三兄弟急忙跪下，其中最年長的模樣的男子慌慌張張道：「大人，小民不敢，小的也不知道他們要爹爹的屍體做何用，是拿不回爹爹的屍身，一時悲痛氣惱，請大人恕小民之罪啊！」

然後三兄弟就咚咚咚地磕頭，看得林小寧額頭都痛了起來，直抽著冷氣。這三人，真敢磕啊！

「小民不敢撒謊，他們想花五十兩銀子買我爹的屍體，是確有其事，我們不同意就把我們打出來，這是五十兩銀票，大人請看。」

便從懷中摸出五十兩銀票出來。「大人，先頭我們不知道爹爹的確不能治，但就是不能治，死了也要把屍體還給我們啊，不能強買啊大人，請大人定奪！」

「是嘛，我們花五十兩銀子要買你爹的屍體，大家聽聽是不是好笑？為何花這麼多銀兩買一具屍體，大活人不過十幾兩銀子而已。」林小寧笑道。

「是啊是啊！」圍觀的眾人附和哄笑道：「哪有花五十兩銀子買一具屍體的？活人才十幾兩而已。」

還有一些圍觀的卻道：「他們買屍體肯定是在屍體身上試動刀子，回頭切成一塊塊的，哪戶人家會願意啊？自然是要花更多的銀兩。」

「也是啊！」圍觀者私下議論著。

梅子、蘭兒心中直犯嘀咕。這屍體之事是哪個透露出去的？他們買的屍體就是五十兩銀子，出於買來的屍體是要解剖使用，便多給了些。這事除了太醫院知道，就是自己這些人知道了。太醫院是不計較這些的，他們每年養的藥人不知道花費多少，那可是用活人做藥人，不知道多遭罪，為了一個有效的方子，先得讓藥人得上同樣的病，不斷地開方試用，有效果後，才用方子治療宮中的貴人。

林小寧心中暗道：這怕是太醫院的老朽們透露出去的，此人用邪門秘術這個由頭，扯出外院用屍體試驗華佗術。古代人講究身體髮膚受之父母，這買賣屍體定然讓人認為是大不敬與大不孝，夠外院頭疼許久的，顯然是精心設計好的，想動外院是不可能的，但讓外院頭疼一陣卻是做到了，背後有高人啊。

張大人也有些冒汗。買屍體這事，其實也是能理解的，正如圍觀的所說，行華佗術嘛，自然是要在屍體上動動刀子試試什麼的，可這醫仙、醫聖兩位女大人們也是，要買屍體這等駭人聽聞之事，得處理得密不透風才行啊，要買也是遠遠地去買，怎麼從這等人家手中買呢？一看就不是好人，才說治死了人家老爹，這是腦子壞掉了嗎？

「爾等賤民說太醫外院買屍體，真是笑話！太醫外院以華佗術為主，力求將華佗術發揚光大，而華佗術就是在人身上動刀子的，這想必大家都有所耳聞，自然是要熟悉人體，所以我的確要屍體，卻不會花費五十兩來買屍體，因為義莊會提供太醫外院無主屍身。」

正在這個時候，曾嬤嬤的聲音冒了出來。

她正被一頂豪華的四人大轎抬著在圍觀者的外面，轎簾掀著，挺著巨大的肚子端坐在轎內，居高臨下說道。

梅子與蘭兒眼睛一亮。讓義莊提供無主屍體，這是早前就往朝堂上遞了摺子的，莫不是批了下來？

林小寧頭更大了。我的嬤嬤啊，這事只能做，不能說的。

果不其然，曾嬤嬤這一席話引得一片譁然，圍觀者交頭接耳。原來真的要用屍體試刀子，先前不過是猜測，現在竟然是真的確認了！

眾人議論著。「天啊，這些太醫外院的人，天天與屍體打交道啊！」

「以後從這走時要繞著走才是，想著都身上發冷。這太醫外院都是些什麼人喲，膽子真大。」

還有人極小聲地說：「這幾位女大人，竟然要去面對屍體……」

「你們說那些屍體是男的，還是女的……」

「……」

曾嬤嬤的話成功地把所有圍觀的人的注意力與話題都吸引開了，把那鬧事的一家人丟在一邊不理，只關注著太醫院外院的女醫官們如何擺弄屍體，屍體是男還是女，紛紛露出各種難言的曖昧神情。

四人大轎穩穩地停下，蘭兒與梅子忙上前去扶，曾嬤嬤很是驕傲地挺著大肚子，扶著梅子與蘭兒出了轎，對林小寧笑了笑。

「小寧，這等事還不讓我出面，人家都打上臉來了，這些賤民是眼中沒有我朝堂的太醫院還是如何？」

「妳真是個蠢的，現在太醫院的名聲這麼不堪，還這樣說！」林小寧上前耳語罵道。

「本掌事最不怕的就是閒言碎語了，與其讓人風言風語地猜測，不如大白於天下。這等事，歸根結柢是造福百姓，有皇上撐腰，怕什麼？反正妳我的婚事都定了。」曾嬤嬤有意無意地挺了挺自己的肚子。

「那梅子與蘭兒呢？」林小寧白了一眼。

曾嬤嬤低聲道：「蘭兒配夏護衛，梅子嘛，配妳家的安風。夏護衛與安風都是知道這些事的，不會計較。」

「那妳的兄弟姊妹們呢？他們怎麼辦？到時被唾沫星子淹死。」

曾嬤嬤嗟了一聲。「我做官，得封號，榮耀是公中的，難道他們只想從我這拿到好處，唾沫星子就得我一人承著？」

什麼邏輯？林小寧失笑。

「反正現在話都說明了，說什麼都晚了，只好這樣了。時日一長，也就無人再說了。不過以後這等事要與我商議一下，太莽撞了。」林小寧無奈笑道。

「可不是，時間一長，誰還說這些啊。」曾嬤嬤笑道。把後半句話丟了個乾淨。

張大人一直看著林小寧與曾嬤嬤旁若無人地低語。

曾嬤嬤從下轎後，對他是全然的忽視，更是連嘴上敷衍的客套禮節都沒有。那林掌事雖然是將來的寧王妃，可也與他互禮了一下，可對這個曾掌事，他是不能如何的，她那性子，京城誰人不知誰人不曉。

「嬤嬤，看我今天也要學妳仗勢一番。」

「好的，小寧，今天可要拿出寧王妃的氣派出來。」曾嬤嬤笑道。

林小寧笑了笑，慢悠悠環視著眾人，最後眼光落在張大人身上。「大人，今日太醫外院被小人刻意栽贓陷害，陰謀算計，竟是收買一夥賤民打上臉來。且不說小人陰謀算計，只說以這種齷齪手段，藐視朝堂命官，輕慢我朝太醫外院的醫官大人，用賤民來辱及我等，實在是欺人太甚！令人髮指！」

張大人心中哀嘆著：這是鬧事沒錯，可妳們把屍體之事說明更是駭人聽聞啊！

林小寧繼續說道：「且不說太醫外院任重而道遠，要將華佗術發揚光大，以後造福百姓。先說這是朝堂的太醫院外院，是皇上下旨親封，如今有這等噁心齷齪之行，這是意圖打朝堂、皇上的臉面，其心可誅！

「再說，我等四人受皇恩浩蕩，一片忠心向明月，只想解百姓疾苦，許下承諾，大病、大傷者可免費治療。但世人皆知，大傷、大病不治而亡，實乃正常。我們費盡好藥，傾盡心力，只盼哪怕是從閻王手中搶回一條性命，也是能給了一戶人家除了失去親人的傷痛。

「本是仁義慈善、赤子之心，竟被小人鑽了空子，意圖辱我等四人朝堂醫官聲名，用心險惡！若不能為我等伸張正義，有我等前車之鑑，試問將來還有哪個願意這樣為朝堂、為天下盡棉薄之力？因此，望大人定要嚴查苛辦，絕不能姑息背後指使的陰險小人。這等賤民，絕不敢無端生事，必是受人有心之人指使，許下重財，迫於生計，才不得不行此等不仁不義之事。」

林小寧說這席話時，心中想著自己是曾嬤嬤，說完後才覺得難受不已。

曾嬤嬤笑咪咪地看著林小寧，低聲讚道：「說得真好，小寧。」

林小寧笑道：「這是學妳啊，嬤嬤，妳平日裡這般說話，也不會自己把自己給噁心了？」

「呿，怎麼會噁心呢？說得多好，妳這腦子可是壞了嗎？」曾嬤嬤修長的手指就點上了林小寧的腦袋。

張大人乾笑道：「林掌事、曾掌事，本官定會嚴查苛辦的，把所有人都帶去衙門，一個個問話，他們一家子先關上，明日開堂審理。」

那三兄弟又咚咚咚地磕起了響頭。「大人明察，草民只是受人指使，的確是受人指使。女大夫說得沒錯，小民生計艱難，實在是迫於無奈才行這樣的齷齪事情……那人、那人給了我們二百兩銀子的好處，連這五十兩的銀票也是他出的。大人不信去我家搜，那二百兩銀子我們藏在床下的炕裡的……」

「這麼說，這老漢的傷是自己弄的？」張大人問道。

「是的……」三兄弟低聲回答。

老婦眼發直，突然一嗓子叫道：「作孽啊！不孝子啊，你們、你們……」然後就暈了過去。

蘭兒與梅子忙上前扎針急救，場面亂成一團。

圍觀者又是一片譁然。

明白是陷害了，可果真有人指使，二百兩銀子……這真是笑話，才二百兩，就費了一條活生生的性命去陷害皇上親封的醫仙小姐、醫聖姑娘，還有太醫院外院！這戶人家腦袋要不要再笨一些啊，這是能陷害得了的人嗎？

又看到那戶人家老老少少一身破舊，面如菜色，也有些惻隱之心。

事情真相大白。

只是這戶人家說到指使人的模樣，只說是個大鬍子，說話是當地口音。

林小寧說道：「肯定是易了容的，哪會給出真容來啊？」

梅子與蘭兒終於讓老婦醒了過來，邊上的女僕忙遞來一盅熱開水，梅子餵給老婦喝了後，老婦緩過勁來便哭罵：「不孝子啊！不孝子啊……」

三個兄弟也大哭起來，最大的那個哭道：「娘啊，本是說我去的，爹知道後不允，說他去，他說反正也活了大半輩子了，如果一條命能換二百兩銀子，那也值當了……」

三個年輕的婦人顯然是知情的，只跪在一邊拉著孩子們在不斷地哭著。

老婦嗽了一聲，哭得更傷心了，一拳拳地捶打著自己胸口，嘶聲道：「那不如讓我啊，讓我也好啊……」

事情解決得順利無比，圍觀者看完熱鬧就回了，不用再去衙門問話。

這戶人家被帶去了衙門暫時關了起來，知府又派出衙差去他們家中搜賄銀，目前要做的是查出背後指使的人來，但怕是根本查不出來的。

曾嬤嬤與林小寧對老婦的悲傷極為動容，尤其是曾嬤嬤，她有孕在身，又快要臨產了，一心想為肚子裡的孩子積福。

在張大人要帶人走時，與林小寧商議了一下，然後小聲對知府道：「大人，這事查清後，那家人就放了吧，二百兩銀子也給他們。」

張大人乾笑道：「林掌事、曾掌事，妳們兩位是善心腸，可這事要依律而辦。」

曾嬤嬤淡然道：「那好，明日我讓我爹派人去衙門說吧。」

張大人忙道：「林掌事、曾掌事莫急，這家人目前不能放，怕有人殺人滅口，等查明後，二百兩銀子給他們，那三兄弟這等罪行，不過是十年苦役而已。那一家婦人、幼小，有這二百兩銀子，也可過得不錯，妳們看如何？」

張大人這一手力挽狂瀾實在是漂亮。她們的話不好使，抬出太傅大人就好使了，媽媽真幸福，有這樣一個好使的爹，她卻沒有。林小寧心中有些酸意。

「可以。」曾媽媽說道，扶著林小寧又低語。「這次可是和妳商量了喔。」

這還當著張大人的面呢，再怎麼著也是知府，這樣多輕慢人家啊。看他模樣，心中定是氣惱不已。

林小寧只好對張大人笑道：「張大人思慮周全，後面的事就麻煩大人辛苦了。媽媽現下身體不好，我們就不送了，改日備禮去府上拜訪道謝。」

張大人心中快要吐血了。這兩個女子沒半點規矩，氣煞人也！備禮來府上拜訪，還不是為了看這個案子查得如何？給我施壓呢！

面上卻是笑著客套。「林掌事客氣了……」

林小寧也只好陪著打哈哈，那曾媽媽聽了不耐煩，便打斷道：「小寧，站得腿酸脹得很，我們回去吧。」

張大人的臉都發青了，客氣話也不再說，帶著人就走了。

曾媽媽才笑道：「這老頭真是夠囉嗦的，實在聽不下去了。」

林小寧頭大道：「妳啊，妳這樣把全京城的官都得罪光了。」

曾嬤嬤奇怪地問道：「還有哪個官我沒得罪過的？喔，有，我爹。就連妳那知音胡老頭，據說當年都被我氣得吃不下飯呢。」

「我還不是一樣，當年被妳氣得胸口痛。」

曾嬤嬤假意來拍著林小寧的胸口。「哪裡痛了？氣到哪裡了？我摸摸就不痛了。」

林小寧與曾嬤嬤嬉笑打鬧了一會兒，又想到了什麼，蹙眉道：「嬤嬤，不對，這是很拙劣的手法，這戶人家賠上一家之主的性命，卻根本不能陷害到我們……只會讓我們頭大……」

對，頭大！林小寧突然靈光一閃，崔嬤嬤來了讓她頭大，現在這事也是讓她頭大，將來還要面對如潮水般的閒言碎語，因為曾嬤嬤把屍體一事說明了。

閒言碎語她不怕，可是，她現下的身分是寧王妃，所以這些閒言碎語是有目的的。

林小寧立刻說道：「嬤嬤，快上轎，到我府裡去，有事相商，梅子、蘭兒相隨。」

第六十四章

當林小寧喃喃自語時，嫣嫣也想到了，立刻明白過來，捧著肚子說道：「唉呀小寧，我著了小人的道了。這背後指使人鬧事的目的就是要現下這個結果，這人是熟知我的性子，又知道朝堂才批了我們用義莊屍體的摺子，還派人去我府中報信，說是路人看到太醫外院有人在鬧事……哪有這麼巧的事啊？這是局……」

曾嫣嫣苦著臉被梅子與蘭兒扶上轎。她的專用轎子有上下兩個轎杠，可以調節轎子的高低。

「換高杠，這樣轎子低些。」蘭兒與梅子道。

四個剽悍的轎夫手腳麻利地照辦了。

「小寧啊，妳上來陪我一起坐轎子……我、我好像壞事了……」曾嫣嫣一臉無辜與討好。

「現在還說這些做什麼，之前妳不是說本姑娘最不怕的就是閒言碎語嗎？」林小寧笑著上了轎，坐到曾嫣嫣身邊。

「是不怕啊，我們都不怕啊，那六王爺也不會計較的，連安風都知道這些事，他也早就知道了，可他的家人就說不好了。我對不起妳啊，這下可完了，這等事，真是如妳所說，只能做不能說的。大家心知肚明不說破就相安無事，可是一旦說破，那……」曾媽媽越想越驚，只覺得身上出了一身汗。

「其實妳說不說破都不重要了，人家要的就是讓鬧事的人扯出屍體一事，讓大家去瞎想瞎猜，所以現下重要的是想後面的對策。我下午時就叫人去喊他來了，他不在府中，他府裡的管家說人到了後，會讓他過來的。」

曾媽媽就像做錯了事，不敢面對的孩子一樣忙道：「我不去妳府裡，回頭他會把我掐死的……這是一屍兩命啊，小寧，我不去了……」

「他不會的，妳可是太傅之女呢。」林小寧哄著。

「他是六王爺，連我爹都能掐的。」曾媽媽急道。

「放心，他不會掐我的金蘭姊妹的，起轎！」林小寧不耐煩道。

「小寧，我懷孕後笨了好多，妳叫人把清凡叫來陪我。」

「清凡允妳單獨出來處理事情，妳就更應該拿出太傅之女的樣子出來。」林小寧樂得不行。

「不是的，小寧，我是偷著出來的，當時清凡正在西府與清淩姊、王剛商議事情。」曾媽媽臉上露出少見的慌張。

「什麼？妳出府，坐這麼高的轎子是自己偷著出來的？我之前還想清凡也真是，不陪妳出來，還讓轎子抬這麼高，這是腦子壞了吧？多危險啊！」林小寧有些怒了。

「不是的，前面是抬得低些，快到時，才換成低杠，抬高了，這樣才好鎮得住亂民嘛！我心裡有數的。」曾嬤嬤分辯道。

「我的嬤嬤啊，妳這腦子是想些什麼啊？我送妳回府。」便又對轎夫道：「回魏府。蘭兒，去坐妳的小馬車也回魏府，梅子自己回醫仙府去。」

「是。」一眾人應著。

四個轎夫穩穩地把轎子調了一個頭。

曾嬤嬤臉上有些嚴峻。

林小寧安撫笑道：「嬤嬤，這幾日妳不要出門了，現在許多事都不大對頭，妳又要臨產，看來有人是盯上我們了，妳就安心待產吧，外面的事我來處理。」

曾嬤嬤壓低聲音道：「那個義莊的事昨日才批的，又剛逢先生生辰，蘭兒晚上吃到很晚，就到妳府裡睡了，所以只我一人知道。這事必有蹊蹺，肯定是朝中官員所為，動作極快，不過一日，就安排周全了。小寧，妳一定要和那個六王爺仔細說清楚這一點。」

「嬤嬤真是聰慧無比，一眼就看到實質問題，還想出這等法子禍水東引，真是英雄所見略同。我今天府中一事也是打算這樣解決……」林小寧低聲把崔嬤嬤一事說了。

曾嬤嬤一聽就變臉了，沈聲問道：「崔嬤嬤是宮裡哪個指派下來的？」

林小寧搖搖頭。

曾嬤嬤沈思著，然後慢慢道：「這一、兩件事，看樣子是衝著妳的王妃身分去的，這事可怎麼辦？」

林小寧冷笑。「剛才不是說了嗎？禍水東引。反正屍體一事已大白於天下，現在拿著這個事由，還有崔嬤嬤的事由，不管是哪個指使的，丟給他去辦就好，估計他也樂得願意呢，現下就看他願意用這事扯上哪個倒楣的人了。」

「沒錯，不管是不是衝著妳，但一定得是衝著六王爺去的。」曾嬤嬤愣愣地，一字一句說道。

「本就是衝著他去的。他和妳爹、胡大人、沈大人肯定也會這麼認為的。」林小寧笑道。

曾嬤嬤並不接話，只是驚異地張大著嘴，呆呆地看著林小寧。

「妳別和我說妳不知道妳爹與胡大人、沈大人，合力拿下七個奸細做的那些事。」林小寧嗔道。

曾嬤嬤點點頭。「我知道一點。於是這又是奸細犯事，這等奸細太是張狂，竟然用這麼下作法子，不怕被世人笑話。妳也太厲害了，這等法子是怎麼想到的？當真是兩廂其好啊！」

曾嬤嬤說到後面已豁然開朗，兩眼冒著精光。

我哪有那麼厲害，主要是他們之前的手法，我從頭至尾都清楚，妳只是在娘家看到、聽到一些，不甚明瞭，才覺得厲害。

但嘴上卻是得意道：「現在知道我不笨了吧？妳從前老是說我笨，我那時只得靠著妳這聰明的姊姊，不然早就笨死了！」

曾嬤嬤笑呵呵道：「原來我的小寧是大智若愚啊，有妳與我，算是絕代雙嬌，雙雙互補啊，那還愁太醫外院不蒸蒸日上，如日中天嗎？」

說完便舒適地嘆了一口氣，但又馬上皺起眉。「不過，這今天的事定會被有心人傳到宮中去，到時，妳與他的親事必受影響。宮裡那幾位，可是天下最尊貴的人，最是講究計較這些細枝末節，這下如何是好？」

林小寧道：「這事本來我們大家都心知肚明的，主要不就是宮中那幾位嗎？這些由他去解決，連這事都解決不好，怎能稱為寧王殿下？最多我晚上多哄哄他，說說好聽的話，還能怎麼辦？還不是妳害的。」

曾嬤嬤笑道：「是是是，多哄哄，話說得柔些、好聽些，哄得他開開心心的，還要讓他知道妳多委屈……以前我也是這樣哄清凡的。」

兩人便在轎中吃吃低笑著。

還沒送曾嬤嬤回府上時，就遇到魏清凡的馬車了。魏清凡面帶怒容，看到林小寧便壓下來，問清了事情，才微慍道：「嬤嬤，妳現在身子這麼不便，出門應該叫上我才是。」

曾嬤嬤有些丟了面子的難堪，但又自知不對，只好摸著肚子不吭聲。魏清凡一看到她摸著那頂著多少風言風語的肚子，馬上就軟下口氣，和風細雨說道：「妳這樣害得我多擔心，知道嗎？就是派人去叫我一下，又能耽誤多少時間？」

林小寧偷偷笑著。

送了曾嫣嫣回府後，魏清凡又要親自送林小寧回府，林小寧笑道：「讓車夫送就成，你啊，去哄哄嫣嫣吧。」

魏清凡也有些尷尬。林小寧嘻嘻笑著，坐上馬車，對車夫道：「回醫仙府。」

馬車才一路趕到醫仙府門口，就看到寧王與安風兩人騎馬而來，寧王一臉匆匆，跳下馬就問：「出什麼事了？」

「本來只是一件事，現在卻是兩件事了。」林小寧笑道。

進了醫仙府，林小寧交代著門房的婆子，讓荷花送熱茶到前院去，然後就在前院的花亭中坐了下來。

「到底是出了什麼事？」寧王問道。

林小寧便把太醫外院鬧事一事仔仔細細地說了一遍。

寧王與安風聽完後皆蹙眉。

荷花拎著熱茶壺，與春兒一起前來了，小心擺上茶具，伺候好茶便退到一邊，靜靜地立著。

寧王顯然是有些渴了，細細啜飲著燙茶，沈默不語，臉色有些難看。

安風也手摸茶盅沈思著。

林小寧又道：「嫣嫣說不說那些話都不重要，他們就是想讓人猜測我們擺弄屍體。我倒真覺得是有些水深……是個人也看出來了，但那人的目的是達到了……怕是很難查到真正的幕後之人。這事明顯是有人盯上我了，鬧事最終的目的就是想壞我們的婚事。」

寧王聽到林小寧這般大方說出來，忍不住笑了，道：「妳的政治敏銳，可是比之前要強多了。」

林小寧笑道：「跟你學的呀。」

寧王只覺得甜蜜無比，心中湧起愛戀，目光便灼熱起來。

安風適時地發出一聲不雅的啜茶聲音。

寧王收起心神，溫柔問道：「第二件事情呢？是什麼事？」

「第二件事讓荷花說吧。」林小寧說道。

荷花便上前把崔嬤嬤的事情說了，末了又道：「六王爺，其實崔嬤嬤是為我們好，一心想讓我們學好規矩，崔嬤嬤雖矯枉過正，但是有道理的，都是我們為奴為婢的不知事理，罰也是應該。只是小姐心善，心疼我們五人……才、才把這事看得這麼重……」

荷花說完後，便不動聲色地又退到一邊，不再多言。

寧王的臉色越發難看。

林小寧接話道：「我的性子你是知道的，崔嬤嬤來時，我就讓荷花把醫仙府的三條規矩說了。一、不自稱奴與婢；二、不能時時下跪；三、不能亂體罰下人。嬤嬤這樣是刻意刁難，又是宮裡指派來的，我反正是打不得、罵不得。」

說到這兒，意味深長地看了看寧王，又繼續說道：「這一件事、二件事，都積在一起了，是什麼意思？我不過是想做個寧王妃而已，怎麼卻要面對這些破事，我這是得罪了哪個神仙大能啊？」

寧王本來面色凝重，聽到林小寧這樣的話，又甜蜜而笑。「這嬤嬤的事，妳是想怎麼處理才解氣痛快？」

林小寧有些不高興地說道：「你問我怎麼處理，你還是我男人不？讓你派個嬤嬤來，你就派個這麼不清不爽的人來，這是要對付你呢！今天罰的是荷花她們，但明日不知會如何？這哪是打我的臉，這是打你的臉，你可是太后的嫡子，皇上的唯一親弟……」

小姐……這……這樣說話，啊，這樣說話太痛快了！

荷花立在暗處，心裡歡喜無比，可又覺得眼眶發熱，只想掉眼淚。

安風壓著笑，臉抽動著，忙起身道：「春兒，我與爺都還沒用晚膳，去叫人準備一下，還有我找梅子姑娘有些事，荷花可否幫我去喚一聲？」

荷花與春兒立刻反應過來，隨著安風匆匆離開了，只留下寧王與林小寧兩人。

寧王待安風與荷花、春兒走得沒影了才笑，伸手輕輕撫摸著林小寧的臉頰，然後輕柔地將落在她臉頰的一綹髮絲給撥到了耳後。

這樣溫情的動作讓林小寧也心生溫柔，摸著寧王的手，臉頰靠在他的掌上。

寧王的心都要化了，掌心輕輕撫著那張清麗乾淨的臉，只恨時間不能靜止在這個時刻。

林小寧帶著委屈說道：「要做你媳婦，真不容易。」

寧王溫柔問道：「妳為自己的將來擔憂嗎？」

「是啊。」林小寧突然有些難過。

寧王胸中洋溢著說不出的溫柔，說不出的愛戀，安撫道：「我是妳男人，妳剛剛才說過的，所以放心，我絕不會讓妳受到一絲一毫的傷害，不管是在哪裡，不管什麼時候。」

「嗯，你不護著我，哪個能護我？」在這樣的晚上，這樣的花亭中，聽到這樣的話語，林小寧有點情生意動。

有個高富帥可依靠，真是一件甜蜜的事情，說這樣的話，也真是一件甜蜜的事情。前世什麼女性獨立觀念，都拋到一邊，只享受著這樣甜蜜的此情此景。都說女人戀愛後會智商低下，她也低下一回好了。

寧王聞言在心中嘆道：原來愛一個女子是這樣的感覺，真是奇妙！

手掌便反握住林小寧的手，輕聲道：「誰也壞不掉妳我的婚事，我們天星乃同一顆，是注定的，妳只能嫁我了。」

「嫁你麻煩真多。這個嬤嬤是誰指派下來的啊？」

寧王笑道：「我也不知道，是給皇兄說了聲，就送來了，但必是有人在背後指使，我皇兄絕不會有此行徑……」

只能是母后或皇嫂指派的，難道母后仍是明面上歡喜，暗地裡卻刁難，這又是為何？還有，太醫外院那鬧事者，是不是也有母后的手筆？

寧王想到這兒，心下黯然，笑容淡了些，又道：「放心，我會處理乾淨，再找個清爽的嬤嬤來，妳安心就是。」

林小寧笑道：「其實我自己也是有法子的，但是不大樂意這樣做而已，一是我性子不喜歡做這樣的事，二是、有你在呢，我也不想蹚這渾水。」

寧王笑著坐得更近了，環抱著林小寧低聲問：「什麼法子，說來聽聽？」

林小寧靠在寧王懷裡，吃吃笑著，把之前對荷花所說的陰損招術說了出來。

寧王聽了後歡樂不已。「丫頭還真不是個能吃虧的，到底是我的王妃。」

「這些陰損招，其實哪個人都會，只是崔嬤嬤不知道哪來的膽量，以為我不敢動她，因為她是宮裡的人？的確是，崔嬤嬤不是你母后就是皇后指派來的，卻不知拿了什麼好處，得了何人授意？所以你看，這是死局啊。」

寧王頓時開明。自己是著相了，因為這兩件事可能有母后的手筆而失了清明，母后之前看不上丫頭，又突然轉變態度，這其中有許多蹊蹺，但是，天下人面前，母后身分尊貴，豈能行此等下作陰私之事？所以此事就只能是奸人而為，這樣一來，母后那邊也有了最合理的交代。

他的心情馬上愉悅起來，促狹笑道：「正好沈大人手底下有幾個看著很不舒服的，或是奸細，卻無證據。這奸人正是猖狂至極，如今有理有據，絕不姑息。」
林小寧在星光下目光閃亮。「要滴水不漏、天衣無縫，不然……到時我可吃不消。」
「妳家男人可是六王爺。」寧王笑著把林小寧抱得更緊了。
林小寧不由自主就笑得嬌媚。「我都跟你學壞了。」
「是學聰明了，看到事情的本質了，我的丫頭這一手太漂亮了，以後再接再厲。」
「誰讓我男人是寧王殿下呢，我也不好太蠢笨。」林小寧癡癡看著寧王，露出滿足與幸福的笑容。
寧王笑得愉快極了。
「你可聽好了，你要答應我，將來我嫁過去後，王府的後院得聽我的，對內規矩由我定，對外的規矩我會讓荷花學好，慢慢教我。」林小寧撒嬌道。
「自然。」
林小寧也滿足地笑了，笑完才嗔道：「怎麼這麼晚都沒吃？」
「和安風去郊外試飛去了……」
寧王沒想到崔嬤嬤根本不是太后指派的，而是皇后指派的。
當他問皇帝時，才知道的。
他什麼也沒說，但皇帝是何許人也，一聽寧王問醫仙府的嬤嬤是哪個指派的，就立刻明白了幾分，又擔心許是太后授意的，沈思半天才道：「六弟，你好好安撫一下林小姐，還有太醫外院鬧事者的幕後指使，讓大理寺嚴查吧。」

寧王這時也明白過來，皇兄這般為難，是沒法子的事，怕是的確有母后的手筆。於是，連太后那兒都不去請安，便黯然離宮。

皇帝待寧王一走，便匆匆去了太后宮中，心中無奈道：母后啊，太醫外院鬧事是不是也有您的手筆？您怎麼這麼糊塗啊！

太后豈能是個糊塗的，一聽皇帝開口，就讓小陸子帶著大黃去逛院子了，然後笑道：「大黃最近越發聰明，人說話都聽得明白呢，不好讓牠知道舊主的事，騰兒你往下說。」

等聽完皇帝之言，太后勃然大怒。「你倒真以為母后我糊塗了嗎？這個節骨眼上，我豈能為難林小姐？我哄著她、寵著她都來不及呢！我只想好好讓她開心，到底也是活不了多久了，我豈會對她有半分刁難？去，把你那皇后打入冷宮，一看就是個不省心的，這麼多年來屈意奉承，想著法子提她的族人官職，皇后一族在朝中的勢力可越發做大了，難道她想效仿當年的武后嗎？還害得軒兒以為是我糊塗了，入宮也不來請安，這等興風作浪的妖婦，立刻打入冷宮！」

皇帝冷靜道：「母后先息怒，先查清太醫外院鬧事，是不是有皇后的手筆再說。如果沒有，皇后不過是小小刁難下林小姐，不算大事，當初太子府裡的貼身丫頭，您與皇后不也是這樣刁難的……」

前年，太子十六歲在宮外開府，看中了兩個民間的美女，收了做「貼身丫頭」，也是被太后與皇后派去的嬤嬤好生刁難了大半年。

太后怒道：「這是一回事嗎？當初那是太子開府，太子是你與皇后的兒子，是我的孫子，這樣做是理所當然。可軒兒是我兒，可是她的小叔子，她是不知道命數一事，但她一個皇嫂，手伸得這麼長，竟伸到小叔子那去了……」

太后說到這，冷笑。「別以為我不知道她想些什麼，不就是為了她那個小表妹纖纖的事嗎？說到那纖纖，我也喜歡，長得好、家世也好，能配得上我軒兒，可她就這麼等不得，任她胡鬧！我軒兒的事，豈是她能插手的？」

皇帝聞言皺眉道：「纖纖？皇后的小表妹？她還沒死心？原來是母后您表明喜歡纖纖……」

太后沈思道：「纖纖的確討人喜歡，生得又好看，雖不如以前那個奸妃，也是絕色天下又端莊有禮，家世也好。」

皇帝苦笑道：「母后，這事說到底還是怪您，若不是您在皇后面前表示出喜歡纖纖，怕是皇后也不敢這般做，但母后您可知道，纖纖她、她不是個好的……」

「怎麼說？」太后詢問。

皇帝苦笑著說道：「母后您可知道，御花園那麼大，可每次纖纖入宮看皇后都能與我巧遇。並且，我看到的纖纖可是嬌媚入骨，竟令我不敢正視。母后，您在宮中這麼多年，這等伎倆，我一說您就明白吧？」

「大膽，妖婦賊心，竟把我也給矇騙了！」太后更怒了。

「母后請息怒，纖纖這等行徑，怕是皇后也不知，先查清再處理，軒兒這時正在心傷呢，我派人去請軒兒回宮來，和他說清楚就是。」

於是，寧王被請進宮，與皇帝陪了太后用了膳，又餵了大黃一碗牛肉，才笑逐顏開地離了宮。

事情處理得非常順利，不過五天，太醫外院鬧事者的事就查明白，竟然是皇后的小表妹纖纖幕後指使，至於趕上朝堂批下義莊提供無主屍體一事全是巧合，本意是想讓曾嫣嫣因這事動了胎氣，生產不順，由此讓太傅府與醫仙府生出芥蒂……

皇帝怒不可遏，皇后哀哀哭求，只道根本不知曉纖纖竟然做這等勾當，哭著說僅僅是授意了崔嬤嬤在教授規矩時，嚴厲一些……

由查到的線索來看，皇后的確沒有插手太醫外院一事。皇帝想著太子，又思及皇后腹中還有一胎，也就作罷。

但皇后知道，經此一事已是失寵了，自家族人要再想著擢升是不可能的事了，只祈求著不找由頭降職就是萬幸，一時把皇后氣得咬牙切齒。

這個死妮子，竟然膽敢做這等事，真是個愚蠢不堪的。

纖纖最後是失足落入家中的池塘中，等到屍體浮起後才被家人發現。

這樣的處理，算是給皇后一族最大的顏面了。

崔嬤嬤接到皇后召見，入宮去了，結果入宮後就一病不起，便放其出宮，回鄉養病。醫仙府的教養嬤嬤空著，太后親自指派了一個姓朱的嬤嬤過去。

此事便再無聲息。

與此同時，京城知府查出太醫外院鬧事幕後的指使者，原來是禮部尚書左司郎與員外郎。

茲事體大，於是交由太傅、胡大人及大理寺處理。

很快，兩人就「供認不諱」，只道是受了夏國指使，想將失傳千餘年神奇的華佗術污為邪門秘術……

沒幾日，朝堂出了此兩人的罪行公告，華佗術實乃造福萬民之奇術，如今在名朝現身，是天佑大名朝，卻被敵國知曉，想將此術毀去，遂指使朝中潛伏奸細出此計污太醫外院……

公告後面又將華佗在外科上神奇建樹宣揚了一遍，並言簡意賅地描述了華佗的一生，然後著重說明當年華佗在獄中時的情景：佗臨死，出一卷書與獄吏，曰：「此可以活人。」吏畏法不受，佗亦不強，索火燒之……

最後申明道，其實當初那書卷被獄吏藏起了，燒掉的是假卷，直到現在，此等珍貴無比的寶卷由隱世高人傳於醫仙小姐，只嘆千餘年後，已破爛不堪，只得了十中，不足一二……

如此高官竟然是敵國奸細，這樣重大的事件，又把民眾的話題轉移到了奸細身上。太醫外院用屍體一事還沒大肆被傳開，就被人忘記了。

此事不管是「奸細」還是纖纖所為，最鬱悶的是皇后。

皇后對皇帝泣道：「我到底是皇后，就是讓了嬤嬤去教授規矩時嚴厲些，哪裡有錯？這嫁入皇室的女子，哪個學規矩不是這樣被刁難出來的？我當年也同樣被刁難了。至於纖纖，我的確是被其矇騙，想想，皇上身體現在如此康健，我是皇后，兒子是太子，腹中還有一胎，是聖寵正盛……」

皇后這一席話，是暗示到了她這個至高的位置，她的族人除了輔佐太子，是不可能生出異樣心思的。

太后怒時說皇后要效仿唐朝武后，那是怒言，不能作數。最近太后身體是較以前好太多了，身體強壯，氣色紅潤，可脾氣卻越來越喜怒無常。這個喜怒無常的問題好多年了，前幾年皇帝身體不好時，太后是哭得多，怒得少，現在是怒得多，哭得少，實在讓太醫院頭疼不已。

太后事後也冷靜下來，慢聲道：「皇后還算不錯，重要的是太子被教得好，皇后一族就算有什麼心思也是為了太子，能理解，太子也得要有自己的人。」

這算是表示不處罰皇后了，正合皇帝心意。

之後，皇后只是被皇帝稍稍冷落了，其他一如既往。皇后年歲已大，皇帝少去她的宮中也實屬正常。

皇后與父兄私下溝通此事，皇后之父泰然道：「是纖纖那死妮子連累了妳，可這個死妮子已處理了，給了交代。妳兄弟及族人在朝中官職雖然高，但不是敏感職務，不會對皇權產生絲毫威脅。如今皇帝身體雖是大好，但朝中內憂外患，哪有精力來削弱后族勢力，拉攏都來不及呢。妳只消坐穩妳的位置，然後就是培養太子，但要謹記，雖然妳是皇嫂，卻一定要敬重有兵權的寧王殿下，他與皇上的感情可不一般。至於其他事情，一概不要放在心上，如此太后她老人家也動不了妳。」

皇后被其父之言點醒，也平復心情，仍是在後宮中把皇后的架子端得足足的，在太后面前，從前是怎麼樣，現在還是怎麼樣。

太后對皇后這樣也默認了，只當從沒發生過纖纖一事。

因此事最受影響的，當數王丞相。

太傅與胡大人那幫人去年底那樣栽贓嫁禍、利誘屈打，拉下他的七個人，而朝堂又證據確鑿，他不好當面反擊。

現在又是以莫須有的罪名拉下兩人，仍是老套路，還是可笑的由頭，卻仍證據確鑿，他是怒火沖天，可又逢大事在即，只能忍耐，氣得他一口血梗在喉間，眼珠子都紅了。

他怒火不息，在書房就把牡丹撲倒，得要狠狠發洩一通才能舒坦。

牡丹從沒看過王丞相如此生猛，只嚇得不斷呼叫，王丞相更是火旺，一直折騰了半個時辰才完事，牡丹其間品出箇中滋味，事畢後嬌滴滴地給王丞相整理衣裳，然後再給自己穿戴，一雙眼溫潤潤的，妖媚誘人，讓王丞相突生出溫情，竟然抱著牡丹愛撫不止……

這件事，得益最大的當數太醫外院，華佗的生平以及華佗術的傳奇，在民間傳頌開來，太醫外院的聲譽不斷高漲。

同時，請的義莊的漢子也到位了，看上去像四十歲，但是說只有三十出頭。姓羅，是個孤兒，以前就是守義莊的，人家通常都叫他羅漢子，沒有妻室兒女，沒有怪毛病，長得也不嚇人，只是顯老，並且臉色有些暗黃。

曾嬤嬤與林小寧看著羅漢子，很是滿意。

羅漢子住進了太醫外院準備的房間，看守著從北院搬來的屍體，以及義莊那送來的幾具無主屍體。

羅漢子從來沒想過有一天能住在這樣乾淨寬敞的房間，床上床下、屋裡屋外，都是簇新且上好的用具，新被褥那麼軟，散著新鮮的棉花與棉布的氣味。還有那麼高的月例，四季衣裳全包，吃飯是吃大食堂的膳食，與外院所有人吃的一樣，頓時臉上的表情似哭似笑，卻生生忍住了，跪地給林小寧、曾嬤嬤、梅子、蘭兒，以及兩位先生磕了一個響頭，只道：「再造之恩，永世難忘！」

曾嬤嬤挺著即將臨產的肚子，驕傲道：「我們太醫外院上上下下，都是吃得好、住得好、穿得好的，走出去都要抬頭挺胸，不輸於人！」

林小寧與兩位先生們又聊了聊關於華佗術的病案，林小寧絞盡腦汁想著一些她所瞭解的外科手術，各種器官切除等事，兩個先生聽得瞠目結舌，梅子與蘭兒忙記錄在案。

寧王因太醫外院鬧事一事，起了警惕心，遂安排十三到十六號這四個暗衛守著醫仙府。十三到十六號都比安風要年輕得多，卻是一看就覺得功夫深不可測。

林小寧對這四人的名字起了興趣，讓喬婆子帶四人去安排的住房後，隨口問道：「是不是安風、安雨以前也是幾號啊？這轉為明衛後，就改為安姓？」

寧王笑道：「妳實在智慧，正是如此。他們現在也姓安了，名字分別是金、木、水、火。這四人不是甲字輩的，不用去戰場，會一直是妳的護衛。」

林小寧疑惑問道：「甲字輩？」

寧王道：「甲字輩的暗衛，不僅有功夫也學謀略，而這四人的謀略才能較差，但功夫卻高，不輸安風、安雨他們。」

「那就好，不然我老幫你作嫁衣了，好不容易熟悉了，又得還給你。」

「這下不用了，人都送妳手上了，從今後，他們拿的是妳的月例，不是皇家的俸祿。」

寧王笑道。

「那我以前也給安風、安雨發月例，他們拿雙份的？」

「是啊，妳心疼妳的幾個月例嗎？」

「我會缺這點銀子嗎？」林小寧很是土豪地笑問。

寧王聞言，只是看著林小寧笑著。

她如此落落大方，那些市井之氣在她身上卻討喜得很，還有一些小小的虛榮與驕傲，都讓他心生歡喜。尤其是前幾日崔嬤嬤之事時，她說：你還是不是我男人？真是讓人心動。說起她來，真是難以言喻，什麼都比不了她的生動豐富，原來書中所言，天下最美不過女子，有了她才明白，這美的真不是容貌。

寧王低頭在林小寧耳邊道：「今日還有些事，我得前去了，晚上我來用晚膳，做些好吃的，還有酒要備好……」

林小寧笑著點頭。「去吧，鎮國將軍的禮也備好了，回頭你來看看禮單。」

「嗯。」寧王心底是滿滿的歡樂。這丫頭，說話老夫老妻似的一點也不含蓄，可怎麼就這麼讓人心裡覺得圓滿呢？

待寧王走後，林小寧才譏笑道：「荷花，妳別跟著我了，他晚上來吃飯，記得備好酒，還有，妳也記得要一直在席間伺候著……」

荷花乾笑著小聲道：「小姐，妳小點聲，莫讓人聽了丟人。少夫人說了，前王妃去世許多年，六王爺又這般年輕健康，所以……那個……反正只要六王爺在，我就要跟著小姐寸步不離，到了大婚就不會跟了。」

林小寧失笑。「妳還真是臉皮厚，這事也好意思說。」

荷花紅著臉道：「小姐，少夫人說了，我已及笄，這些事總歸要多上些心的，如今只有我在妳身邊最貼身。」

「嫂子是對的，妳是個聰明的。」林小寧摸了摸荷花的臉，笑嘻嘻回屋了。

寧王不是去辦事，今天是初一，是他要入宮吃家宴的時間，因考慮著皇后這事，便沒有帶林小寧前去，省得到時兩人都堵得慌，想來母后與皇兄也是明白的，必能理解。

天氣溫暖，太陽高照，寧王懶洋洋地坐在宮人抬的高輦上，在陽光下半瞇著眼。

再過不久就到端午了，想來這時，西南種下的春種已長得很高了吧？待鎮國將軍納完妾，飛傘再做上一批，就可以回到西南，衝過怒河，出奇制勝，把三王殺得目瞪口呆，再拎著三王的人頭回京城，便可以完婚了。

寧王瞇著眼看著宮牆金碧輝煌，兩邊的殿簷下是雕龍畫鳳，突然想起林小寧身著精緻的棉布衣裙，雙耳後掛著絲縷頭髮，口中吐著酒氣，輕輕笑著的模樣，覺得心中溫柔又暖和。他知道，林小寧也與他一樣，眼神總是時時流露出熱烈，但是這次回京，荷花那妮子總寸步不離，真是討厭的臭丫頭！

先去找皇兄，看大婚能不能再提前一些。寧王便道：「先往御書房去。」

宮人應著，腳步加快了。

寧王在高輦中，在暖暖的太陽底下，心中是難耐的灼熱。

他是太后的嫡子，是名朝的六王爺，他有多尊貴，就想給他的丫頭多少尊貴。讓那丫頭在寧王府，身著布裙，漫步在花園間，帶著兩隻狐狸與他們的小世子說著有趣的故事，等著他回府。

高輦在御書房不遠處停下了，寧王跳了下來，輕輕笑了笑，便向御書房走去。

通常皇帝下了朝就會去御書房批摺子，而他，出入御書房根本無人會攔。

此時寧王正站在御書房的門口，裡面只有欽天監正使與皇帝。

欽天監正使道：「皇上，臣下昨日卜卦，卜得六王爺的大劫只在百日內了，禍源是自西北方向而來……」

「果然是夏國……」皇帝沈默良久，道：「可算得出是什麼劫？」

「臣下算不出，只得出是死劫。」

「可有給醫仙小姐卜一卦？」

「有，依然如之前那般，仍是無解，而六王爺則是遇難呈祥，死裡逃生。皇上，加上這次已是三次了，均是如此，看來王妃這次幫六王爺擋劫後，不可能保住性命……」

皇帝又沈默不語，心中悲道：可憐六弟他情事坎坷，不得圓滿。醫仙小姐，朕會保安樂侯府在妳之後三代，無論做出何事都富貴平安。

寧王呆呆立在御書房門口。

當他大步邁入御書房，皇帝與欽天監正使怔住了。

寧王的聲音說不出的震驚，一字一句道：「你好大膽子，之前與我說的可不是這般！到底是怎麼回事？今日不言明，定讓你死無全屍！」

欽天監正使汗如雨下，撲通跪在地下，迭聲道：「請六王爺恕罪，請六王爺恕罪……」

皇帝嘆息著。「六弟，是我讓他那樣告訴你的……」

寧王抬眼看著皇帝。「皇兄，怎麼你也要開始做夏國當年所做的勾當嗎？以女子來平國禍？」

皇帝仍是嘆息著。「六弟，這是她的命數，她為妃，就是為你擋難。她死後會以正妃之禮制厚葬，並且保林家在她之後三代富貴平安。」

「母后是不是也知道這事？」

皇帝沈默片刻，點頭。

寧王臉上的表情怪異起來，嘶聲笑了。他的笑聲相當古怪，又充滿悲傷。

「原來如此……我說母后怎麼態度轉變那麼快……」

皇帝對跪地哆嗦著的欽天監正使道：「你先下去吧。」

寧王又笑了，笑得欽天監正使冷汗淋漓。「先不急著走，你好好地給本王說來，到底天星是怎麼回事？」

欽天監正使哆哆嗦嗦、語無倫次道：「回六王爺，天星同一顆的確是奇異天象，名朝江山一統天下必不久遠。只是，六王爺您有兩次死劫，已被王妃擋去一劫，可還有一劫，是殞……殞落之相，就在百日內，可是、可是王妃仍是會為您擋劫，但……」

寧王笑道：「王妃就為此失去性命，是嗎？」

欽天監正使沈默不語。

寧王又笑。「所以，你們都喜歡她，母后也喜歡她，對她那般好。我從沒見過母后對皇嫂與前王妃那麼好過。原來如此，全都瞞著我，讓她以命來擋我的劫，還是我心愛的女子……」

皇帝揮揮手，欽天監正使忙要偷著退下。

寧王又問：「怎麼化解？」

欽天監正使嚇得又哆嗦起來。「回六王爺，無法化解。」

「我是說王妃！」

「回六王爺，臣下無能，確實無法化解，這是王妃的命數。」

「命數？她若不是王妃，還有這命數嗎？」寧王盯著欽天監正使說道。

欽天監正使愣住了。

「現在就卜卦，她若不是王妃，是什麼命數？」

皇帝也急了。「六弟！」

寧王又古怪地笑了。「既是王妃的命數，那換個人做王妃就是。」

皇帝更急了。「快算，如何為王妃化解？」

欽天監正使哆哆嗦嗦道：「臣下得回……回去拿……拿……」

寧王道：「要拿什麼，吩咐人去取就是了。」

欽天監正使深吸了一口氣道：「皇上、六王爺，王妃與六王爺共為帝星輔星，本就是天命，如同六王爺您南征北戰的天命一般。王妃注定要成為您的王妃，注定要為您擋災避劫，您是六王爺啊，您至尊至貴，自然是遇難呈祥……」

「我問的是王妃，不，我問的是醫仙小姐。」寧王冷冰冰道。

皇帝也怒了。「六弟，這是天命所歸，你為難他有何用？」

寧王悲道：「皇兄……」

皇帝聞此悲聲便心酸，對欽天監正使道：「你先退到外面候著。」

寧王沒阻攔，說道：「若是叫你不應，便滿門抄斬……」

待欽天監正使退下後，皇帝才道：「六弟，我知道你的性子，你對那醫仙小姐是情真意切，我也不捨，那姑娘是個好姑娘，生得端莊秀麗，身上氣度雖然不貴氣，但大方靈慧，開口即現無窮智慧，可若是不出聲，又勝過千言萬語，實在不凡。況且在西南時，她用舍利子救了你一命，更是情深義重，也是我與母后的恩人啊！你們倆本是佳偶天成，可誰讓命數如此……」

寧王沈默著。

皇帝使了個眼色，身邊的太監忙上了熱茶。

寧王只是沈默無語，愣愣地看著太監的動作，直到熱茶上來了，又愣愣看了良久，才端起慢慢喝著，越喝，神色越悲。

皇帝心酸不已，喚道：「六弟……」

寧王不理，小口小口地喝著茶，一直到茶盅乾了，才把茶盅放到案上。

太監也哆嗦起來，小心翼翼又給添上了熱水。

寧王看著太監添完水，才彷彿自語般地輕聲說道：「皇兄，一定有法子化解的。世上沒有死局，只看有無破局之法。」

「你待要如何破局？」

「叫欽天監正使進來吧，我要仔細問問，讓他也喝杯茶，詳細說清楚。」寧王說道。

欽天監正使從來沒有如此恐慌，慌慌張張地喝著熱茶，卻把自己的舌頭給燙著了，差點把茶灑在身上。好容易才把茶喝完，眼一閉，把那天的卦象與昨夜的卦象細細道來。

寧王安靜聽完，只在心中悲嘆，他命數如此也是應當，他生來是六王爺，是寧王，使命便是要南征北戰，縱是喪命於沙場，也是一生榮耀。可她呢？按安風、安雨所說，在她十三歲之前，林家是貧困不堪，父母雙亡，後來賣了一塊玉給周賦，得了二千兩銀，買了荒地，收了九十九個流民，才慢慢讓林家發達了起來。

那次，他遇刺藏身在山洞，她是上山採藥吧？那身破舊的衣裳，還有著許多的補丁，一頭亂糟糟的髮，黏著枯葉，臉上還有泥屑……是她幫他包紮了傷口，他卻罵了她。

寧王想到這一事便無比難過，只覺得這一生沒有對不起誰，卻偏偏對不起她。

當初給她的荒地，還有安排的傷兵，還有騙了她的大哥去西北燒磚，又用大、小白尋到了千里與如風、小東西、小南瓜。

如今她提的皇家票號已解決了國庫吃緊的問題，還有桃村的高產糧種，已在試種，今秋就有結果，還有滑翔翼、鎮國將軍的暗疾、西南止疫、舍利子相救……

寧王又自語般說道：「皇兄，你可知道，在我心中，她與你和母后一般重要……」

欽天監正使與太監都哆嗦起來。

寧王又道：「皇兄，你是皇上，有皇嗣重責在身，自是不解，而皇叔兄他們，都是妻妾成群，更是不解。」

皇帝嘆道：「六弟我理解，民間大都是如此。」

寧王才回神一般又問向欽天監正使。「退婚呢？若她不是王妃，可能破局嗎？」

皇帝忙道：「六弟，禁嚴醫仙府，在百日內不准任何人出府一步，禁止任何人探視，你也百日內絕不踏入醫仙府一步。我馬上下旨，讓安樂侯不必進京謝恩！」

寧王問道：「這兩個法子，哪個能破局？」

欽天監正使顫聲道：「待臣下晚上再算算……在天星下算算……」

「如此，便等到晚上吧。」寧王說道。

第六十五章

中午的家宴，皇后沒有參加，只有太后與皇帝還有寧王一起吃了，連大黃也樂開了。

太后得了皇帝心腹劉公公的彙報，便心痛如絞，差點沒暈過去，可當皇帝與寧王兩人前來用膳時，卻是不多問一句。

寧王也不多言，彷彿無事發生。

但三人對著滿席的菜餚，均是食之無味。

太后沈默不語，只是慢慢咀嚼著。

寧王也不作聲，一杯接一杯地飲著酒。

皇帝只是一口又一口，無意識地吃著宮女給他布的菜。

宮女們噤若寒蟬，小心翼翼。

一頓飯席好容易吃完後，寧王便道：「皇兄，我在母后這休息一會兒，晚上來喚我。」

太后點點頭，對著皇帝想說什麼，終是沒說。

皇帝對太后點點頭，便走了。

寧王在太后的羅漢榻上靠了下來，背朝著外面。

太后不言不語地移出一床薄毯。「軒兒，午睡時要蓋上毯子，不然會著涼的。」

寧王並不轉身，由著太后給他蓋上毯子，突然弓起身，哽聲道：「母后，是孩兒不孝，讓您憂心了。」

太后眼淚唰地便掉落下來。「我的軒兒是天下最最懂事、孝順的孩兒，還有騰兒，母后最快樂的事情，就是有你們兩個孝順的兒，並且你們這等身分，卻兄友弟恭，互尊互愛……」便再也說不下去了。

「孩兒這般，您是不是氣惱了？」寧王顫聲問道。

太后沈默良久才道：「我豈能氣惱我的軒兒，我的軒兒英姿勃勃、智勇雙全，天下無人能及……」

「母后，那醫仙小姐，她，她甚得孩兒心意……」

太后聞言悲聲哭道：「我豈能不知？軒兒啊，只要她擋過你的劫後還有一口氣，我都要救她活過來，待她如親女，不管她做何事，絕不生半分氣惱……」

寧王嘆了一氣，不再接話。

太后看著寧王寬闊的背，還有微微弓起的身子，心都快要碎了。

「軒兒，我的軒兒啊……母后求你不要犯擰，這事是命定的啊。我也心疼她，可是，你是我兒啊……你是天子嫡弟啊……」

寧王抖動著背部，過了一會兒才開口道：「母后放心，孩兒心有成算。」

太后淚眼看著寧王的背，華貴的錦袍下健壯的背，漂亮的脖頸，烏黑柔亮的髮，在頭頂結了個密實的髮髻，一根玉簪插在之間。

這是她的兒，她俊美無比、絕代風華、文武雙全的軒兒。

太后又道：「軒兒，她有天星護體，必不會有事，無解之卦未必是死卦。」

寧王清了清喉嚨，仍是不敢轉身。「孩兒知道母后的心。母后，孩兒也有天星護體。」

太后哭了。「軒兒，母后求你了，你這麼年輕，你是要母后心痛至死嗎？」

寧王終於轉過身來，薄毯由身上滑落到榻上。

寧王面色悲傷，雙目濕紅，跪地道：「請母后放心，孩兒必不會出事，孩兒有天星護體，她與孩兒同一顆天星，這是名朝奇象，是天佑大名朝！這等奇異天象觀法早已失傳，欽天監不會觀也屬正常，在天星下卜卦，這些都不能作數。母后，我信夏國的預言，信我能滅夏，信皇兄能一統天下，信我這輔星百年不殞落。」

「軒兒……」太后抱著寧王的頭，悲哭不已。

「母后，您放心，我有成算。」寧王道。「母后莫再哭了，請母后放心，若沒有孩兒，將會是哪個能助皇兄一統天下？鎮國將軍、尚將軍年歲已高，銀影、銀夜他們缺少經驗，母后您想想，除了孩兒還能是誰？這樣的奇象不去信，卻信那欽天監的破烏龜殼子！」

太后忍著淚，哀哀握著寧王的手，不斷撫著。

「母后只管放寬心，孩兒在您這睡一覺，好多年沒在這榻上睡了。」

太后嘆息著哽咽道：「好，軒兒好好睡，到了晚膳時，母后再叫你。」

「嗯，母后，放心……」寧王說道，又翻身上榻。

太后扯過在榻上的薄毯，又給寧王蓋上。

當星光終於升起，寧王陪著太后用過晚膳，哄著眼睛紅腫的太后道：「母后，放心……」

太監來請寧王，太后眼淚汪汪地看著寧王離開的背影，對宮女吩咐。「聽說和順法師回京了，明日一早前去約見。」

御書房前的花亭內，寧王道：「只算醫仙小姐的，看看有無法子化解。」

欽天監正使應聲後，戰戰兢兢地占卜著。

寧王與皇帝安靜候著，一句話也不說。

欽天監正使手中的龜殼晃動著，三枚銅錢的聲音在夜色中嘩嘩作響。劉公公聽得心驚肉跳，皇帝與寧王面色凝重。

啪的一聲，龜殼裂了，三枚銅錢其中一枚卡在龜殼一角中，二枚滾落在石桌上。

仍是碎裂的無解之卦。

皇帝動容，身邊的心腹太監驚呼出聲。

欽天監正使跪地急道：「臣下無能，臣下無能……」

寧王沈默看著裂開的龜殼，輕聲道：「退婚。為免意外，再派兵圍府，直到我滅夏為止，皇兄請下旨。再有，請桃村安樂侯不必回京謝恩。」

皇帝怒道：「六弟你怎能如此，你可知道你的身分？」

寧王不接話，自顧自地道：「既是天命，必有定數。當初夏國預言我必滅夏，那在我失了性命之前必要滅夏，明日我便率手下奇兵出發西北，我要在百日內滅夏！」

「六弟，萬萬不可！這是不可能的！」皇帝又急又悲，抓住寧王的手。

寧王的臉在燈籠的映照下顯得紅豔豔的，蓋住了他濕紅的眼睛。他輕拍著皇帝的手，鄭重道：「皇兄，我十五歲的第一仗時，好勇鬥狠，現在成了真正威風凜凜的安國將軍，重兵在握，皇兄對我的厚愛與關懷，我從沒忘記，皇兄於我，不僅是兄，也似父……我有生之年，必會助皇兄大業！」

皇帝再也忍不住掉下眼淚，對身邊侍衛太監以及欽天監正使吼道：「滾！都退下！」

寧王微微笑道：「皇兄，不會有事的，我定會滅夏。他們深信夏國預言，百般想法子置我於死地，他們這般信，我為何不信？」

皇帝死死抓住寧王的手。「你又怎知夏國預言不是算了王妃擋劫在其中？不可，萬萬不可啊！」

寧王道：「我心意已決，皇兄。」

皇帝悲道：「六弟，聽我一言，那本就是她的命數啊！」

寧王道：「皇兄，沒有命數，我要保得我心愛的女子平安，也要滅夏。」

皇帝呆呆地看著寧王的臉，悲聲喚道：「六弟……」

寧王也悲道：「我們大名朝不可像夏國那般作為，這等事，本是男兒來承擔，豈能推女子上前擋著……」

皇帝的手顫抖著，聲音也顫抖著。「六弟，不要滅夏，你與醫仙小姐去桃村歸隱吧。」

「皇兄，我堂堂男子，大名朝的安國將軍，豈能做這等貪生怕死之舉？皇兄放心，若真是百日內我必死，倒也不是件壞事，按照他們的預言，我必滅夏，那麼，除非我百日不死，否則，百日內夏國必亡……」寧王咬牙說道。

「你好糊塗啊你，你是六王爺啊，是我的六弟啊，是名朝的寧王殿下，安國將軍啊，豈能這般輕率行事！大事要謀定而後動，她一介女子之身，為你擋災，便是為國效忠啊，我再封林家一等公爵……」

「皇兄，我不糊塗，我是堂堂男子，我還能站在你面前，是她的功，她不欠我的，更不欠名朝的。皇兄，在西南時，你六弟本應該死了——」寧王的聲音與表情是難以言說的複雜，讓皇帝一時失神。

六弟在西南時本應該死了，那時的他，是懷著怎樣來不及實現抱負與夢想的遺憾。

皇帝頓時泣不成聲。

這時他才驚覺，原來寧王西南被救，並不是當初鎮國將軍的書信那般簡單明瞭。他看到書信大驚又大喜，馬上召寧王回京，但寧王不回，也便作罷。對於救了寧王性命的林小姐，他始終並無過多的感激之情，普天之下莫非王土，她救他的嫡弟那是應當的。

那時他的身體正在好轉中，慢慢削弱朝中權臣之勢力，一心想收復西南，想收復夏國，想一統天下，想讓開國聖祖皇在天看到他的功績。

他悲痛萬分。他這個皇帝，正應了天家無情之說，對自己六弟之死尚且如此冷靜，更遑論對待一個醫仙小姐了。

皇帝愧疚悲傷地看著寧王，說不出話來。

「皇兄，在我心中，她同我的性命一般，此話對母后大不孝，卻是實話。」寧王又道。

皇帝悲戚點頭。

「皇兄，放心，我有成算，有千里、如風、大、小白，還有飛傘，以及我這幾年練出的奇兵……我以已死之身滅夏，必能制勝。皇兄天命所歸，必能一統天下。」

皇帝泣道：「六弟，你此話是挖我的心。」

寧王頓了頓，克制住情緒又道：「皇兄何出此言？當初我習武之初，就立志要助皇兄一統天下，那時皇兄還笑說，讓我快快長大，習得一身功夫，接替鎮國將軍的手，好生助你，到時封我個一品安國大將軍。我倒是安國將軍了，卻是個三品，還是十五歲那年討來的。」說到這兒寧王笑了。

皇帝更加心酸，悲泣道：「莫要再說了，莫要再說了……」

「皇兄，信我，我有天星護體。」寧王眼睛閃著狠戾。

皇帝泣不成聲，半天才道：「我信。」

「請皇兄護她平安，我擔心母后遷怒……」

皇帝泣道：「六弟，我與母后當初私心也是想護你，但你卻要護著她。你這般看重於她，便是她作惡多端，我也要護她一生，況且她還屢立奇功。但滅夏一事，請六弟三思而後行，你有天星護體，或許還有轉機。」

「皇兄，若你『可能』只剩百日性命，你最想做什麼？」

皇帝怔住了，良久不語。

「請皇兄成全，相信我，我必將凱旋歸來！」寧王眼中有些淚光隱現。

皇帝沈默良久，終於道：「我明白了。六弟，明日我就下旨禁嚴及退婚。好男兒應當如此，我名朝男兒當個個如此，我的六弟必會助我一統天下，如同當年所言！我等你凱旋歸來，再為你與醫仙小姐主婚。」

「謝皇兄，那我去母后那一趟。」

寧王到了太后殿前，並沒打擾太后，只在大門前跪下，磕了一個頭，輕聲道：「母后，恕孩兒不孝。」便起身走了。

太后殿內燃著助眠的熏香，暈暈睡著，卻突然驚醒道：「軒兒來了，快，軒兒來了！」

貼身的宮女忙出去吩咐，沈重的大門被幾個宮女打開，門外空無一人。

寧王回了寧王府一趟，從管事那取了個小匣子，便匆匆往醫仙府趕去了。

林小寧為了等寧王一同用晚膳，等到餓腸轆轆，寧王來時便氣道：「你想餓死我啊。」

寧王忍不住撫了林小寧的臉頰一把，溫柔地說：「都怪我，有事耽誤了。」

林小寧仍是氣道：「這還沒嫁你呢，就這樣了……」

他表情複雜，又道：「先吃吧，餓壞了我的丫頭。」

林小寧也懶得再接話，荷花忙吩咐上菜，不一會兒，熱騰騰的菜便擺滿了一桌。

林小寧餓壞了，大口吃著，一直到胃裡舒服多了，才放慢了速度，抬眼看著寧王呆怔怔地盯著自己，便笑道：「說你兩句就這模樣，還王爺呢，還不快吃？」

寧王眼神充滿了難以言說的不捨與溫情，道：「嗯，我吃。」便拿起筷子吃了起來。

林小寧笑道：「多吃些，吃飽再喝酒，酒不能多喝。」

「嗯。」寧王回答著，手沒停下。

「安風最近是辦什麼事，這麼多天都不歸府了。」林小寧突然問道。

「這陣子都有要事，太晚了就不便回妳這兒，便在將軍府中歇息了。」

「真是的，一個兩個都這樣，都和望仔一樣，有事沒事都不見影的，梅子也成了這樣，也是晚了就不回府了。」林小寧笑罵著。

「梅子姑娘這是為小姐爭臉呢，她可是小姐帶出來的，不能比別人差。她底子不好，不像蘭兒姑娘是打小就伺候在曾掌事身邊的，醫術不比曾掌事差。」荷花笑道。

「我知道，我為她自豪呢。」林小寧笑了。

「我明日讓安風來與妳正式辭別，妳現在又有四個護衛了，安風就還給我吧，我還有他用。」寧王說道。

「那安雨什麼時候還給你？」林小寧撇嘴笑著。

寧王想了想。「等到安風回來問妳討要安雨時，妳再還。」

林小寧笑笑，也不再作聲，添了一碗熱雞湯遞了過去。「喝些湯，晚上有些涼，喝些湯身上暖。」

寧王接過來，一勺勺把湯喝乾淨了。

「這麼饞？可是餓著了？那多吃些吧。」林小寧聲音放軟了。

「是妳盛的。」寧王回答。

林小寧瞇著眼笑了。「那我給你挾菜，這紅燒肉做得不錯，來一塊。」

寧王又把肉給吃了。

「這薑燒鴨也不錯，這塊是鴨腿……」

寧王又把鴨腿給吃了，然後又給林小寧挾了一塊魚肚。「妳最愛吃魚肚，因為是大刺，易理，肉又最鮮嫩，我記得。」

林小寧笑著把魚肚吃掉。

寧王又舀了一顆肉丸過來。「妳還愛吃肉丸，因為比紅燒肉嫩滑，還有很辣的炒肉片，因為焦香。」一邊說著，手上不停地又挾了一筷子辣椒炒肉片。

「還有，妳還很愛吃鴨舌。」又挾了劈開的鴨頭過來，仔細把舌頭挑出來放到林小寧的碗中。

林小寧開心地吃了。

「還有豬肚，很麻很辣的。」寧王挾了一筷子豬肚。

林小寧仍是笑吟吟地吃了。

「還有，特別辣的小辣椒炒牛肉……」

「還有，糖醋排骨……」

「還有，烤雞的雞翅……」

寧王溫柔地說著，一樣樣把說到的菜挾到林小寧碗中。

林小寧一一吃完，才笑道：「不能再挾了，好飽啊。」

「好吃嗎？」寧王問道。

「好吃，是你挾的。」林小寧甜蜜笑道。

「再來一碗湯？」

「嗯，好的。」

「不是說好飽嗎？」寧王笑道。

「討厭，我是怕你看到我吃太多了會吃驚。」林小寧嗔道。

「妳哪次吃得不多，現在才來扮千金小姐。」寧王笑著把湯盛好。
「這碗湯喝了就不能再吃了。」
「嗯，留著肚子喝些酒。」寧王道。
「你不吃一些嗎？你都沒吃什麼。」
「我來時在路上吃過一些墊肚子了，不餓。」寧王道。
「真聰明，也就我傻乎乎地一直餓著等你，荷花都知道先吃一頓呢。」林小寧白了寧王一眼。
荷花笑道：「我和小姐說六王爺這麼晚沒來，肯定是有要事耽擱了。六王爺那樣聰明，必會先吃一些墊肚子，可小姐卻不肯，說是說好了要等您一起吃的，那就不能先吃，否則就不算等了……」
寧王沈默片刻，道：「喝酒吧。」
荷花笑著斟上了酒。
「荷花不用伺候了，去休息下吧，我想與妳家小姐說會兒話。」寧王道。
荷花愣了一下。
「算了，妳愛在這兒伺候就在這兒伺候吧。」寧王又道。
荷花尷尬笑著。
「要不，妳乾脆和我們一起來喝酒吧？」寧王說道。

荷花又愣住了。

「妳酒量不好，去拿鐔果酒來，一起喝。」寧王笑道。

「是，六王爺。」荷花開心地去拿果酒去了。

「我酒量也不好呢。」林小寧有些撒嬌地說道。

寧王又笑。「妳是一杯也醉，千杯也與一杯一樣醉。」

「你好像特別瞭解我似的，我都不知道呢。」

「我知道就行了。」寧王笑著舉杯，一飲而盡。

「別喝那麼急，慢點喝。」林小寧無奈笑道。

「嗯，妳也喝吧。」寧王輕輕說道。

林小寧飲盡杯中酒後，空杯放在桌上，笑道：「現在我再喝九百九十九杯也一樣了，是嗎？」

「是的。」寧王笑著斟滿酒。「丫頭，那天妳說的小世子的故事，再和我說一遍可好？」

「小世子？喔，小王子的故事，」林小寧噗哧笑了。「也對，是小世子的故事。」

寧王目光閃閃。「妳再說一遍給我聽，我喜歡那個故事。」

「好，我說給你聽。小世子住在天上的一顆星星上面，他有一株玫瑰花……」

林小寧說完後，寧王呆呆地發怔。

荷花抱著一罈果酒來了，寧王道：「荷花，去給妳家小姐拿一件衣來，晚上還是有些涼的。」

荷花放下酒罈，又出去了。

林小寧笑道：「你不如告辭，然後再大大方方地從院牆跳進來？」

寧王又把杯中酒一飲而盡，答非所問說道：「在西南時，妳救我是為什麼？」

「能為什麼？因為你跳過我家的院牆啊。」林小寧放肆地說著，心怦怦跳著。

寧王笑得有些恍惚。「我的丫頭，妳要記得，不管如何，我做的任何事情，都不會傷害妳一分一毫。」

「嗯，知道的。」林小寧目光灼熱，倒了酒遞了過去。

寧王握住林小寧的手。「妳要信我。」

「你跳我家的院牆，我都沒怪過你的。」林小寧火熱地說著，酒杯遞到了寧王的嘴邊。

「所以我知道的，我信你。」

寧王又是一口飲盡，低聲說道：「妳也喝。」

林小寧的心火旺得很，壓都壓不住，是因為跳院牆？她有些羞愧，聽著寧王說：「妳也喝」，便急急地把自己的酒飲乾。

寧王一杯接一杯地飲著酒，林小寧也一杯接一杯地飲著酒，都不提跳院牆的事。

林小寧心神不寧，暗自羞愧。都這樣暗示了，他怎麼一點親密的舉動也沒有？兩次打發荷花走，就是為了喝酒嗎？

林小寧有些沒好氣道：「你慢點喝，沒人搶你的酒。」

寧王看著林小寧，她又羞又惱，又沒好氣地掩飾道：「喝慢些，我這酒多著呢。」

寧王溫柔地看著林小寧，伸出手，輕輕撫摸著她的臉頰。林小寧心跳得厲害，但他只是不斷撫摸著，然後又輕聲道：「記得我第一次親妳，也是在這飯廳裡。」

那時她是主動的，讓他欣喜非常。一直記得她顫著身體，閉著眼，嘴唇湊上來的模樣，他一生也不能忘記。

林小寧不好意思地拿過酒壺倒酒。

「我來。」寧王接過酒壺，倒滿酒。

林小寧拿過酒杯飲盡，寧王溫柔地笑著，也跟著飲盡，然後再倒滿酒，說道：「記得那時是妳主動的，妳喜歡我。」

林小寧想起了那次，在刺客的屍體前的親吻，說不出的瘋狂，便又端起酒杯飲盡。

寧王又倒滿酒，林小寧笑著拿過酒杯，寧王也舉杯，兩人一同飲乾。

寧王慢慢地倒酒，彷彿陷入回憶中，聲音也有些遙遠的感覺。「我知道妳喜歡我，我跳妳的院牆，妳也認了。」

「你還好意思說，堂堂六王爺大門不入，專跳人院牆。」林小寧聲音已滿是醉意，帶著酒氣說道。

「嗯，我只跳了妳的院牆，因為我喜歡妳。」寧王道。

酒能壯人膽，酒是色媒人，此話一點也沒錯。林小寧火熱的眼神看著寧王。「嗯，我也喜歡你，因為你幫我摘月亮。」

寧王把酒杯送上前。「妳對我來說是獨一無二的。」

「嗯，我知道。」林小寧驕傲地笑了。

寧王又倒酒，林小寧看著酒杯與清澈的杯中物，越醉越心跳，又一口把酒飲盡。

寧王躲著林小寧的目光，又倒上酒，然後連乾了三杯，沈默許久才道：「別醉了，記得以後，要喜歡傻子的笑容。」

荷花拿著衣裳進來時，林小寧已是醉眼朦朧。

寧王道：「荷花，叫個人來，一同扶妳家小姐歇息去。」

荷花便又匆匆出去了。

寧王看著醉眼的林小寧，嘆息地抱著，俯下身便親吻住了她。

林小寧等了一晚上便是等著此時，一把便勾住寧王的脖子，不肯撒手。

但很快，她醉著也感覺了寧王的吻沒有半點火熱，卻充滿著傷感。她有些失神，覺得心裡空空的，像失去什麼一般。

她疑惑地推開寧王。

寧王神情古怪，說道：「我明日要出征了，妳安心待在府裡，哪裡都不要去……」

「我又不是你養的金絲鳥兒，還哪兒都不要去呢……」林小寧醉笑著。

寧王便不再接話，只是坐在林小寧身邊，靜靜地抱著她。

林小寧醉得厲害，但仍是感覺寧王來時就古怪得很。她靠在寧王懷中，想了半天，突然反應過來問道：「什麼？你要出征？」

寧王嗯了一聲。

「這麼快，是西南那邊又有什麼異動了嗎？」

「不是西南，是西北，但沒有異動，我此去百日就歸，妳安心就是。」

「真急。」林小寧嘆了一聲。

「是啊，真急。」寧王也嘆著。

荷花帶著春兒與花兒進屋來，林小寧都快在寧王的懷裡睡著了。

寧王對荷花道：「那牆邊案几上的小匣子，是給妳家小姐的禮物，好好讓妳家小姐歇息。」

然後看了看荷花又道：「荷花，妳家小姐身邊只妳最信任，好好跟著妳家小姐，不要辜負她對妳的好。」

荷花因寧王的話而鄭重起來。「六王爺請放心，荷花一輩子都會跟著小姐，絕不會離開小姐。」

林小寧起床時，天才濛濛亮。

她依稀記得昨天寧王說要去西北，不過說沒有異動，那是做什麼呢？還這麼急，那麼她大哥呢？能不能讓她大哥早些回來？

她從床上一躍而起，只覺身上痠軟得很，便入了空間。望仔與火兒正拿著一株人參咬得粉碎，抛撒在泉水柱上的那團霧氣中。

木屋後面的藥材已越來越少，但泉水柱上的霧氣明顯濃了些。

望仔與火兒看到她便咧嘴吱叫著。

林小寧笑道：「知道了，再養上一年就可以了，辛苦我的望仔與火兒了，不過我要洗澡，走遠些，不許偷看。」

望仔吱吱笑著，拉著火兒跳遠了。

林小寧痛快地泡了個澡，才感到一身舒坦，出了空間換衣乾淨衣裳便道：「春兒，我起來了……」

「小姐，昨天夜裡，六王爺走時，說這個匣子是送小姐的禮物。」荷花進來梳頭，一邊細聲說道。

「是啊，他進府時是拿著這個匣子。」林小寧看著放在桌上的匣子笑道。

春兒馬上把匣子遞過來，打開一看，裡面是一些不同花色的細銀鐲子，上面鑲嵌了點點晶石，亮閃閃得耀眼，如同鑽石一般。每對用紅絲帶綁在一起，比林小寧第一次在京城周記買的那些細鐲子精緻多了。

荷花與春兒同聲驚豔讚道：「天啊，小姐，真是漂亮極了。」

林小寧迫不及待地就拿出一對戴上，再一細看，一共是六種花色，每種花色都有六對。他知道她喜歡戴一串這種細鐲子。

林小寧笑了，拿出六對同一花色的全帶在左手，左看右看老半天，愉快道：「他還算是有心。」

荷花笑道：「小姐，不是有心，是費心。還是在周記訂製的呢，這匣子是周記的匣子。」

「也是，除了周記，怕沒哪家能做出這麼精緻的鐲子了。荷花，給我插那支簪子。」林小寧眼神往梳妝匣裡瞥了一眼。

荷花會意，拿起那枝專門放在一格的，寧王給的簪子，替林小寧插上。

「小姐，早飯擺好了。」春兒恭敬說道。

「走，先吃飽，再辦事。去吩咐備好馬車，和安金說一下送我們去寧王府。」林小寧高興地拍拍荷花的臉。

還沒等到林小寧把桌上透明的蒸蝦餃和熬得香香的粥吃完，安金、安木兩個守白日的護衛就感覺到不同於尋常的聲音，皺眉大步朝府外走去。

一隊兵齊步行到醫仙府門口，帶兵的頭看到府口的安金與安木，客氣地與他們倆打了個招呼，然後便宣讀聖旨。

守門的婆子嚇得魂不守舍，跌跌撞撞入院去報信。

林小寧正疑惑府外的動靜，守門婆子跟在喬婆子身後，兩人一入廳，就雙雙腿軟跪地。守門婆子結結巴巴道：「小姐……小姐……不好了……」

林小寧聞聲，不悅道：「慌什麼慌？是出了什麼事了……」

也在側廳吃早飯的朱嬤嬤聞聲過來，看到林小寧的鎮定自若，便道：「小姐，這看門的婆子與喬婆子得好好調教一下了。」

林小寧笑道：「朱嬤嬤看著辦就是。」

荷花笑笑。「小姐稍等，我去看看是怎麼回事。」

喬婆子驚恐道：「別去、別去，來了好多兵，好多兵，我以前的主子就是這樣的，我——」

林小寧無奈地打斷。「喬婆子妳別一驚一嚇的，六王爺今日出征，帶兵來了吧，妳下去吧。」

喬婆子仍是驚恐道：「不是、不是的，小姐……」

朱嬤嬤氣道：「荷花，叫人把這兩人拉下去，明日起，好好跟著我學規矩。」

「是，朱嬤嬤。」荷花恭敬地應道。

安金與安木也進來了，面色怪異。

「怎麼了？」林小寧蹙眉問道。

「小姐，皇上下旨，派兵圍府百日。」安金回答。

「皇上下旨？派兵圍府百日？什麼由頭？」林小寧奇怪問道。

「說是有奸細覬覦小姐的醫術，為保安全，圍府百日。」安金回答。

笑話，什麼覬覦她的醫術？狗屁，他說要出征百日，馬上就有聖旨圍府百日，這是怕別人跳她家院牆呢！

奇恥大辱！奇恥大辱！

這是哪個的主意？不會是他，是皇帝下的旨，那麼不是皇后就是太后，或者皇帝本人的主意，真是疼愛他啊！

林小寧怒極反笑。「為保我安全就圍府百日？這是什麼？這是軟禁！你、你，還有安水、安火，你們是吃閒飯的嗎？」

安金輕聲提醒道：「小姐，這是聖旨。」

朱嬷嬷面不改色。「大家都退下吧，荷花，帶這兩人下去，明日開始學規矩。」

荷花偷眼看了看林小寧。

「規矩不學了，朱嬷嬷。」林小寧冷冰冰道。

「小姐，您不必學，但她們得學些規矩，不能這般遇事就慌，沒準丟了小姐的身分。」

朱嬤嬤鎮定回答。

身分？如今她還有什麼身分，這樣的侮辱！

林小寧一字一句道：「醫仙府我說了算，不學了。」

荷花感覺到林小寧的情緒，默默地立在一邊。

「荷花，陪我到門口去。」林小寧聲音壓抑著極度的憤怒。

「小姐，不可動怒，是聖旨。」安金又提醒。

朱嬤嬤面色鎮定，也在思索著，園府的由頭是牽強了些，但是什麼原因呢？她是宮裡的老嬤嬤，既不是太后的人，也不是皇后的人，這樣在宮裡活了大半輩子了，按說幫未來的寧王妃調教下人是件肥差，等於就是放出宮了，又是跟在王妃身邊，並沒脫離皇室，受人尊敬、安享晚年是不愁的，若不是先前的皇后指的崔嬤嬤抱病，根本輪不上她這樣平日不聲不響的嬤嬤。

然後，太后就指她來醫仙府教授規矩。來時，太后賜給她黃金五十兩，算是提前放她出宮養老了。

這事水深啊！

這等肥差，為何崔嬤嬤就抱病？而且還是指了她來？她在宮中是有些許地位，不過是因為年歲大、資格老，因她性子的原因，沒有跟著哪個主子，只是宮嬤嬤一名，眼睛不小心看到的，耳朵不小心聽到的全都會裝到肚子裡，拉到茅坑裡，這樣才平平安安混到四十歲，竟臨到了了，被指了這麼一件令人眼紅的肥差。寧王妃，哪個不知道她出身單薄得很，那對於她這種教養嬤嬤必會十分尊敬。

她出宮時，皇帝身邊的心腹太監劉公公說道：「盡心教授王妃身邊的下人，那可是寧王妃，沒料到竟被妳這不起眼的撿了這天大的便宜。」

劉公公此話有隱情，崔嬤嬤抱病有蹊蹺。

然後，又是寧王府的管事親送她來醫仙府的，還道：「那可是我們王爺的心上人兒，此去萬不能耍什麼心眼，別事發再悔不當初。妳是個老實忠厚的，才挑了妳。」

她到了醫仙府就明白為何此肥差落到自己身上了。這幾天，吃好住好又有人噓寒問暖伺候著，這醫仙府裡的人，真是比宮裡的人腦子簡單多了。荷花，還有王妃身邊幾個大丫鬟，個個都是眼神清澈，不似宮中那些女子，眼神亂飛。

崔嬤嬤那種心上長滿孔的人，在這等地方，那不得興風作浪才怪，怪不得挑了自己這種不愛吭聲、不得寵的嬤嬤。

可王妃府怎麼就被圍府呢？她腦子轉得飛快。

圍府在本朝不稀奇，就是軟禁，當然也有真的是為護住府主周全的，但那種是府主本人都知道的……

而王妃卻不知道。

朱嬤嬤臉色無異，心裡卻是想了個通透。

再看林小寧的怒顏，心下嘆息，王妃生得雖只是秀麗，卻是那種放在任何嬌妍花群中都能一眼被人發現的。還以為從此以後可以跟著王妃養老，卻節外生枝了……這絕不是真的護王妃周全，百日可以發生的事情太多了！

朱嬤嬤腦子不停轉著，說道：「小姐，若是想要出府，可讓圍兵上報，得皇上允後，便可出府。」

她在試探，若是王妃能求得聖旨出府，那就有可能是真的保護，否則……

安金看了朱嬤嬤一眼，朱嬤嬤坦然立著。到了此時，醫仙府的眾人都是一根繩上的螞蚱。

安金收了眼神，點頭說道：「是的，小姐，若是要出府，便照朱嬤嬤所說的辦。」

林小寧現在只覺得一股屈辱悲憤在胸中，讓她禁不住要一口血吐出來。

「荷花，走，去府門口。」她的聲音有些顫抖，甚至還有些隱隱的破音。

荷花跟在林小寧身邊，一邊想著昨天晚上，寧王臨走時對她所說的話。「荷花，妳家小姐身邊只妳最信任，好好跟著妳家小姐，不要辜負她對妳的好。」

荷花的腦袋想得都疼痛了，也沒想明白，六王爺這句沒頭沒腦的話，與今天的圍府有沒有關聯。

朱嬤嬤使了個眼色，與安金也跟隨在後。

林小寧站在醫仙府正門內，沈重的大門被下人慢慢打開，發出吱呀的聲音。

林小寧挺胸吩咐道：「回頭門縫處滴些油，這聲音聽著我不舒服。」

「是。」下人們又驚慌又恭敬地回答。

正門大開，門側的兵便上前，禮貌但不容置疑道：「皇上有令，闔府百日，除廚房採買者不得出府……」

林小寧看著這個與張年差不多歲數的兵，真恨不得一耳光拍飛他，也把那個坐在龍椅上的人拍飛。

可是不能，她還有那麼多親人。

她掃了那個兵一眼。「上報，我要出府。」

「皇上有旨，闔府百日，除廚房採買者不得出府……」那兵像背書一般說道。

林小寧的臉扭曲著。

「荷花，掌嘴！」朱嬤嬤的聲音響起，如同天籟之音，如同指引明燈。

林小寧與朱嬤嬤的眼神交流著，差點要擦出火花。

荷花挺胸上前，揚手就狠抽了那個兵一耳光。

朱嬤嬤最懂規矩。這是不會打出事的，小姐不好，她也不會好，還有什麼會比現在更糟？

安金泰然地翹了翹嘴角。

小兵被抽得發怔。

這一手試探是尺度大了些，也是豁出去了。王妃是個好說話的主子，她這把老骨頭若是能賭贏，跟著王妃養老，一生尊榮，還能福及家人。反正若真是壞事，也不能再壞了，好歹小姐是未來的寧王妃，又是安樂侯嫡長孫女。

朱嬤嬤淡然道：「今日只是小懲大戒，醫仙小姐、安樂侯嫡長孫女、未來的寧王妃說話，小小的護城軍有幾個腦袋，竟敢不細聽？荷花，把小姐剛才的話，再重複一遍。」

荷花傲然道：「我家小姐要出府，去上報。」

那兵才反應過來——眼前這個穿棉布衣裙的女子，竟然是正主。

「是，醫仙小姐。」

醫仙府的大門又緩緩關上了，發出吱呀的聲音。

「朱嬤嬤，醫仙府裡所有的人，今日起，都得跟著您好好學規矩。」

朱嬤嬤笑道：「小姐發話，老身必當盡心教授。」

第六十六章

今日，周記珠寶的周少爺也發怒了。

周少爺發怒是因為周家上下封鎖了林小寧進京的消息，所有人都知道林小寧進京之事，可唯獨他不知曉。

周少爺的心腹大紅人福生扭扭捏捏、偷偷摸摸準備了許多女子的脂粉與首飾，這天被周少爺無意中發現了，便打趣道：「福生，你可是看上哪個院裡的大丫鬟了，說便是，少爺我肯定會成全你的心思。」

福生吞吞吐吐不肯言明。

周少爺笑道：「可是老夫人院裡的，還是我娘院裡的？沒事，只管說，少爺我為你作主，肯定能讓你得償所願。」

福生半天才脹紅了臉，小心道：「少爺，是、是那荷花姑娘。」

周少爺立刻變臉，揪著福生的衣裳問道：「醫仙小姐進京了？什麼時候的事？」

福生結結巴巴道：「少爺恕罪，小的不是想瞞著少爺，是老爺與夫人吩咐的……」

周少爺的怒火在周家爆發了，所有下人都被罰跪，包括他的嬌美妾室也沒能例外。只除了韋氏，因韋氏是正妻，罰不了。

一直到周老爺與夫人聞動而來，周少爺才悲憤說道：「去年時，我已說明白，我與醫仙小姐是不可能的，爹娘如今這般作為，就像是此地無銀，實在讓人笑話。原來你們從來沒有相信過你們的兒，我打理那些生意，那樣盡心竭力，卻從來沒得到過你們的信任……」

周老爺與周夫人嘆了一氣，對下人道：「都起吧，都幹活去。」

周少爺仍是悲憤地站著。韋氏上前說道：「相公，若真的如你去年所說，那更不應這般生氣動怒，爹娘不過是關心則亂而已。我這就準備好禮物，下午你去拜見醫仙小姐吧。」

韋氏很瞭解周少爺的，三言兩語讓周少爺息了怒。

下午時分，周少爺帶著一車的禮物去了醫仙府。

醫仙府院牆下圍著兵，是護城軍的裝扮，個個佩著長劍，像泥塑一般立著，巍然不動。

「這是……這是出什麼事了？」福生小心上前問道。

守著大門的兵道：「醫仙府圍府百日，若要拜訪，請拿聖旨或手諭。」

林小寧坐在府內的花亭中沈默著。

當初，他就是跳院牆入了這花亭中。

「你怎麼偷摸著入府了？」

「我是大大方方跳進來的。」

如今，甜美熱烈的回憶只讓她覺得極為恥辱。

她想起了昨天他的親吻有些傷感，是因為他要出征吧？

昨夜她醉了，聽到他要出征，竟然只說了一句：「真急。」她早上起來還想去送他出征，順便交代一下，找個由頭讓她大哥回來。

真急……她悲傷地笑了。

他還不知道他的家人在他走後，對她做的事吧？

若是不喜她明說就是，犯不著這般羞辱她。

她如今成了什麼？兒子跳院牆來與她約會，做娘與做大哥的在他走後就將她軟禁。沒人知道他跳了她的院牆，他娘與大哥這是明晃晃地打她的臉——當然，不是打他的臉。或者他們娘兒倆還在吃飯時討論著她的反應，以此為樂。

荷花一直立在一邊，靜靜地守著林小寧發呆。

梅子也回不了府了？嫣嫣就是這兩日生產了，她也不能守在她身邊……

「小姐，吃過午飯就休息一會兒吧，女子睡午覺養顏。」朱嬤嬤不知何時過來了，安慰道。

林小寧看了看朱嬤嬤。「嬤嬤坐，荷花也坐，站這麼久，累了吧？」

朱嬤嬤端端正正、規規矩矩地坐在一側，荷花也跟著坐在另一側。

「朱嬤嬤……」林小寧卻又不知道應該說些什麼，只覺孤單極了。

朱嬤嬤等著半天沒有下文，但了然道：「小姐，今日掌摑圍府之兵，便是試，若真的是護小姐周全，那明日聖旨或手諭就能下來，允小姐出府，但得帶上護衛。」

朱嬤嬤這是遞了投名狀。

林小寧抬眼看著朱嬤嬤。

荷花急道：「若是不允呢？嬤嬤。」

朱嬤嬤沈默片刻。「若是不允，就只能等。」

林小寧心中冷笑。允不允都是達到目的了。

朱嬤嬤又道：「小姐，如今我已跟了您，哪怕是才跟這幾天，但也是您的人了，便是一榮俱榮、一損俱損。小姐您好好想想，您回京不到半月，其間可是有什麼不對的事情發生，或是得罪了宮裡的……」

「嬤嬤怎麼看待圍府一事？」林小寧問道。

「也許是老身想多了，但總是覺得蹊蹺。」朱嬤嬤說道。

林小寧沈默不語。

朱嬤嬤又道：「小姐，事情總有解決的法子，總得找到事情的由頭。」

連個嬤嬤都能看出其中蹊蹺了，它可是全京城的笑話啊……

林小寧心中生悲，大笑起來，神情古怪。

荷花急急喚道：「小姐！」

林小寧笑著擺擺手，道：「朱嬤嬤，妳下去吧。放心，無事，我是安樂侯嫡長孫女，皇上親封的醫仙小姐，太醫外院的掌事，嬤嬤只管在我府中教習規矩，然後安享晚年就是。」

小姐是知道一些的，但她這反應卻是怪得很，可小姐說得對，不管怎麼樣，她身分在那擺著，目前誰也動不了她。朱嬤嬤放心退下了。

「小姐，朱嬤嬤比崔嬤嬤好多了，說話也得人心。」朱嬤嬤走後，荷花道。

「是。」林小寧神情恍惚地回答。

「小姐。」荷花輕聲喚道。

「荷花，妳可知六王爺昨夜對我說，今日出征，百日就歸？」

荷花猛然一怔。原來如此！

皇室是看不上小姐的舉止，怕傳出風言風語，但小姐又是六王爺心尖上的人兒，所以才有此舉。此舉太是傷人，豈不是明擺著說皇室擔心小姐不忠嗎？

荷花頓時紅了眼，瞠目結舌，好一會兒才羞憤道：「原來如此，怎麼……怎麼可以這樣！」

林小寧自嘲地笑道：「怎麼不可以這樣？都已經這樣做了。」

荷花小聲問道：「小姐，六王爺出征百日，可有人知情？」

林小寧搖頭道：「不知道，但出征是肯定知道的。」

「小姐，明日廚房採買，可讓採買者試探一下坊間的傳言。」荷花又小聲說道。

林小寧冷哼一聲。「荷花，坊間就算知道又如何？我們自己不知嗎？」

荷花眼淚滴落下來。「小姐，妳這般善心腸，卻受此大辱……老天真是太不公平了。」

林小寧悲笑道：「荷花，我不做寧王妃了，我要退婚！」

荷花呆呆地張大著嘴，半天發不出聲音。

林小寧拍拍荷花的臉。「傻了？不能做王妃的心腹管事娘子，是不是很遺憾？」

「不，不是的，小姐。」荷花急急道。「但六王爺可是把妳放在心尖尖上的啊，你們倆本是佳偶天成，神仙伴侶……」

「荷花，若是妳的夫家人這樣對妳，妳會怎麼辦？」

荷花不知如何回答。

「若是妳的夫家人這樣對妳，我可以幫妳出頭。可我呢，誰能幫我出頭？他在時，可以護著我，可他一出征，他們便下手了，這是在暗暗羞辱我呢。那日入宮他們都對我很好，把他高興得，哪知道是當面一套背後一套。在他們眼中，他是親人，我是外人，還是隨時可以私下整治的村姑。」林小寧冷笑著。

荷花淚流滿面。「不會的小姐，六王爺對妳的情意是明眼人都看得到的。」

林小寧自顧自地傾訴著。「等他回來又能如何？告狀？讓他與皇帝吵，與太后吵，可能嗎？好吧，我是那樣可笑，做出那樣可笑的事來，然後等他再出征後，他們再用更難堪的手段來羞辱我。這次好歹還有個看似正當的由頭，下回可能連個由頭也沒了。」

荷花傷心又焦急道：「小姐，六王爺一定能有法子護著妳的，妳不要這樣說！」

林小寧嘆了一氣。「荷花，皇室不好嫁啊。我當初真是暈了頭，竟然想嫁他這樣一個高富帥，還不如周少爺呢，只是他已有妻妾，不然，當真嫁周少爺這樣的也好過嫁他。」

「小姐……」荷花哽咽著。

「荷花，我難過。」林小寧的眼淚終於流了下來。羞辱與痛楚讓她聲音充滿著心酸，她孤單得很，什麼也抓不住，只緊緊拉著荷花的手。「我真想大哥與爺爺，還有小香、小寶、家福他們……」

荷花心酸得泣不成聲，兩人便在花亭中相對哭泣著。

林小寧哭了一會兒，突然發笑了起來。

來這一世不是為了嫁個男人的，笑話，真是笑話！

當初蘇大人做郡馬時，她就曾這樣告誡自己，而今又差點忘記了。

真是前世老姑娘的陰影讓她太想嫁人了。她才滿十五週歲，要做的事多著呢。消炎藥、外科手術的探索、糧食的增產、棉花的種植與降價、棉巾的普及，還有三千堂……是的，這一世絕不只是為了嫁人的，她要留下屬於她的筆墨，豈能為一個男人家人的羞辱，就這般傷心？笑話，打算退婚就得面對退婚的事，這婚可不好退，還有時間傷心？傻了啊。

荷花看著林小寧發笑，急急勸慰著。「小姐，等百日後我們回桃村。」

林小寧摸了摸荷花沾滿淚水的臉，鄭重道：「荷花，有些事，比我的性命還重要。所以，妳家小姐要做的事很多，不是為了做寧王妃。」

荷花深思片刻，輕聲道：「小姐，荷花知道了。」

「走，洗個臉，睡個午覺去。」林小寧掏出帕子擦了擦臉，覺得自己都哭累了。「妳家小姐得好好休息一下。」

荷花也忙擦淨眼淚，正色道：「小姐，荷花知道了，有些事是比性命重要。桃村時學過的，寧為玉碎不為瓦全。小姐如此氣節，絕不會為了與六王爺的情意而做泥瓦得保全。」

這是哪兒跟哪兒啊？林小寧看著荷花。

荷花迎著她的目光，一字一句又道：「荷花一生都會記得小姐教的這一課。」

寧王凌晨時分就帶著他的五千騎兵出發西北，吩咐安風天亮去宮中領旨，再帶二萬精兵、十萬步兵，立刻出發西北，但出發前去醫仙府正式告別。

寧王急切地趕去西北。他一生的夙願就是滅夏，時間不多了，每一刻都是寶貴的。

他感覺到了生命短暫的萬般遺憾。他此去百日而歸，歸回的可能是一具屍體。

他不能與心愛的女子白頭到老，也要護得她性命安全，可要護她周全，卻非得用這樣的法子，她會傷心嗎？會的，還會生氣。

我的丫頭，我真的不想傷妳一分一毫。他心裡滿是說不出的難過。

林小寧醉酒後的笑容在他眼前閃動著，揮都揮不去……

真急。她說的。

是啊，真急。

兒女情長，英雄氣短。他咬咬牙。我負妳的，用三生來還！

百日滅夏，除非神助，但是，他一定能做到。

夏國的大巫師極為神秘，都是生來就能看到未來的。每代大巫師都會在年老時指定傳人，身分也是十分尊貴，僅次於夏國皇帝。尤其是第一任大巫師，極有名望，在幼年時就輔助當時西北一個小小的部落之長，打下了名朝的大片西北的土地，並輔助他順利登基稱王，然後向外開疆拓土，領土越來越遼闊，更不知道用了什麼法子，竟與蒙古人簽下了百年不互侵犯的和平協議。

那預言是他臨終所言：天下安寧，寧安天下，寧王會滅夏。那麼，在他死前，夏國必亡！

寧王深深吸了一口氣，雙腿一夾緊，馬跑得更快了。

安風入宮領了旨，點了兵，又拿著皇帝的手諭去了醫仙府。

林小寧正睡著，但荷花已是喜極而泣，急急地問著：「醫仙府為何被圍府？風大人可知道？」便眼巴巴地看著安風。

安風奇道：「爺與我都要出征，圍府是護小姐周全啊。」

荷花緘默。安風不知情，罷了，去看看小姐有沒有醒吧。

安風坐著廳中等了半個時辰，林小寧才來。

安風起身行禮，便道出要帶兵十餘萬去西北一事，鄭重地向林小寧道謝與道別。

林小寧面色如常。「去吧，和他說，我會很好的。」

「小姐，爺先走了，因為事急，所以沒來辭行。」安風說道

「昨夜他已來辭別了，我知道的。你此去，將圍府一事告訴他——」

林小寧還想說要退婚一事，但想想又住口了，他出征上沙場，若亂了心智，便多了凶險，算是她前世欠他的好了。想到他在裕縣時救她、在桃村時的甜蜜時光，算了，這樣就好了。

安風不疑有他，只正色道：「小姐，此行去西北匆忙，我與爺都不在小姐身邊，著實放心不下，現圍府相護，爺定能放心。」

林小寧嗤笑了，卻道：「嗯，安風此行，必要立個大功而歸，我等著。」

安風冷峻的臉上露出暖意。「謝謝小姐關愛。小姐請放心，安風必帶著功績回京！」

安風走後，林小寧便喚出望仔與火兒。「去，去給鎮國將軍帶信，把小東西叫來給我送個信到桃村。」

此時，周少爺正納悶著醫仙府怎麼就圍府了，又上前細問。

兵道：「奸人覬覦醫仙小姐的醫術，圍府百日。若要進府拜訪，求聖旨或手諭均可。」

定是前次在太醫院外院鬧事的奸細還沒清乾淨，為了未來的寧王妃，真大的陣勢，還是

去求了手諭再來吧。周少爺笑笑，便回身上車。

安風出了府來，周少爺一眼瞧見，便喜道：「風兄，安風兄弟。」

安風笑道：「周少爺看起來更精神了，來拜訪小姐？」

周少爺有些不好意思地笑道：「是啊，林小姐回京這麼久，我竟才得知消息，真是罪過。」

安風笑道：「沒事的，小姐入京才不到半月，手上的事也才忙完呢，你……入不了府嗎？」

「是啊，但無事，我入宮去求我姑姑討個手諭便是。風兄，你這是要出去？」

「是的，小姐這兒，每入府拜訪都要求手諭的確麻煩了些，周少爺請多擔待，畢竟只是暫時。」

「知道的，無事，風兄你不在府中，那小姐身邊何人相護啊？」

「加了四個護衛，也是一等暗衛，比我的功夫差不多。」

「那便好。風兄要去哪兒？我送你一程。」

「周少爺有心了，我的馬在那邊，謝謝了。周少，我先行一步。」安風笑笑，便去一側樹下牽馬。

周少爺上了馬車，福生為難道：「少爺，林小姐現在可不好見，真的要入宮求手諭？」

「當然，難道你那些禮物不願意送到荷花姑娘手中嗎？還是等百日後？」

福生喜道：「少爺，我恨不得現在就送到她手上去，現在就入宮？」

「嗯，快趕車，廢話多。」

皇帝還沒來得及為寧王的西北之征而擔憂多久，馬上就因手諭之事很是頭大。怎麼圍府前什麼事也沒有，一圍府，都來求手諭了？

先是胡大人，再是太傅大人，然後是林小姐求旨出府，剛才是周太妃為她外甥周賦求手諭入醫仙府拜見，現在是鎮國將軍也來求手諭。

皇帝道：「那林小姐的聖旨我現在就下，明日一早也就到了，你也不必求手諭了。給林小姐的聖旨會言明，每旬可出府一日，京城中曾家、胡家、魏家、沈家以及你老人家，都可以入醫仙府，但每次入府，不能超過兩人。這風頭浪尖上，還是小心為好。」

鎮國將軍笑道：「皇上，那小妮子給我備好了納妾之喜的禮呢，到時少不得來喝杯喜酒。」

皇帝正色道：「老將軍，不可。林小姐送了禮就行了，喝酒一事就免了，喜宴上人多事雜，不怕一萬只怕萬一啊。」

鎮國將軍道：「皇上，外人不知，但您還不知道嗎？那奸細一事，本就是……」

「唉。」皇帝嘆氣。「將軍不知，怕是真有奸細。」

「好大的膽子，這些奸細是傻的嗎？這個節骨眼上想搞小動作，這不是給我們拿到錯處嗎？」

皇帝隨口敷衍。「朕的六弟在京城的日子，還不是天天遇刺嗎？」說完，突然後知後覺。

是啊，王妃擋劫，沒準就是有夏國行刺，而此時六弟卻去了西北滅夏。如此說來，六弟去滅夏反而是安全的，而林小姐這個未來王妃，怕成了夏國刺客的眾矢之的！這可果真是王妃擋了六弟的劫！應承過六弟的，要護她周全，這婚，得馬上退！退了婚，夏國知道林小姐不是寧王妃了，會不會正破這一劫？

鎮國將軍變臉道：「皇上所言甚有道理，是我疏忽了。六王爺不在，更是要護好小妮子的周全，喜酒就不讓小妮子去了。皇上，我等辦完喜事半月後，就去西南，西北一動，怕聯合西南又玩什麼陰謀詭計……」

鎮國將軍一走，皇帝就急急喚來欽天監正使，把適才的想法說了。

欽天監正使沈思許久道：「皇上這等猜測或許也有可能，但苦於臣下始終卜不出王妃之卦，卦卦無解，著實怪異得很。」

皇帝暗道：看來王妃之命是注定要殞了，六弟卻有可能安全。只得馬上退婚，再加十個暗衛圍府，不信就擋不住幾個夏國的刺客！聖旨不能下，不能允林小姐出府，只能待在府中，百日就好。

醫仙府迎來了圍府後的第二位入府拜訪的客人——周少爺。

「福生，你長胖了，越來越福相了。周少爺，你卻瘦了些，不過瘦得很是精神。」林小寧笑吟吟說道。

周少爺被荷花引入坐，而福生站在一邊，時時偷眼看著荷花。

林小寧笑道：「福生也坐，在醫仙府不拘那些規矩。」

周少爺對福生點點頭，福生便坐在周少爺一側，春兒上了茶，便退在門口。

周少爺想了半天才道：「林小姐，來京為何也不叫人去我府中通報一聲？」

林小寧笑道：「我倒是想去通報呢，不過想來你生意繁忙，加上我才來京城不久，便想著等多過些時日再去通報。」

周少爺聞言便開心地呵呵傻笑。

寒暄過後，福生羞答答地把禮物遞給荷花，是一只很大的匣子，裡面是京城最流行的上等脂粉，以及周記的首飾。

這些首飾還是周少爺補充了幾件的，湊成了一整套，全是精品。

荷花慌亂地拒絕不肯收。周少爺笑道：「福生為了這些禮物，可是從去年省到了現在，著實不易啊。」

周少爺這是在暗示呢，林小寧一聽就會心地笑了。

福生與荷花？倒也是，福生是周少爺心腹管事了，而荷花是她的心腹管事丫鬟，又是貌美如花，自信極了，整個人氣質完全不同，哪個男子不喜歡啊？

便笑道：「荷花，福生的心意，收下就是。」

荷花收下禮物，福生開心得合不攏嘴。

周少爺與福生兩人真是一對花癡。林小寧暗笑，若是換在現代，這類花癡是稀有動物，會被女人哄搶，要的就是這個癡，最動人的也是這個癡。

荷花與福生倒真能成為一對。只不過，荷花是要跟著她的，不能就這樣嫁出去便不管她的事了，除非周少爺也放福生良籍。就看荷花與福生的發展吧，若真到那一步，便厚著臉皮與周少爺說說，放福生良籍，好壞荷花與她還有福生，都救過周少爺一命呢。

周少爺的拜訪緩解了林小寧的情緒，不然今天過得太漫長了。

望仔與火兒在晚膳前回了府，帶著小東西。

林小寧嘲笑問著：「你們是拿著皇上的手諭入府嗎？」

望仔不屑地吱叫著，牠在說：「哼，我們出入府，護城兵根本沒攔，是大搖大擺地入府。」

周少爺與福生雖然聽不懂牠在叫什麼，但都被牠的表情給逗樂了。

周少爺與福生在醫仙府裡用了晚膳才走的。

這個晚膳如同在裕縣一樣，林小寧與周少爺，還有福生與荷花，大家嘻嘻笑地喝著酒、吃著菜、聊著天，把食無言的規矩拋在一邊，吃了個開心痛快，喝了個滿足舒坦。

林小寧晚上寫了一封信，用一個荷包裝著，掛到了小東西脖子上。

小東西被望仔帶入空間，喝了不少泉水，一出來就高興地直吼。

林小寧拍拍牠的屁股。「去，到桃村給爺爺送信去，要快，不然爺爺就上路進京謝恩了。」

但林小寧不知道，皇帝已先她一步，派了如風與一個禁衛軍去了桃村宣告旨意。糧食的畝產是重中之重，安樂侯不必進京謝恩，並且此去還帶上了林小寧的庚帖，讓安樂侯退還寧王的玉珮與庚帖，要求退婚。

退婚的由頭皇帝想了許久，終是什麼也沒寫。

什麼由頭，最終都是退婚，那還要個什麼由頭呢？

皇帝胸中酸楚。他知道，下午時分的想法只是猜測，誰也不敢確認。

他與寧王手足情深，他瞭解他的性子，並且也理解他。他心愛的六弟，他的豪情讓他無法拒絕，他要成全命不久矣的六弟的心意，只祈望著天命之星能守護著他心愛的六弟，能有一絲轉機。

他縱是帝王又如何？到底是凡人。

欽天監正使又在星下看著天象後卜卦，與從前一樣，一點變化也沒有。寧王的天象是百日必殞，卦象卻是遇難呈祥。王妃之天象是一生有驚無險，逢凶化吉，卦象仍是無解死卦。

欽天監正使吐了一口血，暈了過去。

周少爺離開醫仙府不久，梅子帶著太傅求來的手諭入了府，見了林小寧，急匆匆道：「小姐，曾掌事要生了，讓我告訴小姐一聲，她知道小姐現在因為安全問題不能出府，說讓妳安心候著，待生了再來報喜。」

「怎麼樣，嫣嫣陣痛厲害嗎？可以順產嗎？」林小寧急道。

「太醫與穩婆都在，目前看來應該還是正常的，若真不行，我就與蘭兒給她做華佗術。我去外院叫上先生也去了，小姐，我走了。」梅子說完就急急出了府。

林小寧忙回屋喚出望仔與火兒。「望仔，你是空間的第二主人，可不可以帶著我出府？就是說，我進入空間，你能不能帶著空間出府？」

望仔搖搖頭。

火兒卻叫了幾聲，望仔便歡快地叫了起來。

林小寧一聽就喜道：「蠢望仔，都不如火兒聰明。快，把那塊黑石頭找出來，你叼著，我入空間，我們出府去看嫣嫣。」

黑石塊不僅可以讓她帶人入空間，還可以作為空間的載體，由望仔隨身帶著。這真是一件令人驚喜的事情。現下那圍府也只能暗地羞辱她，並不能真正軟禁她。

到了魏府門口，望仔才把林小寧放出來，自己又入了空間。

魏府角門的守夜婆子，自然是認得這個府裡女主人的金蘭姊妹的，便急急開門。

魏清凡、王剛、魏清淩都焦急地守在臥房門口，看到林小寧跟著婆子前來，眾人都嚇了一大跳。

林小寧急問：「怎麼樣，嫣嫣還好嗎？給這個守門的婆子打賞，我沒帶銀子，她真不錯，認得我。」

三人都顧不得擔心屋裡的曾嫣嫣了，魏清凡與魏清淩驚問：「妳怎麼來了？」

王剛嚴峻道：「小姐，不是讓梅子帶著太傅的手諭入府去告訴妳，讓妳在府裡等著嗎？等嫣嫣生了再給妳報喜，妳怎麼這麼冒失就自己來了，來也不帶個護衛，萬一遇到刺客怎麼辦？」

「我都安全來了，還說這些做什麼？嫣嫣生孩子，我豈能不在身邊。」林小寧笑道。

裡面的曾嫣嫣已聽到林小寧的聲音，在裡面大叫著：「是小寧嗎？快、快進來！我痛死了……」

魏清凡一聽，又面露焦急與擔心。

林小寧來不及再解釋什麼，推門就進去。

曾嫣嫣叫聲更響了。「痛死我了……我不生了，啊呀！」

蘭兒哄道：「小姐莫叫，不痛啊，妳一叫姑爺就心疼了，妳忍心讓姑爺心疼嗎？」

曾嫣嫣的聲音低了。

最外間有個太醫候著，中間一間是幾個伺候的丫鬟們，而最裡間，林小寧一掀簾子進去，看到曾嫣嫣虛弱地躺在床上，模樣委屈得很。蘭兒與兩個穩婆守在邊上。

「林小姐，姑娘她才疼半個時辰，就叫得沒勁了，產道還沒開呢，讓她走動也不聽，只管罵人、叫痛。」蘭兒上前小聲擔憂道。

林小寧安撫地拍拍蘭兒的肩膀，坐到床邊，抬手號脈，一邊說道：「媽媽，梅子去外院帶先生，一會兒就回來了，不用擔心生產的問題。但是媽媽，我們還是要儘量順產，順產不傷身子。」

便從懷裡掏出一大包參片，吩咐蘭兒。「送出去讓人熬碗參湯，再熬一碗粥，怕一會兒媽媽會餓。」

然後又到桌前佯裝倒茶，卻是注了一杯空間水，給曾媽媽餵下。

曾媽媽喝下後好多了，便罵道：「說好了我生孩子妳要陪著的，妳卻這時候叫人圍府，不是有護衛嗎？圍府多不方便，妳真是矯情。」

「是是是，是我不好，現在有力氣了嗎？」林小寧哄著，心中苦笑。

「妳個沒良心的，現在好多了，痛也好多了。」曾媽媽嗔道。

林小寧便俯身抱起她。「那就下地走走，妳這麼任性，怎麼把妳孩子生出來？來，我扶妳走，將來我生孩子也是要與妳一樣痛的，我都不怕呢。」

「妳還沒生呢，怕什麼？光知道嘴說，妳又知道多痛？」曾媽媽罵道。

這個媽媽，生個孩子比嫂子可是難多了，與小鄭師父的黃姨娘有得一拚。嫂子也是頭胎，年歲還比她小呢，可人家什麼都聽穩婆的，生得多順，只用了一壺空間水就應付了。

林小寧笑呵呵道：「嫣嫣，我知道痛，但我都已經做好了將來要痛的準備了呢。來，準備好了嗎？不怕痛，我們要順產，順產不傷身子，生下孩子，娘親還如姑娘二八年華，貌美如花，絕色風華。」

曾嫣嫣笑了，乖乖起身。蘭兒也忙上前扶著，兩人扶著曾嫣嫣在屋裡打著轉走著。走了兩刻鐘又開始痛了，林小寧與蘭兒道：「再堅持住，再走走，現在這點痛不是痛，都不在話下。」

曾嫣嫣臉皺得像一朵花，一邊咬牙走著，一邊氣呼呼道：「等妳生孩子時，我也要拖著妳不停地走著，痛死妳去。」

「好，我等著。」林小寧笑道：「等我生孩子時，嫣嫣妳要狠狠報復我，記得啊。」

蘭兒笑了，曾嫣嫣又痛又笑道：「妳這個壞蛋，妳就是想逗我出醜，我痛成這樣還逗我……」

林小寧不斷地與曾嫣嫣打趣調笑，以分散她的注意力。

兩個穩婆終於鬆了一口氣，而太傅大人與太傅夫人也來了。太傅夫人進了屋內就焦急問道：「可還好？」

林小寧笑道：「放心夫人，都好著呢。」

太傅夫人上前接過蘭兒的手，蘭兒乾脆搬了個圓凳子在後面跟著，當曾嫣嫣痛得厲害時，就坐下來緩口氣。

粥熬好了，曾嫣嫣的確餓了，一碗粥吃了個乾淨，林小寧乘機又餵了她一杯空間水。再休息會兒，再繼續走。

梅子與先生來了，太醫院外院的先生在外間與太醫會合了，那情景說不出來的微妙。先生淡定坐著，閉目養神。

蘭兒號脈後，說給先生聽，先生道：「再扶著曾掌事走動。」

丫鬟端著參湯進來。

太醫聞那參湯味入鼻腔，覺得精神一振，絕對是幾百年以上的好參，便道：「等會兒再喝，溫著，到最後時再喝。」

先生卻問：「可還有？」

丫鬟道：「有的，先生，還有許多。」

「那這碗喝了，再熬一碗待用。還有，這壺茶涼了，換壺熱的來。」先生說完又閉目。

外院的人都被曾嫣嫣洗腦了，個個都愛擺譜。

太醫緘默。

天明時分，曾嫣嫣終於生下一個七斤重的千金。

「真討厭，不是兒子。」曾嫣嫣虛弱地躺在床上，很是不高興地說道。

「先開花後結果，難不成妳以後不生了？」林小寧笑道。

「也是，下回生個兒子。」曾嫣嫣說完便累極地睡著了。

太傅夫人喜孜孜地把裹得緊緊的小丫頭抱出屋去，太傅抱著不肯撒手，還是太傅夫人從太傅手中把嬰兒硬抱過來，遞給魏清凡，魏清凡抱著他的女兒高興得跳腳。

此時，太傅大人才抬著一張困頓的臉，問道：「小寧，妳怎麼出府的？」

林小寧笑道：「偷摸著出府的。」

太傅聽了便罵。「妳這丫頭，怎麼這樣？妳現在身分特殊，多少奸細盯著妳呢。這偷偷摸摸的，失了身分不算，萬一要有個什麼……妳啊，妳這個不省心的丫頭。」

林小寧累得很，天色已亮，不想招搖回府，只好說道：「下回不會了，我下回一定不會了，先給我一間客房休息下吧，累了。」

太傅罵道：「不行，我這就送妳回府。臭丫頭，回頭妳爺爺入京後，讓他來罵妳。」

林小寧有些煩躁，便道：「好的，太傅大人。」把太傅夫妻與一眾人等都氣笑了。

出了魏府，林小寧上了太傅的馬車，太傅大人看到林小寧身邊竟然一個護衛也沒有，又怒了，但林小寧一上轎就靠在邊上閉目，太傅夫人扯扯太傅的衣袖，太傅終是住了嘴。

林小寧回府時，園府的兵驚得目瞪口呆，開門的婆子也傻眼了。

她只覺得疲倦得很，對太傅說道：「太傅大人，可否派個人和我那知音老頭說一下，讓他來看看我？」又湊近太傅的耳朵。「太傅大人，園府不是我意，也不知情。」

林小寧回屋後就倒頭睡下了。累的感覺真是好，不用想太多。

她睡得很沈，夢都沒作，並不知道府裡的荷花與朱嬤嬤接了手諭。

手諭到時，荷花要去屋裡叫林小寧，但宣旨的太監體貼道：「無妨，醫仙小姐在休息便不要打擾。」

朱嬤嬤一聽便喜，這是多受寵的未來王妃啊。

手諭中說明：圍府期間，京城中曾太傅、胡尚書、沈尚書、魏府、鎮國將軍府以及太醫院掌事與助事，都可出入醫仙府，但單次出入者不得超過兩人。同時又強調，為防奸細刺客，百日內，醫仙小姐不得出府。

朱嬤嬤聽完更是展顏，真是好命跟了這樣的主子。

林小寧睡到下午才起床，荷花笑吟吟地為她梳頭，把手諭一事說了。

林小寧又冷笑，讓春兒與花兒出屋後，小聲說道：「打妳一掌再給妳個甜蜜棗兒吃，妳就樂成這樣，一身的奴性！我還是不能出府。」

荷花愣了愣又道：「聽圍兵說，六王爺之前老是遇刺，如今小姐是未來王妃了，怕是會被奸細盯上，所以才圍府。」

林小寧想了想。「或許真是這樣吧？不想了，等爺爺進京再說。」

第六十七章

胡大人入醫仙府時是晚膳前，他沒有帶夫人，是獨自前來的。

他有種不大好的感覺，只覺得這次圍府不像表面看起來那麼簡單。按說現在丫頭的身分，對圍府不知情也是能理解，她是六王爺的未來正妃，性子又跳脫出眾，皇帝擔心其安全下令圍府，並不需要提前通知府主，宣旨時就等於是通知了，這也是正常。

可他仍是覺得其中有費解之處，卻無法想明白。當太傅說丫頭讓他去見見她時，他心裡更加確定了。昨日已求了手諭，但事忙，沒來得及去看她。今天一早聖上手諭又下，他們幾個與醫仙府交好的，均可入府拜訪。

聽得太傅說昨日丫頭偷摸著出府，去助曾嬸嬸生產，早上才回府的，必是累壞了，應好好休息，便等到此時才來。

林小寧一看到胡大人，眼睛就紅了。

胡大人便笑道：「怎麼了丫頭，這麼委屈？哪個敢欺負我的丫頭，定要他的腦袋。」

林小寧使了個眼色，荷花便把春兒等人全摒開了。

「六王爺出征了，大人可知道？」林小寧小聲問道。

「知道啊，前日凌晨時分走的，帶了五千精騎兵。」

「大人，他一出征就圍府，大人一向智慧，怎麼不好好想想其中原由？」
胡大人沈思道：「其實我之前也覺得不大對勁，但也情有可原。」
「大人，他出征前和我說百日就歸，但沒有告訴我圍府之事，然後我被困在這兒百日。要知道，之前他給了我四個護衛，都不比安風、安雨他們功夫差。」林小寧眼睛又紅了。
胡大人臉色微變，沈默片刻問道：「丫頭如今是想怎樣？」
「大人，要不叫安金、安木過來，問問他們，那些圍兵可能敵得過他們倆？」
荷花得了林小寧的眼色，便出了門叫著。「安金、安木——」
「小姐，我們在。」安金、安木兩人便不知從哪冒出來，入了廳內。
「若是府外的圍兵對上你們，哪邊能勝？」
安金笑道：「自然是我們勝出，小姐。」
胡大人臉色更難看了。
「下去吧。」林小寧又問：「胡大人如何看？」
胡大人道：「丫頭，這等行為，確是太……太……」
「是的，大人，所以我要退婚，請您來看看這事要如何辦，應該有個什麼章程？」
京城的菩陀寺中，一間廂房前齊齊立著十二個護衛。
太后盤坐在廂房之中，矮几旁有一個小炭爐，燒著水，几上有著竹茶具。一個老和尚正在悠然沏茶。

老和尚面色紅潤，不胖不瘦、無髮無鬚，乍一看似五十出頭，細一看，又覺不止。他一身乾淨的灰色僧袍不新不舊，頭上的兩排白色戒印竟泛著淡黃。

老和尚沏完茶後，將一盅茶緩緩推到太后面前。

太后端起茶嗅著，面色如醉。

老和尚端起自己那杯，也細細嗅著，然後慢慢品啜。

太后放下茶盅說道：「和順法師，您看，我兒子軒能否平安歸來？」

老和尚仍是品著茶，等茶盅空了，便又悠然再斟入新茶。

太后也不急，只是靜靜地等著。

老和尚放下茶壺，才緩緩開口道：「因緣和合。」

欽天監正使醒來時已過了晚膳，他整整昏迷了一天。

他起身後便覺後怕。他屢次想算出六王爺與王妃之命數，卻忘了天機不可洩。他道行不夠，這等奇異之象，豈是他這樣的凡人能推演得出？

明日入宮見聖，現下只能盡人事，聽天命。

桃村聖旨到，封林老爺子為安樂侯，三代後每降一等承襲，林家棟為安樂侯世孫。

林家成了世襲貴族，桃村再次沸騰。

桃村的三個老爺子陪著林老爺子痛快地喝了一天一夜的酒，喝得林老爺子哈哈大笑，醉醒後還不斷地樂呵著。

魏老爺的啤酒又失敗了，他懊惱地嚐著酸澀的酒，道：「再試，不信就做不出來。」

林老爺子、鄭老和方老打趣笑道：「老魏，不如你進京城去抱抱你的小孫子，再試酒不遲。」

魏老爺才訕笑著。「我這孤老頭子也只剩兩個念想了，一是重興魏家，二就是想把這解暑的酒釀成。本想帶著釀好的酒去給我孫兒，既是這般，便聽你們的，去抱我的孫兒後再試不遲。」

當天，便急急叫人收拾行李，帶著管家往京城而去。

魏老爺一進京，林老爺子便接到了退婚的旨意。

林家眾人都呆呆地緩不過神來。昨天才收到封侯聖旨啊，這是怎麼回事？

林老爺子愣了半晌，才接過禁衛軍手中的聖旨，率眾家人謝恩。

安雨相問，但禁衛軍只知道前不久下了旨封林老爺子為安樂侯，但不日又讓他騎如風來退婚，其他的一問三不知。

林家安排了禁衛軍吃喝休息，又煮了一大盆肉塊給如風吃。

等到夜晚時分，小東西又在府外嚎叫著，很是高興的聲音。守門的婆子忙開門接了進來，如風也聽到了小東西的聲音，衝出來與小東西親熱地相互舔著。

林老爺子看完小東西送來林小寧的信後，更是焦急難耐。

寧丫頭也提出要退婚，說是六王爺一出征後便遭圍府，此等羞辱，若由了一，便馬上還有二。皇室之間多少暗流，便是再深的情意也無法單純。

可下午時分，庚帖與信物已交給了宣旨的禁衛軍。

林老爺子此時是萬般擔心林小寧的情況，他沒有林小寧那樣深的恥辱感，只想著他的後代平安快樂就好。見信後，便收拾行裝。

第二日，禁衛便帶著如風回京後，他讓人做了一個稍高的木架子，綁在小東西的背上，也騎著小東西進京了。

小東西個頭不高，但有了這個木架子，他便能穩穩地坐在上面。

安雨則騎馬隨後，三虎們駐守桃村。退婚一事太多蹊蹺，桃村有三虎與張年四人的身手，也算放心。

林老爺子是頭一回進京，到了京城的醫仙府時，已是次日清晨。

看到滿府圍著了士兵，他心中酸澀極了。寧丫頭是受了多大的委屈啊……

圍兵擋住了他入府，他拍拍小東西，小東西衝著圍兵嚎叫了兩聲，便跳牆入府。

圍兵是認得小東西的，小東西進出府他們有看到過，便也不攔。很快，林小寧、荷花以及安金、安木開了府門，望仔、火兒坐在小東西的背上，跟在一邊。

「爺爺！」林小寧叫著衝出來，撲到林老爺子的懷裡，林老爺子愛憐地摸著她的頭髮，什麼話也沒說。

「放肆，小姐的嫡親爺爺，名朝的安樂侯你們也敢攔？」荷花很是仗勢地罵著。和朱嬤嬤習的規矩真是管用，知道什麼情況下能痛快仗勢發怒。

圍兵訕訕道：「這位姑娘，這……我們是不知道嘛！」

林老爺子入了府中，摒開雜人，急奔主題。「寧丫頭，皇室提出退婚……」便把下旨退婚索回庚帖與信物一事說了。

林小寧只覺得眼前一片灰白，看不清林老爺子，看不清荷花，也看不清眼前的茶案。

昨天才與胡大人商議好，按胡大人的意思，已向皇帝上奏請求，內書：自覺家世、容貌不配寧王殿下，自請退婚。

卻不承想，皇室竟然連退婚也趕在了她的前面。

她的情緒被強大的羞恥與憤怒完全席捲了，眼淚滴落下來。

荷花便急道：「小姐，莫要傷心難過，等六王爺回來，回來就好了。」

林老爺子安撫道：「別難過丫頭，不就是退婚嗎？妳頭前不也說退婚嗎？不管誰先退，反正都是退了。退了好，我們到時回桃村好好過我們的清省日子去，啊？」

林小寧不知道如何回到屋裡，但一入屋就道：「文房四寶伺候，我還要上奏……」

皇帝看著林小寧自請退婚的請奏，沈默著。

林小姐知道了是吧？是六弟臨走時告訴她的？害怕了？擔心皇室不及時實現承諾退婚，便急急地主動退婚。

太后冷笑。「原來竟是高看了她。」

皇帝嘆道：「可憐六弟對她如此傾心，她竟似這般等不得一日、兩日的。」

太后又冷笑。「想要性命，就別嫌丟人，軒兒的庚帖與信物已退回，明日就召告天下吧。」

皇帝道：「母后，算了罷。下旨准奏便是，林家立功無數，她也到底救過六弟的性命。」

太后又冷笑。「不召告天下，刺客豈知她不再是寧王妃？召告裡還要說明，是軒兒要求主動退婚，這樣才能護她周全。」然後泣道：「我的軒兒啊……」

皇帝深思皺眉，又輕聲道：「母后，六弟是我名朝好男兒，我信他。」

皇帝的心腹太監道：「皇上，太后娘娘，奴才有話，不知當講不當講？」

「講！」

「奴才是想，還是要給安樂侯嫡長孫女應有的體面，其他不論，到底……她是帝星輔星……」

太后慢慢止住泣聲，靜默著，許久才道：「騰兒，我昨日見過了和順法師。」

「和順法師有何指點？母后。」

「只說了四個字，因緣和合。」

皇帝沈吟問道：「只是這四個字？」

太后點頭。

皇帝想起今晨欽天監正使入宮，說前晚卜卦與之前一般無二，之後便吐血昏迷十幾個時辰，又說，天機不可洩，只能盡人事，聽天命。

皇帝嘆息。因緣和合？還有許多未知嗎？還有轉機嗎？

太后黯然起身。「你允軒兒為你死前一戰，我不怒，你是兄長更是帝王。那女子貪生怕死退婚，我更不應該怒了，她是帝星輔星。之後的事，你允了軒兒的，想怎麼護她就怎麼護她吧，別讓我知道了，我聽不得。」便走了。

皇帝呆坐著，面色大慟。

心腹太監忙小心道：「皇上切莫自責，太后娘娘是愛之深責之切。太后娘娘又是女子，自是不能理解六王爺所為，此戰是六王爺的夙願啊……」

第二日，皇帝又收到林小寧上奏，所書內容懇切婉轉，大意是因與寧王婚事已退，身分不再，懇請撤掉園府令。

皇帝悲笑。

是怕了吧，怕圍府反而是給了刺客目標，又豈知圍府只是為了讓妳不外出陡生意外。圍兵是擋不住刺客，可那十個暗衛呢，那是皇家暗衛。

醫仙小姐，縱是妳驚豔脫俗又如何，這般無情無義，竟與六弟同一天星，實在令人生悲……

可憐六弟命不久矣，一生喜歡的兩個女人，一個是奸細，一個如此無情。

皇帝心中黯然。好吧，我應承了六弟的，隨妳心意，圍兵撤去便是，暗衛隨行，護妳周全。

林小寧上書求撤圍府的當天，又有太監來宣旨，安樂侯嫡長孫女自請退婚，准，並撤去圍府之兵。

林小寧與林老爺子接了旨謝了恩，打賞了銀子，並送太監出府。

醫仙府的下人們都傻眼了。

林小寧淡然道：「從前我只是醫仙小姐時，你們就跟著我，現在我還是醫仙小姐，你們若是覺得跟了我這個主子不夠富貴，開口便是，自贖身契也是可以答應的。」

下人們全不敢出聲，荷花道：「該幹什麼就幹什麼去，還有，少私下嚼舌根子，定發賣不饒。」

眾人散去了。林老爺子憐愛地輕聲說道：「委屈我家寧丫頭了。」

林小寧笑道：「哪來的委屈？爺爺說得對啊，管是誰先退呢，退了就好。我自求退婚，現下人家都給了我們林家體面，說是准奏了，半點沒提他們退婚在前之事。」

她入了房間，只覺身形搖晃，呆呆坐在床沿。

真是可笑。痛嗎？是愛他吧？他呢？

當初就不應救他，便不會認識他了。

她一頭倒在了床上。

醒來的時候，已是半夜。

荷花與梅子呆呆地坐在她的床邊，臉上滿是乾涸的淚痕。看她醒來便喜道：「小姐醒了啊？餓了嗎？要不要吃些東西？」

「我睡多久了？」她問道。

「小姐，現在已是亥時末了。」荷花傷心說道。

梅子擦著眼淚，小心道：「小姐，今天太傅夫妻、胡大人夫妻、王剛夫妻，還有清凡少爺都來過府中了，是侯爺接待的。侯爺估計也沒睡，我去告訴侯爺，說您醒了。」

「我只是累了，睡了會兒。」林小寧不知道是餓還是什麼原因，一點勁也沒有，虛弱地說道。

梅子與荷花便嚶嚶哭了起來。

荷花泣道：「小姐是暈過去了，不是睡了。侯爺擔心得很。外院的先生來看，說是小姐心中痛悲，這樣暈去也好，醒來就無事了。」

林小寧笑笑。「先生說得有道理，醒來就無事了。我餓了，給我拿吃的去，我要吃好的，休想用一碗清粥來打發我。梅子，妳這小懶蹄子慣愛用一碗清粥來敷衍我。」

梅子破涕而笑。「是小姐自己說的，夜裡不能食飽，對身體不好。」

「滾，妳偷懶還諸多藉口。」林小寧無力地笑罵著。

「我去告訴侯爺小姐醒了。」梅子笑得心酸。

「告訴爺爺，我好了，餓了，要大吃特吃。明日我得向真正的侯府千金那般，去給他請安，叫他好生休息，再燃些安神的熏香。」

最親的人在身邊，她不孤獨。

荷花笑得難看得很，眼中還含淚。「知道小姐好吃個宵夜什麼的，我都叫人準備好了，只熱一熱便行，都是又麻又辣，小姐愛吃的，但還是少吃些。」

「知道了。」

第二日，林小寧清晨起床，洗漱好後便去了林老爺子的門口候著。

林小寧一直等到裡面有動靜了，等到動靜大了，才道：「爺爺可起來了？寧丫頭來服侍您洗漱……」

門開了，林老爺子一臉歡喜迎上來。

林小寧笑道：「寧丫頭來給爺爺請安，服侍爺爺洗漱。」

林老爺驚喜道：「丫頭真好了？無事了？」

林小寧盈盈行了禮後，笑問：「爺爺看可是好了？」

「嗯，我看是好了。」林老爺子眼睛紅了。

極有眼色的婆子已打來熱水，林小寧入了房間，到了洗浴間，拿起一柄新馬尾刷在半杯乾淨清水裡刷洗了，再沾上茯苓膏，及注上一杯溫水，略帶著撒嬌地笑著遞了過去。

林老爺子坦然受了。

待林老爺子刷完牙，林小寧殷勤接過空杯，放在洗臉架上，再把浸在熱水中帕子擰得半乾，又撒嬌笑著遞去。

等林老爺子洗了一道，又換上乾淨熱水，再清洗了一遍。

林老爺子神清氣爽地回到屋中坐下，林小寧忙又遞上泡好的熱茶，然後才在側下方坐下，也端起熱茶喝了一小口。

林老爺子喝了一口茶，才溫和地說道：「昨天胡大人、太傅大人，還有剛子與清凡他們都來了，是胡大人告訴了太傅大人，所以他們都來了。其實這事也算不上什麼大事，我們桃村退婚的姑娘、小夥子也有，人家家人不喜，就是嫁去也過得不舒坦。」

「可不是嗎？」林小寧笑道。

林老爺子聞言又眼紅了。「只是委屈了寧丫頭，我知丫頭心裡仍是惦著那六王爺的。」

林小寧笑道：「不委屈，想明白了便真不委屈。這世上啊，唯一斷不掉的情，只有骨肉親情。我還沒嫁他呢，沒什麼想不明白的。」

「妳能這樣想也是好事。」林老爺子不敢再多提，如同前次蘇大人做郡馬之時一樣。爺孫倆雙雙用過早膳後，林老爺子說道：「安雨也來了，是騎馬，但沒我快，等安雨到了，休息兩日我們便回桃村吧。這外院的掌事，能請假就請，不能請，便辭了也成。」

林小寧想了想，說：「京城我還想再開個分鋪，暫時就不回去了。那外院的掌事，我不想辭，這等榮耀是我自己掙來的，不想白白丟了去。」

林老爺子也不作聲，過了一會兒才道：「也行，但妳身邊要有熟悉的人，安雨來了後，就不回桃村了，讓他跟著妳。」

周少爺心痛如絞，仙人般的醫仙小姐，怎麼會配不上六王爺，怎麼會自請退婚呢？皇帝又怎麼會准奏呢？

周少爺又帶著一車禮，與福生前來醫仙府。這次入府拜見不再需要手諭了，心情卻是別樣複雜。

林小寧在太醫院外院正擺弄著一具屍體，這次是正大光明地擺弄了。聽聞周少爺來到醫仙府，便道：「告訴周少爺，謝謝他有心了，我惦記在心，但現在沒時間，請他回去吧。」

她不想見人，除了親人。周少爺更不想見，見了周少爺，便會想起裕縣，想起他穿著地主服。

周少爺留下禮，憂心地上了馬車。

福生在車下拉著荷花不放，小心不斷問著事情原由。

荷花罵道：「你個福生，怎麼這麼愛嚼舌根了？剪了你的舌頭去。」

福生嚇得收了嘴，一會兒又笑道：「荷花姑娘最是心善，豈會這麼惡毒？」嘴裡說著，手中又偷塞了一盒上好的面脂給荷花。

荷花怒道：「偷摸才是有趣嗎？滾。」揚手就把那盒幾兩銀子的上好面脂給拋了去。

福生嚇得迭聲道歉，荷花帶著怒容便轉身回府。

周少爺在車裡有些難過。她不見他。

福生收了心思，小意哄道：「少爺，林小姐與六王爺情深，此時放不下，自然是不想見人了。」

周少爺明悟，笑了。「真是當局者迷，旁觀者清啊，等過一陣子，那心裡的傷好了，不痛了，就會見人了。」

「正是，少爺。」福生笑道。

周少爺抬眼看著福生的熱情笑臉。「福生，你一向聰明的，怎麼做這等傻事了？有什麼禮不能當面送嘛，非得偷摸著？這不是找罵嗎？醫仙小姐是何等人，她的心腹丫頭又是何等坦蕩。」

福生一臉羞愧。「我看府中的下人與丫鬟都是這樣的，我以為……」

周少爺不屑道：「醫仙小姐敢自求退婚，古往今來第一人，她的丫鬟豈是我們周府那些慣會偷偷摸摸的人能比的？腦袋瓜子清醒著點。」

福生想了想，嘿嘿笑了。「多謝少爺指點。」

三天後，安雨到達醫仙府，一身風塵。安雨道：「小姐、侯爺，路上遇到魏老爺了，他行得慢，估摸著明後天就能到了。」

「派個人去魏府打招呼，明天叫人在城門候著接魏老爺。」林小寧對荷花吩咐著。

醫仙府的一切如常，讓安雨很是吃驚。

林小寧笑道：「無事，退婚而已，我還是醫仙小姐，現在又是安樂侯的嫡長孫女了。」

安雨的到來讓安金他們四人有些激動，應是從前的舊識，喝了酒聊天，安雨才明白退婚前後之事。

安雨道：「不可能，爺與皇上感情甚好，又是太后的幼子，太后與皇上絕不會這般對醫仙小姐。」

安金道：「話是這樣說，但圍府、退婚准奏都是真的。」

安雨心中更知，不僅這樣，退婚還是皇室先提的，小姐其實還落了後。不過聽安金所言，下旨時只說准了小姐自請退婚。

安雨滿腹疑慮，遂去了鎮國將軍府中，又得知鎮國將軍駐到京城幾百里以外的荒郊好多日了，一直沒回京城，但是說納妾之前還是要回京的。

林小寧找人尋到京郊的莊子上，訂了大批的甜瓜，付了訂錢，說好甜瓜收穫時送來醫仙府，然後又拿出銀兩讓安雨去京城看看，哪裡還有空鋪賣或租，要增加新的鋪子。

辦完這兩件事後，就撒手不管了，成天泡在外院的手術室裡，清晨進去，星夜歸家。除了早餐是在醫仙府吃的，另兩餐都在外院吃。梅子與蘭兒跟在她的身邊，一待便是一天，出來時，俱是手中抱著厚厚的紙稿。

有一天，林小寧頭暈腦脹，帶著一疊紙稿從外院的手術室出來後，才得知三千堂竟然得了太后與皇后的極大重視，打算在京城試行了，日子就定在端午節那天。

太傅夫人與胡夫人、周太妃及皇后都忙了起來，就連長敬公主與青青郡主這對大閒人母女，也跟著相幫。

三千堂的設想與章程，太精彩奪目了。太后如是說。

知道了是林小寧的想法，並且已在清水縣試行了，太后神情古怪，自語著：「因緣和合？」

但不管如何，太后娘娘——名朝身分最高貴，權力最大的女人，說了「精彩奪目」這四個字，讓三千堂這民間行為的夫人公益，起了十分微妙積極的變化。

京城這些貴夫人們為著三千堂忙碌時，林小寧仍成天待在太醫外院的手術室裡。那裡滿是說不出的氣味，一具具屍體抬進去，又一具具搬出來，林小寧滿臉疲色，但眼睛發光。

梅子與蘭兒一臉興奮，不停竊竊私語。到了夜間，兩人就整理著白天的手稿，並讓先生謄寫整齊，再裝訂成冊。

鎮國將軍終於回京了。他是在納妾前五天回京的，一回京就奔向醫仙府。

林小寧在手術室忙的時候，誰也不能打擾，連天皇老兒都不行。

看守屍體的羅漢子打心眼裡喜歡太醫院外院，喜歡這些不怕屍體，成天擺弄屍體的小姐與先生們，還有男娃與女娃們，更喜歡身穿棉布衣裙、說話溫言細語，身上散著說不出的感覺，像話本裡的花精一樣，說不出是哪漂亮，可就是哪兒都漂亮的林掌事。他喜歡林掌事拿著他做的細炭筆在紙上寫寫畫畫時，自嘲地笑說：「我這字啊，得好好練練。」

羅漢子忠心地擋住所有想進去報信的人，只道：「林掌事吩咐了，除非她出來，不能進去打擾。」

鎮國將軍與林老爺子聊了半天，說到了飛傘，又說到了他這陣子帶著一群人馬駐在京郊，趕製出大批飛傘，一一試飛，並且讓了人帶著一半，還有千里與如風送去了西北。西北開戰了，林家棟應該會回桃村……

又聊到了退婚之事，鎮國將軍小聲說道：「小妮子這等風華，天下有哪個男子能配上？唯有那六王爺。這事侯爺放寬心便是，待得六王爺凱旋歸來後，肯定會負荊請罪，再給你們一個滿意的交代。到時啊，侯爺你好好替小妮子出口氣就是。小妮子嫁的是六王爺，入住的是寧王府，老夫這般說，侯爺可明白？」

怪不得寧丫頭不回桃村，原是在這兒等著她的情郎歸來討說法呢，看來她是心有成算的。聽安雨說，安金四人功夫可不比他差，這等高手就送給她了，說是六王爺送的……林老爺子頓時大悟，暗自開心。臉上便笑。

鎮國將軍笑著又低語：「那六王爺我瞭解得很，比太后更瞭解。六王爺是什麼性子？對你家那小妮子那是用情至深呢。更別說你家小妮子用了舍利子救了他一命，那可是斷不能活的，鼻息幾不可探，已是回天乏術了，都被小妮子救活過來，那是老天憐你家小妮子情深呢，才早早賜了機緣讓她得了舍利子，這不是天賜的緣嗎？所以啊，他們倆就得是一對兒。」

林老爺子笑得更愉快了。

日頭偏西，林小寧還沒回，鎮國將軍與林老爺子去了太醫院外院。

羅漢子依舊攔著。鎮國將軍大笑道：「行，那改日老夫再來。」

語畢卻見林小寧含笑出來。

「鎮國將軍聲如洪鐘，威風凜凜啊。」她的聲音微啞，是累的。

鎮國將軍滿目心疼地看著林小寧。

「走，老將軍，回府喝酒去。」林小寧笑道。

當夜鎮國將軍、林老爺子、安雨樂呵呵地喝得個醉醺醺。

鎮國將軍趁著酒意對林老爺子與林小寧道：「老夫一生戎馬，戰績赫赫，卻膝下無子，實乃大憾。侯爺，是你的孫女幫我治好了啊，老夫我無以為報啊！」

鎮國將軍說此話的表情，讓林小寧一生難忘。

她突然特別想要一個孩子。前世離她已遠，但記憶還在，她三十歲，沒有愛人與孩子，如今她已過了十五週歲，是這個年代最普遍的出嫁年紀，仍然沒有愛人。

她想有一個自己的孩子。

因為孩子，她覺得自己離鎮國將軍更近了。她對鎮國將軍笑著，聲音柔和婉轉。「將軍不必這般，我為能助將軍消了遺憾而快樂，此話句句真心。」

「小妮子心性純善，老夫相信，老夫真的相信，沒料到老夫終能在此生得個一兒半女……」鎮國將軍雙唇微顫，說不下去了。

林小寧輕輕笑道：「將軍若是想得男，也簡單，給太醫要個生兒的方子即可……」

鎮國將軍眼睛立刻像狼一樣。「太醫院有這個方子？怎麼不給老夫，誰人不知老夫想要個兒子，這幫混蛋！」

林小寧又笑。「我們太醫院外院是有這個方子的，太醫院有沒有，我便不知道了。」

「小妮子，林掌事，林太醫，快給老夫方子……」

林老爺子與安雨倒有些不好意思了。

林小寧大方笑了，說道：「你們別那模樣，我可是大夫。不過將軍，方子只是提高了機會，不是萬分確定的。」

「知道知道，這種事哪有絕對的……」鎮國將軍激動地連喝了幾大杯酒，對林老爺子慨然道：「侯爺，你這孫女啊……福報厚啊！」

方子是有，前世這樣的方子有不少，不是所謂的古方，是有科學根據的，她也給親密的朋友開過，反正最後真是生了兒子。其實就是用中藥與食物改善準父母身體的酸鹼度，提高生兒或生女的機率，但是需要一定的時間。

鎮國將軍的喜禮是林老爺與荷花送的，喝了喜酒才回來。

林老爺子回來笑道：「鎮國將軍聽了妳的，把喜酒偷換成清水了。那鎮國將軍夫人啊，真是華貴得很。」

回屋後，荷花便紅著臉笑著低語：「小姐，聽將軍夫人和幾個夫人私下說，納的那貴妾是個好生養的，我與來恭賀的夫人的心腹丫頭們，也便偷著去看了看。」

「是不是長得比較胖些，屁股大大的、翹翹的、肉肉的？」

「小姐……」荷花羞紅了臉。

不日，魏清淩也生了，是個兒子。

魏老爺樂得左手一個孫女，右手一個外孫，笑得眼淚流下來了。

林小寧從魏清淩的產房出來後，呆呆怔怔，就又急急奔向太醫院外院。

安雨終於買到了一間位置不大好的鋪面，但是大。對於只是賣淨房東西的林家鋪子，倒也不計這位置在哪裡。

林老爺子也開始忙起來了。本來林老爺子一直很擔心林小寧，但鎮國將軍的話讓他放了心，安心踏實地與安雨監管分鋪的修建翻新。

曾嫣嫣的女兒的滿月酒辦了，算是出了月子，馬上就前來太醫院外院。

說來曾嫣嫣實在是個女強人型的女子。

她長胖一圈，甚至有了雙下巴，難得地不八卦，對林小寧退婚之事閉口不提。

不日就到端午了，三千堂由周太妃等人起頭，捐了銀子置了一個宅子做辦事之所，位置極好，離東街市不遠。

林小寧笑笑不語，也不接話。她開了頭，由這些夫人去忙，這事已與她無關了。

曾嫣嫣心下了然，也不再提，換成些氣鼓鼓的神情說道：「小寧，我才得知妳有那生兒的方子，怎麼早前不說，害得我生了個女兒？」

「這方子也就是給鎮國將軍這等年歲大的人使用才有價值，況且方子也不是絕對的。妳和清凡如此年輕，後面日子還長著呢，還怕生不出兒子？」林小寧回答。

曾嫣嫣猶自氣惱著，哼聲道：「我喜歡兒子。」

林小寧這才笑道：「嫣嫣，我在妳生之前可不知道妳只喜歡兒子，妳平素一副女兒家不比男子差的言論，如今怎麼自打自臉了？妳這話也就在我面前說說，不可對清凡與我的乾女兒說，將來我那乾女兒長大、出息了，得多恨妳這親娘啊。」

曾嬤嬤撇嘴道：「我疼著她啊，寶貝著呢，她哪會恨我？」

「那不就是了？嬤嬤，兒子、女兒都一樣疼才行，男孩皮得很，所以嬤嬤妳才生個長女，將來是長姊，好管著弟弟不是？」

曾嬤嬤想了半天又道：「算了，不怪妳了，誰讓我大度呢。那方子現在不准再輕易給人了，留有大用。」便吃吃笑了起來。

林小寧又笑了。「妳的意思是？」

「沒錯，太醫院裡有一些老朽們一直認為我們外院除了華佗術外，其他都不成。在他們看來，那些高官貴人、宮內嬪妃，哪個人會有什麼外傷啊？華佗術著實是上不得檯面的，說得難聽些，不過就是後備軍醫而已，也就是為些武官將領治治外傷了。可如今有了這方子，還怕那些貴婦與嬪妃不上趕著前來討要？賞銀可不會少，有這些錢，正好補補我們太醫院外院的窟窿。」

像之前那買婦人做剖腹產的費用可不少，可朝堂不支付這個費用的。

這等事林小寧已能接受，來這世這麼久，有些意識已被同化，便點頭笑道：「嬤嬤真聰明，不過還是得等將軍的貴妾懷上，太醫能確認懷的是兒子，再放消息出去。」

「方子現在就給我，我下一胎要生兒子。」曾嬤嬤催道。

「行，我這就寫方子，還有這其中的原由告訴妳，妳可以自行加減。」林小寧笑著。
「知道了，快寫方子，可換不少錢呢。」
「我竟沒發現妳也有這麼俗的一面。」
「還不是被妳帶壞了。」曾嫣嫣撇嘴說道。
待到京城的新鋪翻修好，掌櫃請好，夥計招好，樣品也擺好，林老爺子打算回桃村了。
林小寧百般挽留，但林老爺子卻道：「京城再繁華，可安樂侯府在桃村呢。我這回出來這麼久，一大家子人，一大攤子事，哪個來主事？況且家棟也應該要回了，不能讓他忙得連和媳婦孩子親近的時間也沒有吧？」
林小寧放棄了挽留，打算一同回桃村去。林老爺子有些吃驚，但一想又明悟了，回桃村更好，省得六王爺回京之前看到那些皇室之人，寧丫頭心中難過。
林小寧安排荷花與安金去購買了許多書籍，其中竟然有幾本是《郭靖傳》。
安雨興奮說道：「小姐，郭大俠的生平事蹟果真已編纂成書，幾日前，京城各書局都可買到，不過幾日，此書竟有洛陽紙貴之勢。」
林小寧失笑，又授意安雨去「借」些更多的不流世的好書來，請了京城周邊縣城學館裡的所有學子們，抄了一天一夜才抄完，再把原本又送還回去。
回程時，胡大人、鎮國將軍、董大人、沈大人、魏老爺與王剛夫妻、曾嫣嫣夫妻都來為林老爺子與林小寧餞行了，一家一車禮。

胡大人與董大人又送來了好幾箱抄本。林小寧笑道：「知音大人、董師爺真是有心了，這下桃村的幾位先生定是要開心壞了。」

董大人現在是正三品京官，正是春風得意，意氣風發之勢，他在京城置了宅子，把與嫡支的家人都接來了。

董大人笑道：「聽到所有的稱呼，唯有丫頭這一句師爺讓人心生無數感慨。」

回程時，魏老爺來相送，對林老爺子說道：「記得和鄭老頭、方老頭說說，我抱了孫女與外孫了，小娃子可靈得很呢，回去我定能把解暑的酒釀成，到時我們幾個一邊喝酒一邊吃烤肉。小寧說，這酒得這樣配著才好喝，肉也好吃。」

此次回村聲勢大，安金與安水還有朱嬤嬤一同跟著回桃村。

安雨終歸是有自己的前程，不定哪天收到命令就得離開。

畢竟林家請的護院也就是對付一般人，三虎功夫也不過是中等而已，除了虎大還有心思拿著安雨給他的武功書本練武提升外，另兩隻虎早在去年時就歇了這心思，一門心思在桃村賺錢了。

聽安雨的說法，他們仨年底還要把妻兒接去桃村長住。

安逸的生活總是會讓人不思進取的，裕縣三虎，已然廢了兩虎。

第六十八章

寧王帶著五千精騎，於十二天後抵達西北邊境，同銀夜與尚將軍會合。

西北邊境的防禦工程沒有完全修好，但邊境那座城的周邊已修成高高的圍牆及瞭望臺，堪比長城。

此城牆是秦長城處往東收縮了千里之遙。在此牆外，大片的荒山黃土深遠處，那裡有著極為遼闊的土地，被夏國與蒙古占據著。

名朝自前宋時打下江山，建立名朝，一心想再征服更多的土地，卻一直夙願難成，還被夏國占去了那般遼闊之地。

此等國恥，是名朝皇室喉間之鯁。

寧王察看了邊境城牆，帶著必勝的決心與狠戾，決定要去打一場不知勝負的仗。他想要勝，但仍想要保存名朝的兵力，不能是血腥之戰，不能用人肉去覆蓋交戰之地。

出戰之議，讓尚將軍與銀影相當吃驚。

西南才穩定不過半年，夏國雖多有小騷動，卻不會傷筋動骨。如今國庫才略有存餘，但西北的原駐兵的糧草仍是拮据。

西北的民眾處於長期的貧困與饑寒之中，朝堂目前仍沒有能力改善太多。

這裡的土地只能種植棉花與瓜果，可產量低，朝堂已下令限制了西北糧商的利潤，糧價較前幾年穩定且低了些，但對於當地百姓來說，仍是難以解決溫飽。

此時根本不是開戰的時機，若貿然開戰，補給的糧草及藥材運送路線太長，是險中之險。不像西南，後方城市繁榮，可以在當地徵收解決部分糧藥。

西北的物價以米糧尤貴，可原駐的十幾萬兵不能撤，一撤就是大開國門，由著早就心懷不軌的夏國及蒙古人長驅直入。周家捐贈的軍糧已快用盡，這還是尚將軍去年時聽從寧王的建議，用駐兵輪流去開荒地種棉花換糧，才維持下來的。

這些寧王都知道，但他的時間真的不多了。

一向注重前期謀劃、百姓民生問題的寧王，在前王妃死後犯了一次小擰，帶兵攻打西北，打了一個潦草的敗仗後，又一次犯擰了。

尚將軍與銀夜勸阻著，寧王沈默不語，神情帶悲。

又十日之後，安風帶著近十二萬軍抵達西北。與此同時，幾個人帶著一批飛傘與千里、如風也到了。

糧草傷藥等軍需也已到了西北。糧是去年秋收時的糧稅，還能頂上，但還得有陸續糧草的補給才行。

這是拉弓沒有回頭箭了。

寧王在安風帶大軍抵達西北後，沒多久，便迅速對夏國的邊境做出了偷襲。

幾百精兵，靠飛傘在險山上起飛，在空中以飛箭幹掉驚慌失措的哨兵，與此同時，騎兵急迎，正面痛擊，大破城門。

此城是夏國邊境之城，是為邊城，甚小，百姓也少，多是夏國駐兵。寧王與銀夜等人帶著天降的奇兵，殺得興起。

夏國縱然兵強馬壯但到底毫無準備，一時間措手不及，城中血流成河。

寧王出奇制勝，首戰便告捷，尚將軍嘖嘖稱奇，竟然有這等奇物，如此一來，名朝一統天下，也是指日可待。

寧王淡笑，馬上部署下一戰。

尚將軍皺眉道：「六王爺，非得要這麼快嗎？」

「一定得快──」

夏國國君陰冷著臉。邊城一夜失守，那寧王果真是夏國的剋星！

「往西南方向去迎，看看蜀王他們到哪裡了？」他陰沈沈地吩咐。

夏國大巫坐在側席，閉目不語。

西北捷報由千里送到京城，皇帝心中百感交集。他的英勇的弟弟，真的不能活過百日嗎？

太后此時服用了林小寧之前開的方子，但是由了太醫院院士增減了。服下幾服，只覺得胸中順暢，竟是連脾氣也好了許多。

太后帶著大黃逛著園子，身體越發舒坦，就越發悲傷。她的兒子，究竟能不能避過大劫安全而歸？和順法師所說的因緣和合，到底暗指了什麼？可惜和順法師不肯言明。

還有，太醫院院士告訴了她，此方竟是醫仙小姐入宮時所開的方子。

她心中冷笑，坐在亭中，摸著大黃輕聲訴說著。「大黃啊，你的舊主人，那林小姐醫術是奇，三千堂的想法更奇，都是精妙絕倫，卻是個人品差的。」

大黃嗚嗚叫了兩聲。

太后悲笑。「你覺得不是嗎？罷罷罷，應是軒兒告訴她命數之事，讓她自保而已。」

大黃仍是嗚嗚叫著。

太后又道：「只是我這心中終歸是涼涼的，只可惜我不能為軒兒擋劫，若是能，不過一條老命而已。那林小姐啊，枉費軒兒那般真情待她，能為皇室而死，是何等榮耀？但她小門小戶裡長的，是什麼也敵不過她自己的命，敵不過她將來的榮華。」

大黃看著太后，眼中是千言萬語。

太后摸了摸大黃。「大黃你是忠心的，你還知道在我摔倒前做我的肉墊子，而你那舊主啊，不如你。罷了罷了，不再提她了。」

此時，林家棟與方大人並不知道寧王已抵達西北。

他與方大人在撫城後方的一個村裡，帶著眾村民與駐兵專心燒磚，身邊還有人相護。

他們已有一個月沒有回村了。他們負責的一座窯正在試燒一種不同於從前的磚，一次次試著，都忘記了時間。

林家棟現在的夢想，就是做個更像樣的大哥與夫君還有父親，再把他的四品安通大人這個名頭做實了，與方大人一同在名朝的防禦之事上做出貢獻。

初時，他曾經想行軍作戰，如銀夜和尚將軍一般威風凜凜，一呼百應。

但他越與銀夜和尚將軍接觸就明白，他這樣只會識字算術，卻無半點謀才，有些小聰明，卻是匹夫之勇者，只能做個張年那樣的小小兵頭子，一生辛苦帶著幾十個兵嘍囉。若是命好不死，退役後，也只能拖著滿是傷痕的身體回到家，日日喝著苦藥，看著久別的親人後代，思念著戰場上活著的或逝去的袍澤兄弟，聊以慰藉。

所以，他還是專心燒磚吧。

銀夜由衷讚嘆著他的想法。「各人有各志，林兄是仁義之人，當初林兄說是一身武藝卻來燒磚，終是遺憾，我卻知道，林兄的性情，注定了不是行軍作戰之士。要知道，大名朝像林兄與方大人這等燒磚配黏泥的本事，那是再也尋不到了。邊境防禦工程是重中之重，待得事成，兩位大人就是功在當代，利在千秋啊！且看我朝開國時，工部負責所建的幾項知名工程，比如江南的河壩，幾十年了，還堅不可摧。年年一到汛期，百姓去堤上燒香叩謝，敬的不是天上的神、地下的仙，而是那堤上刻著幾個官員的名字。」

林家棟才真正明白——行行出狀元，原來燒磚配泥，也可以有傑出的功績，不亞於威風凜凜、運籌帷幄的將軍，也不亞於在朝中的深謀遠慮的高官。

林家棟與方大人一直在試磚，終於試出了一個成功的泥方，就是用桃村的黏泥，配上西北這邊的黃泥，再加上一些熟知的配料，如糯米水等，但只有這一種比例燒出來的磚，是從沒有過的堅固，並且不脆，不脆就意味著不易風化。

銀夜與尚將軍大喜。萬般交代，這配方不可外洩，只能用在軍事與朝廷的大型公建工程上，並密報於皇上。

在此三天後，銀夜帶來軍命：西北將要大戰，名朝三十萬兵馬將全力出擊夏國，令兩位身懷燒磚絕技的大人立刻回桃村，不得命令不可來西北，這是軍令。

之後，銀夜與他們倆喝酒談著軍事。

林家棟疑惑問道：「西北現在不宜開戰，為何如此倉促？」

銀夜已被寧王授意，便道：「是朝堂的命令，越是不宜開戰，卻是能出其不意。」

林家棟自知自己不是謀才，但始終也想不明白，西北這樣的情況，出其不意在哪裡？根本是殺敵一千，自損八百。

但銀夜卻令他們今天就走，趴在大、小白背上睡一覺，明天就能到家了。不過，軍中還想徵大、小白一用，回到桃村後，請求讓大、小白自行前來西北。

林家棟豈能不答應？

他與方大人很久沒回桃村了，一直在試著新磚，他不知道桃村林家已封侯，也不知道他的妹妹與六王爺的婚事已退，更不知道寧王已到西北。如果不是他與方大人在試磚的關鍵時間不便打擾，早就讓他們回桃村了。

而寧王到西北後，一直沒去見林家棟。

他是必死之心，還有什麼事他不能做？唯有林家的人，他不知道如何去面對。縱然算時間林家棟是不知情的，可是他知道，他負了她，也負了林家。

他能做的就是讓林家棟安全回到桃村。西北條件太差，氣候也不大好，吃得更不好。一個大男人吃些這種苦頭真沒什麼，他與尚將軍都不曾少吃過這種軍營之苦，可是他是這樣的內疚，他不能與她相守白頭，並且為了護她周全，還得退婚而讓她傷情。

享受妻子的體貼笑容、兒子的哭鬧樂趣，是他從來沒有過的強烈願望，這個願望已成虛幻泡影，便把這等珍貴美景給了林家棟，這也是他所能做的讓自己舒服些的事了。

事實上，當初寧王出征滅夏，朝中無一人支援此戰，包括鎮國將軍、胡大人、太傅大人及沈尚書等人。要知道光養著西北的原駐兵，國庫就已吃力得很，開戰就意味著增加更重的軍需問題。

所謂兵馬未動，糧草先行，可寧王這個自十五歲就出入沙場的安國將軍，竟然反其道而為之。

名朝邊境有不少駐兵，這些駐兵的軍需用品都是由軍需官在當地徵收，而朝堂的戶、兵、工三部也會負責去各地徵收待用。

比如西南，當地徵糧就可。

但西北不同啊，西北糧少價高，當地百姓都吃不飽，當地徵糧太難了。而從名朝各地運送軍需去西北，得跋險山涉惡水，路途遙遠艱難，每每必有極大折損，所費巨大。

原駐兵二十萬人馬已讓朝堂緩不過氣來，這時寧王又要出征，現又再增加十二萬兵馬，這是一筆極大的開支，更關鍵的是——徵糧難啊。

軍用徵糧，各地官員必全力配合與協助，可仍是年年不能完成，還害得糧價飛漲，民不聊生。

眾官極力阻止開戰，但皇帝力排眾議，大筆一揮決定了，沒有任何理由。

此次徵糧任務，最終還是要落到最後戶、兵、工三部手中，三部尚書面色各異，迭聲叫苦。

皇帝最近情緒很是不好，似有無數心思，冷冰冰地聽著，說道：「年年的徵糧任務都完不成，你們三個若是覺得不能勝任，便換了其他人吧。」

胡大人打著圓場，一番言辭終於把皇帝安撫了，最後推薦了才任職不久的周家家主的庶弟——戶部郎中周大人，以及自己兒子，戶部員外郎小胡大人，作為戶部人選，與兵、工兩部共同齊心協力，完成此次徵收軍糧的重任。

皇帝大筆再揮，此事便定。

眾官暗自嗤笑。是啊，周家可是在去年捐了大量軍糧的，這個肥差不給他能給誰？好在傷藥由桃村安樂侯陸續免費提供，京中已存有大量，再下旨讓桃村藥坊全力製作就是。至於傷藥材料的問題，那就是安樂侯的事了，想來以他家的財力，這些藥材不在話下。

周大人與小胡大人都是新官上任，屁股都還沒坐熱呢，能擔起這等重任？

而周大人對徵糧的其他欽差那是謙恭小心，話中討好，曲意攀交，市井銅臭嘴臉盡顯，就連戶部尚書都搖頭無奈嘆息。

工、兵兩部之人對他是不屑一顧，尤其是兩部尚書，與他說話那鼻孔都朝了天，句句不留情面，很是蔑視的樣子。

而小胡大人只是聽，什麼意見也沒有，工、兵兩部之人說什麼都說好，完全是一個沒主意的人，真真是丟了其父胡大人的臉。

兵、工兩部之人毫不客氣地把兩人當作擺設。

二十天後，徵糧重重困難，沒多少成果，銀子還花去不少，幾個欽差聯名上摺說各地民眾甚刁，見風而漲價，至上摺之日已漲兩成，對此行為，或得鐵腕徵收才可。

此摺落款，竟沒有周大人與小胡大人的名字，這兩人已然成了笑柄。

此時，在名朝各地，三不五時就陸續有著小商隊往西北而行。

等到摺子到了皇帝手中時，更多的商隊又往西北而行。

皇帝看到此摺後面無表情，沈默許久，最終批了加價二成。

半月後，各地徵收終於有了不小的收穫。

而此時，一直沒有存在感的小胡大人提前回京，並上摺：兵、工兩部徵糧的欽差私下勾結地方糧商與官府，以低於市價二成的價格強征軍糧，其間過程，暴力不斷，百姓死傷眾多，現於各地的大牢中仍關押著。

並且幾人還在糧斗上做手腳，徵收稱重的斗要比通常的糧斗大一些。如此，百姓應徵十斗糧，卻稱為八斗半，並以次充好，此次軍糧，已有大半換成陳黴之糧。

更得知朝中多年來，戶、兵、工三部徵糧欽差常與各地糧商與官府勾結，各種暗中操作，動了糧斗、糧價上的手腳，欺上瞞下，賺取鉅額差價。所徵糧食上交的不足半數，其餘糧草全折成現銀入了他們的口袋。百姓們怨聲載道，糧價混亂飛漲，糧商藉機又大賺一筆，而軍糧以次充好，以陳糧換白米之事已是公開透明的了。

多條罪名，多數證據一一列出，以及相關人證等等。

皇帝大怒，下旨大理寺嚴查，曾太傅監察。

又是曾太傅？

眾官們有的幸災樂禍，有的憤然不齒、義憤填膺，也有的不斷想著近年來太傅的動作，總之是心思各異。

更有暗自好笑的。六王爺可是在西北啊，軍糧之事豈能辦得如此過火，少少不顯眼地賺了些價格與數量上的差價也就罷了，折騰這麼大，這幾人是腦子壞掉了？
也有人發笑的原因是，等到這事查清，那西北幾十萬大軍早餓死了。
兵部尚書與工部尚書一臉冷汗，什麼也不敢說，此時不說也錯，說多錯多。
王丞相正義凜然道：「皇上，嚴辦是自然的，可現下更應該考慮接下來軍糧的問題。」
眾官頓時恢復清明，私語著。是的，嚴辦歸嚴辦，可軍糧呢？再派誰去徵軍糧？誰還敢再接這燙手的山芋？這麼短的時間，幾十萬軍的糧草啊……
皇帝此時才冷笑道：「軍糧已在西北的路上了，第一批補給應該到了。」
殿上眾人瞠目結舌。
這時，已回京城的小胡大人才站出來不緊不慢，把徵軍糧前後始末說了個清楚明白。
新官上任，位置還沒坐熱的兩位大人，利用小東西的速度與周記各分鋪的便利，再加上銀子與捐官，輕鬆地解決了徵糧的問題。
正所謂富在民間，民間存糧者仍是大量，只是有沒有這樣的人力與精力而已。
他們暗中讓小東西去了各地周記分號送信，周記珠寶分鋪全國都是，掌櫃對當地所知甚熟，由鋪中掌櫃去招攬大量可信的民間人力，到各村鄉中直接收購米糧，價格比市場所收價格高出半成到一成。如此令百姓們驚喜的價格，自然主動積極，此一舉已獲糧頗豐。
收上糧後，就有鎮國將軍派出的精兵扮成中型商隊，分批次陸續送往西北。
此舉是化整為零，不引人注目。六王爺在西北呢，這個身分敏感的安國將軍，其一動就有無數奸細暗中搗亂，若是等到糧倉堆滿再運，那到時奸細一把火，豈不顆粒不剩？

再就是透過周記做中間人，與一些無官身背景的純地主富戶私下溝通，以糧捐官，官職為「員外」。周記不愧是商家，把員外這個六品官私下炒作得令人眼紅不止，因為暗示是非正常管道買官，否則哪有這般便宜之事？那些背景單薄的地主富戶，只當是周太妃想要些零花銀子，自是不敢外傳。

多少這樣的人作夢都想當官，從前這等人想要捐官得出大量現銀，且花大量銀子捐的官職也不可能超過地方縣令，通常是九品，還是個虛職。而員外雖無俸祿，卻是六品，就是當地縣令都要恭敬相待的，能光宗耀祖那是再好不過。

周記的名氣信譽在外，周太妃的名聲在外，如此下來，斬獲驚人。

聽到這兒，朝中各官譁然一片，紛紛恥笑。「員外一職，不日就遍地都是，那朝中的員外郎還算什麼？」

戶部員外郎小胡大人淡然笑笑。「是什麼就還是什麼。」

管他眾官譏笑或不齒，徵糧的結果擺在這兒，此次徵糧之數，竟然足夠西北幾十萬兵馬近一年的糧草。並且，百姓那裡的徵糧雖然徵價比市場高出半成到一成，可最後一算，銀子並沒多花，還富餘很多。因為除了高出的價格與招募的那些民間人力，再無成本。

那為何每年徵糧的，除糧價之外的成本那般高？

皇帝冷著臉，坐在龍椅上不怒不笑，聽著眾官各種議論。

王丞相怒得再也禁不住怒罵道：「徵糧本是國家行為，爾等欽差大臣，竟用此非法小技徵糧，披著官服你們枉為官，縱是徵來糧食，也是天下笑柄！」

眾官紛紛附和。「沒錯沒錯，這等行徑，縱是徵來糧食，卻也失了為官之道，給朝堂抹黑，令天下為官者發笑。」

吏部尚書胡大人開口了，聲音不大不小。「現在不是應該問問兵、工兩部，為何年年徵糧的成本那般高，都是花去了哪裡？這便是為官之道？要知道，尚將軍、安國將軍可都在西北前線浴血殺敵……」

皇帝也慢慢開口，聲音極為冷漠。「哪位愛卿能這麼短的時間內徵得眾多糧草，便是封侯也是可以的，況且區區員外？」

此一批員外官職批下後，名朝捐「員外」之官者踴躍非常，用銀兩或糧草，禁也禁不住。許多年後，「員外」竟成了對鄉紳富戶的尊稱。

而朝中的員外郎，仍是員外郎。正如戶部員外郎小胡大人所言——是什麼就還是什麼。

王丞相回府後沈思許久。

軍糧事件竟讓皇帝的人鑽了空子，實乃不慎。

此次軍糧事件是他授意的，拚著幾個人惹聖怒，也不能讓糧草安全到達西北。

可恨那奸詐陰險的周、胡兩個小人，竟然暗度陳倉，瞞天過海，氣煞他也！

現在西北不缺糧了，藥還是由鎮國將軍手下的精兵運送，軍需方面看來是動不了那個六王爺了。這麼多年來，種種行刺暗殺也沒能要了他的命，六王爺啊六王爺，果然是個福厚的。

皇帝那廢物也近不了身，自前王妃香囊之計事發後，更是銅牆鐵壁一般。宮中暗衛、明衛無數，可以說，整個皇宮，哪天哪月哪日，有哪個浣洗的宮女摔了一跤，估計皇帝都知道。

近身服侍的太監，那都是打小就相處的，根本不可能收買，皇帝身體越發好了，這些從前唯唯諾諾的小人，也得志挺胸了。

可又怎麼樣，仍是個廢物！老夫根本不屑動他，若他一死，太子年幼，於情於理都得擁六王爺登基，或者做攝政王。

六王爺若稱帝或攝政，那老夫便是竹籃打水了。

忍著，只要他一死，輔星一滅，帝星暗淡，便可乘機逼宮。皇帝還當自己多威風呢，豈知朝中上下有一半官員都是老夫的人，只是要等這萬無一失的機會，才嚥下這一口氣。

鎮國將軍老了，納妾時自喝的酒都偷換成清水，竟是連酒都不能喝了，還日日服藥，化妝成一臉紅潤，看來不過就是寶藥吊著而已。原以為他還能蹦躂幾日，現在才明白，所謂納妾，不過就是個計，還收買太醫為他圓謊，想迷惑眾人，作夢吧！真是黔驢技窮。

鎮國將軍很快就得去西南，他的兵明面上忠於他，但兵者眾，眾者心思也眾，豈不生異？都說鐵打的營盤流水的兵，誰做將軍都是一樣的，根本不是問題。除了鎮國老兒親訓的幾萬親兵，其他的，只要鎮國老兒一死，那便都是老夫的兵。

喬將軍現在已完全投誠，為了報忠，還安排了人去嫡支親人府裡「服侍」，旗下兵馬已達二十多萬，個個英勇。只要西北開戰，六王爺一死，軍心動搖，三王那同時就征戰西南，西北、西南兩邊開戰，朝中兵力空虛，喬將軍二十幾萬軍正好大用！

王丞相眯著眼睛想了半天，心情也漸平復了，便喚道：「叫牡丹來。」

林家棟一回村就知道封侯及退婚一事，也知道了寧王出征西北之事。

對於退婚之事，因為林老爺子進京後，送了信給了付冠月，說是皇上准了林小寧自求退婚，讓她先下封口令，待他回村再議。

所以付冠月的理解是這樣的，小寧受不了太后與皇帝的圍府之辱，自求退婚，而皇室可能提前知道了消息，便提前一天派人來桃村取走了庚帖與信物；但皇帝的聖旨仍是全了林家的體面，准了林小寧自請退婚，也撤了圍府令。這些事情六王爺應是不知情。

付冠月與付奶奶嘆息。說起來，小寧這性子的確過於剛強易折，皇室簡單一出手，下個眼藥小小羞辱一下，就想自求退婚，無半點忍辱求全的城府，的確不適合嫁入豪門皇室。除非相公是一心待她，一心對她好護著她才行，而六王爺兵權在握，常要出征，難道出征也帶著她嗎？

事已至此，付冠月、付奶奶只能是惋惜不已。

林家棟越聽越難受。六王爺親自求娶妹妹，雖是林家高攀了，可六王爺與妹妹倆之間的那些情義，或多或少，大家都有所瞭解，也是眾望所歸，可怎麼就成這樣了？

他與方大人是得了軍令回村，軍令說得明白，名朝與夏國開戰，他與方大人乃身懷絕技之人，速回桃村待命，不得命令不可前去西北。

他雖不是軍人，但他在為西北邊境燒磚，軍令對他是有效的。

遂書信一封，待明日大、小白回西北時帶去送給寧王，這一切，六王爺還不知道呢，總得給林家一個交代。

寧王收到了林家棟的信，越看越是心驚。

怎麼她竟因圍府生出這等心思，只當是莫大羞辱？竟自求退婚？

再一想卻也在情理之中，她善心仁義待人寬厚，最是厭惡宅院裡的陰謀伎倆，為人處事那是坦坦蕩蕩。自己沒提前告之，讓她生了其他想法也是有的，現已退婚了，又是准她自求退婚，便這樣吧，這樣最好……

想起離別時她的熱烈眼神，小世子的故事，一時心中生悲。

但是這樣是最好的，是准了她自求退婚，於她的名聲要好多，她名聲無損，又平安活著，最好。

寧王坐在桌前，拎過桌上的茶壺倒水。茶是溫的，茶盅是瓷的，在西北，這等細白瓷東西，怕是也找不出幾套了吧。

他端起茶盅，胸口痛悶得不行，一口血噴吐出來，茶灑了，衣袖上沾著一灘血，滿是黃土的地上也濺著星星點點的紅。

銀夜在外聽到異動，進來後大驚。「爺！」

寧王沾著血的手掏出潔白的絲帕，擦淨嘴角，搖頭道：「無事……」

他沒有回信。這樣最好。

林老爺子與林小寧在林家棟回村不久後，也回到了桃村。

林家棟與林老爺子私下溝通，便心中大定。

林小寧一回村，便開始每天往返於清水縣與桃村之間，在三千堂與朱大夫一起義診，朱大夫現在已糾正了不少曾經認錯的字。

林小寧突然生出難言的感動。一個最普通的大夫，這把歲數了，也沒停下學習，自己卻一直處於不健康的心態中，在京城說是忙，卻是為了忙而忙，心不定不沈，離了沒日沒夜的忙碌，就會有著難以揮散的煩躁與傷感。

她又在煩躁傷感什麼？

她想著寧王，若是他回京，再一次看到他，會是怎樣的情景？這個情景她幻想了無數遍，在她想像的場景中，他永遠都是站在燈火闌珊的地方，繁華圍繞，那樣的熱鬧卻是無聲，因他的笑容便像有著聲音一般的動人，是唯一的聲音。

她卻是站在暗處，細細地看著他。
她不知道她想守著什麼，他離她不遠，但她跨不出去。
她是害怕了。
退婚是自己要求的，走到這一步是自己的決定，若是當初能忍下一口氣呢？
可是她已做了決定了，她為了自己做出決定。此世，她為自己做的決定還很多。她是一個幸福的女子，可以為自己決定。
那麼已定的事情，就不要再去想了，能做決定就是一件幸福的事情了。
她是名朝清水縣桃村林家的孫女，她是一個極為普通的女子，她害怕是正常的，沒有人能一直勇敢。尤其是面對這樣的愛情。她是對的，她的決定是對的，面對羞辱，這是應該有的基本反應，而不是忍耐。
三千堂目前義診的病人很少，但仍是增加了一名大夫，是朱大夫介紹的，也是周邊村裡的一個遊醫，姓方，專門坐馬車下鄉去流動義診。
而城裡來看病的都是小毛小病，都能及時就診，有時生病的孩子不用家人帶，就自己來就診了，反正不用花錢，病越早看越好，這道理誰都懂的。
當然也有些下田時不小心被農具割傷的漢子，林小寧拿出小手術用具，手把手教授朱、方兩位大夫清創、上傷藥、包紮等這些最基本的小手術，再三提醒一定要用醫堂裡那專門的烈酒消毒醫療用具。這些烈酒是魏家提供的，現在連魏府酒坊的下人都能做好了，用最次最低成本的酒提煉而已。

三千堂有了第一批志願者，也就是義工，是周記珠寶與田大人帶的頭。周記珠寶提供了一個帳房，免費協助三千堂的帳務之事，而田夫人則是每天來三千堂報到，主要負責孤老堂的老人健康與孩子們讀書等一些瑣碎的事宜。

此一舉，許多城裡的富戶大戶紛紛效仿，提供家中的一、兩個下人，每日兩個時辰去做力所能及的事情。

三千孤老堂，已收留了當地孤兒與寡老共計二十幾人，其中有一名才出生的棄嬰，不知道是哪個村人不想要，竟半夜丟到三千堂門口。孤老堂有著食堂及免費提供的食材與柴火，孩子們上學，還算健康的老人們可以做做簡單的家務，比如做做飯菜，抱著那個女嬰去周邊幾個哺乳的婦人那兒去喝百家奶什麼的。那幾個哺乳的婦人都送上了幾包紅糖與尺頭，表示了心意。她們也同意一直這樣輪流餵那可憐的小女嬰。

最令人矚目的則是三千學堂，盧、衛兩位先生找來了四個先生，三男一女。

有著志向的貧困人家，自然是願意送孩子入學堂，但有些人家卻不願意，孩子還能做做家務，也是半個勞力，況且，束脩雖不用錢，可讀書的筆墨、紙硯、燈油不用錢買嗎？

所以初初進學堂的人仍是少，尤其是女子，幾乎沒有幾個人。

因著城西的貧區大部分都在桃村開荒，所以用了舊法子，若是不送適齡孩子去學堂的，就不要來幹活了，倒是讓學堂人氣暴增。

而並沒有在林家開荒的人家，卻不受此約束。於是，林小寧在章程裡提到的獎學金制度便拋了出來。

學堂裡終於有了孩童們齊整稚嫩的朗讀聲音傳出來。聽到了這樣的朗讀聲，路過的居民們的腳步與表情也輕柔了，這是一種情緒的感染，一種真正屬於貧民百姓的美好帶動。

清水縣令田大人此時是春風滿面。他可以想像年底的政績考核，必是不得了的好，雖然主因是安樂侯府的善舉，但他的前程也是十分美妙。

在他的暗示下，幾位夫人及義工們奔忙煽動之下，縣城裡及周邊村鄉下的富戶與大戶也在三千堂落成後，捐了不少銀兩。其中還有幾位是當初去桃村要求林小寧加租子的地主，那郭老爺更是捐了不少。今年開春時，他們可是按正常糧種的價格，買到了桃村林家的稻種。

三千醫堂、學堂、四個先生和義診的大夫、正式的帳房，以及長期的勞工與短期的義工們，形成了一個很不一樣的成熟系統。那是一個美好的、令人嚮往、從前根本不敢想像的、打動內心深處善意的一個系統。

三千堂的善款豐厚了。

有了豐厚的銀子，便可以輕鬆解決孤老堂各種生活用品，還有醫堂裡藥材的支出，以及非義工的人員應有的束脩及月錢，並且有大量結餘。這些結餘到了年底公開後，便匯入三千堂的基金帳戶裡。

馬大總管婆娘——趙氏、清水縣縣令夫人、付冠月，以及兩位方夫人，已成為了清水縣及周邊的名夫人。
現在不是冷熱交替之季，三千醫堂的事並不多，孤老堂與學堂的事又插不進手，林小寧便有些無所事事。
她開始練字。
因為連小香都忍不住說道：「姊，妳的字得練練了，真醜。」
練字是一件很雅致的事，字裡行間，時光就過了半日。悠悠歲月，這樣流走，竟不覺費了光陰，字中也隱見風骨，能立得起來了。
每每林小寧練字時，荷花若沒事，也會在一邊用沙盤練字。
真是歲月靜好。
望仔與火兒一到了桃村後，就白日上山晚上才歸，林小寧感嘆世間萬物生命都是如此獨立，就是一隻狐狸，也有著獨立的思想。
牠們愛玩，愛自由，成日不見影，但一歸了家，就與人親暱。望仔與火兒每日歸家後，身上散發的強烈的歸宿感與驕傲感，讓林小寧為此眼中濕潤。
她想，其實她對此世也生出了強烈的歸宿感與驕傲感。
還有什麼比現下更真實的嗎？三千堂的那些讀書的孩子們，那些不再饑寒交迫的孤寡老人們，還有林家所有人對她的關愛，桃村所有人對林家的善意或嫉妒。
京城來了一封信，是曾嫣嫣寫的。

曾嫣嫣在信中囉嗦著林小寧怎麼還不回京，說她現在瘦了十幾斤，看了林小寧的手稿，有許多地方不甚明白。桃村雖然是風水寶地，但京城的太醫院外院是她們的事業，自林小寧做上這個掌事後，基本上沒有正式任過職，實在是毀了這一身好醫術，還望林小寧能聽從她這個做姊姊的教誨，早早回京正式任職。

當然，也提到了京城三千堂在端午時募捐後，所得善款竟然有七萬多兩。太后便把京郊一塊荒地拔給三千堂，正在建設醫堂、學堂與孤老堂，而須僱用的人員也在招募中，很快，京城就有了三千堂總堂了……

三千總堂是清水縣的這個三千堂好不好？林小寧無奈笑笑。也是，京城那些多如牛毛的大家貴族的夫人們，肯定是非得讓京城三千堂做總堂才甘休的。

然後曾嫣嫣終於提到退婚之事，說：我知道妳心裡不開心，但沒事，等那個六王爺回來後，嚴厲地懲罰他，沒有滿意的交代就不能甘休，萬不能心軟，不然我都替妳生氣。還有，京城有著滿天的流言，說妳配不上寧王才退婚。肯定是一些奸人私下搬弄出來的，可是三千堂的火熱盛事，竟然把這流言給淡化了。做善事是有福報的。

信的最後提到，京城會派人來清水縣三千堂考察，聽說來人當中，有青青郡主。

青青郡主？林小寧苦笑。這下又有熱鬧了。

最近京城周記珠寶的周少爺很忙，因為在端午時，周太妃與一眾貴婦在坊間募得大量善款，一時善名如日中天。他與周太妃一同想出一個招，在此後，周記每賣出十兩銀子的首飾，便捐出兩百文錢給三千堂，以此類推。

店門前的告示上寫著金光閃閃的字：帶上周記的首飾，意味著捐了善款給三千堂。

周記珠寶本就賣得好，現下更下火爆了，許多店鋪也效仿，如此，三千堂又多了一大筆的善款。

周少爺忙碌之時，仍不忘思念著林小寧。

前陣子滿天的流言他自然也聽到了，卻是從姑姑周太妃那知道。皇室親自動作，壓制了流言。皇室當然要這般做，三千堂都是林小姐提出來的，若是林小姐有些不好的聲名，自然是要影響三千堂的不是？

第六十九章

青青郡主一行人到達清水縣時，是縣令田大人接待的。

田大人早幾日就收到通知，做好周密的安排與部署。茲事體大，這些貴人的安全可不是開玩笑的，就是不小心有百姓言語衝撞了，他也前程盡毀。但是，若是接待好了，那就是前程錦繡啊！

田大人的接待很是用心，青青郡主是一行人當中身分最貴的一位，她這等身分，本是不應該來的，但她多想看看林小寧那喪氣的樣子。一個最最普通的平民百姓，竟然勾搭到她的表哥六王爺，還想嫁給她表哥做正妃，真是作夢！

終於被退婚了吧，真是痛快！只是京城流言起了不久，就被皇帝表哥給壓住了。這女子，連皇帝表哥都向著她，果真是長袖善舞，真不要臉！

流言中一半說是皇室看不上她，一半說是她自慼不配，而自求退婚。誰信啊，自求退婚又為何當初應下親事？笑掉大牙了，不過是一張不能遮羞的布而已，自欺欺人。

青青郡主根本無心考察什麼三千堂，只休息一日便傳田大人，要林小寧前來面見。

田大人暗暗直流冷汗，都快要哭了。

要知道，林家如今是安樂侯了，那是聖旨冊封的二等侯，從品級上還比眼前這個郡主要高。郡主啊郡主，這不是為難小的了嗎？

青青郡主渾然不覺有何不妥。品級什麼，都是虛的，一個為了匹配得上六表哥才封的侯爺，又怎麼能高得過她這個宗室之女？

田大人硬著頭皮去了桃村安樂侯府，開口說明來意。

朱嬷嬷不苟言笑地立在一邊，聽到此言後，喚道：「荷花。」

荷花上前就是一掌，說道：「這一掌是我替小姐打的，我家小姐乃聖上親封的五品醫仙，又是太醫院外院的七品掌事，更是二品安樂侯的嫡長孫女，正二品安樂侯，你可清楚？青青郡主乃宗室女，豈會說出這等話來，定是你這小人自作主張，在這搬弄是非。你好大的膽子，滾！」

田大人被荷花掌摑的臉火辣辣的。他就知道是這結果，那青青郡主開口語氣就極為不善，顯見是對侯府的林小姐不滿。為何不滿，大家都知道，他上任後也聽聞過。

唉，神仙打架，凡人遭殃啊。

當個傳話筒便是，一字一句，如實相告，哪一個都是得罪不起的。

青青郡主得到回覆後，氣得一個倒仰。的確，她這個郡主不過從二品，從品級上來說，安樂侯就是比她高，哪怕是虛的，哪怕對方只是暴發戶，可人家爺爺就是比她品級高，她沒道理去召見一個品級比她還高的侯爺的孫女。況且人家在言語上沒有對她不恭敬，想找碴也找不出來。

青青郡主氣了一日，輾轉難眠，又傳田大人，京城來人到清水縣三千堂考察，林小姐作為三千堂的發起人，請她前來解說一番。

田大人又來到桃村安樂侯府，看到林小寧與身側不苟言笑的朱嬤嬤。他為自己的苦命嘆息。林家大小姐這氣勢啊，聽這一批人說，這林家大小姐被退婚了，現在不再是未來的寧王妃了，可是怎麼氣勢比之前還要強啊？

林小寧淡然道：「荷花……」

荷花口齒清楚說道：「田大人，三千堂的建設、細則、章程，貴夫人是從頭跟到尾的，我家小姐只是發起人，說到執行方面遇到的問題，及相關解決的法子，貴夫人與趙夫人比我家小姐更要清楚不過。」

田大人又回了清水縣。

青青郡主氣得臉色發青，胸口堵悶，半天沒有緩過勁來。

好妳個林小姐，竟然敢對皇室叫板！青青郡主咬碎銀牙，一個因退婚而聲名盡失的女子，竟然還這麼囂張。

貼身丫鬟小聲低語獻計，青青郡主才緩了臉色。

兩日後，京城一行人把三千堂細細看了個遍，又浩浩蕩蕩前往桃村。

林小寧卻不在桃村了，她去流動義診了。青青郡主幾次出擊都是打空了，氣得快要吐血了，一陣胸悶噁心，哇哇大吐起來。

當耿大夫說著恭喜郡主時，她呆呆地張著嘴半天也沒反應過來。她的月事一直不大準，大婚這麼久，一直沒懷上，她多麼希望能懷上心愛郡馬的兒子，將來長大後，長成如同郡馬那般溫潤如美玉，和煦似春風的男子。

她終於懷上了！

青青郡主摸著才一個多月大的腹部，半天不語。

青青郡主與京城的一行來人，仍在桃村待著，她們分別安排在鄭老、方老，及魏老家中，在侯府待著的自然是青青郡主。

因為是青青是女眷，林老爺子與林家棟也就是與她見了一面，相互見了禮，寒暄了幾句，便讓付奶奶與付冠月去安排得妥妥。

青青入了屋，與貼身丫鬟又私語幾句，其中一名丫鬟便出了侯府大門。

林小寧與荷花是晚餐後才回府的，兩人又累又餓，下了馬車，直撲小飯廳，叫著：「快快上吃的喝的。」

不一會兒，付奶奶前來，小聲說：「青青郡主在府中……」

「喔，知道了。」林小寧一邊吃著一邊應道。

青青郡主見到林小寧時，已是星月當空。

青青郡主下意識地撫摸著腹部，笑道：「桃村真是風水好。」

林小寧自然是明白她的言下之意，也笑道：「恭喜郡主了。」

青青郡主又笑。「我如今是夫君體貼，萬事順心啊。」

林小寧也笑。「青青郡主福澤深厚，自當事事如意。」

青青郡主仍是笑著。「不知林小姐可曾聽聞京城的傳言？」

林小寧笑道：「郡主說笑了，既是傳言，又何必當真。」

這個不要臉的，油鹽不進。青青郡主暗罵道，又笑。「林小姐，原以為妳能如願入得寧王府，又豈知世事難料……林小姐此時態度，倒真是有自知之明啊……」便手拿絲帕掩嘴而笑。

林小寧也笑了。「青青郡主，人從出生起，便不能選擇美醜，也不能選擇貧窮與富貴，如果是女子，那長大後，還不能選擇自己的婚姻。當然，郡主福澤深厚，出生既非凡富貴，生得又絕色天姿，郡馬更是自己選的。郡主是想笑我什麼呢，笑我自己決定了自己的婚姻嗎？」

青青郡主微怔。

笑她什麼？宗室女的婚姻也不能自己選擇，唯有她不同，因為她是長敬公主的女兒，是為現在的皇帝表哥登基立了大功的長公主之女。

這個不要臉的女子，想在她面前驕傲地顯示她的不同。

「林小姐才是說笑了，明明是太后與皇上覺得妳不配才退婚，妳卻強說是妳自求退婚，如此顛倒黑白，真是讓人嘆為觀止。」青青郡主冷笑。

「兩者都一樣的，青青郡主，是我不願意了，這兩者的結果又有什麼區別呢？」

青青郡主嗤笑了起來。「區別大著呢，妳不過是被皇室退婚了，妳還在這驕傲得意些什麼？」

林小寧也笑。「反正我是要退婚的，是自求退，還是被退，不都是退婚嗎？退了就好。」

青青郡主只覺得肺都快炸開了。這個不要臉的，不知恥的女人！還退了就好，說得這般輕鬆自如！

果真是自求退婚？京城有一半人在傳著自求退婚，的確不是空穴來風，怪不得皇帝表哥壓住了傳言。女人退婚本是名聲不好，可偏她退的是皇室之親，這事就有許多想像空間了，若不是她看不上六表哥，就是喜新厭舊，另有新歡了？

她憤怒了！連六表哥那樣的卓越的男子都能厭，她還想嫁哪個，真是個水性楊花的天性。當初與郡馬相好，郡馬與她大婚後，沒多久又與六表哥相好，這又多久就退婚，搞不好是與別人珠胎暗結了，瞞不下去了，只好退婚，肯定是這樣的！

青青郡主頓時冷笑。「林小姐好寬的心胸啊，當初志懷與我大婚沒見妳傷心，現在六表哥與妳退婚，妳都無事人一般，當真是令人欽佩。」

林小寧懶得計較她的嘲諷。一個古代後宅女子，滿腦子想的就是情敵，一樁陳年舊事到現在還耿耿於懷，還跑來她這兒得意自己的幸福，同時想要看看她有多悽慘？什麼陰暗心態？

她掃了掃青青郡主的腹部，說道：「青青郡主，我是女子，但我不是為情而活。郡主，女子能為自己做決定，是一件幸福的事情。郡主福澤深厚，此生必是幸福快樂！」

「虛情假意。」青青郡主冷哼道。

「小人之心。」林小寧反唇相稽。

「妳說什麼？妳大膽！」青青郡主怒了。

林小寧慍色道：「說妳小人之心！我誠意祝福妳，妳卻嘲諷不斷，我倒是想問問郡主憑什麼在我府中為客，還這般出言不遜？」

「憑什麼？就憑妳無情無義！」

林小寧氣笑了。「這麼說，郡主是承認我是自求退婚了？郡主無事，我便休息了。」說完就走了。

看著林小寧的背影，青青郡主氣道：「她、她、她竟然這樣就走了！」

「郡主，她到底是安樂侯的嫡長孫女，又有五品醫仙封號，也是貴女。」丫鬟輕聲道。

「就她這樣水性楊花……」

「郡主，慎言。」貼身丫鬟悄聲提醒著。

青青郡主摸著腹部冷哼一聲，不再說話。

青青郡主一行人回去後，關於林小寧被皇室退婚一事，像風一樣在桃村散播開來。桃村人才明白，那個與林家小姐訂親的王大人，竟然是皇帝的弟弟——寧王殿下，可是不久前，林家大小姐被退婚了！

眾人心思各異，議論紛紛，種種猜測。

但林小寧就是被退婚，也是侯爺的嫡長孫女，四品安通大人的妹妹，又是醫仙，又是太醫院外院掌事，更是他們的東家，也只敢背後私語幾句而已。

各窯各作坊上工者，嚴禁對侯府之人說三道四，違者辭退。林老爺子讓各管事下達了通告。

安雨冷笑。被退婚？這顯然是郡主的手筆。小姐就是被退婚，也還是安樂侯的長孫女，也是六王爺親自吩囑要守護的女子。

林小寧是充耳不聞。郡主這等低劣行為，可以傷害所有的女人，卻傷害不了她和曾嫣嫣這種人。她們死人都敢解剖，已是在京城公開了的，只是因為太傅與皇帝的壓力，眾人才不敢底下亂嚼舌根。到如今，還怕這些閒言碎語？嫣嫣不是說，最不怕的就是閒言碎語嗎？

林老爺子與林家棟雖然生氣郡主這般行事，但看林小寧那一如既往的模樣，他們心中猜測，丫頭心裡有數得很呢。正如鎮國將軍所言，小寧嫁的是六王爺，入的是寧王府。

林小寧還是天天練字，練字好，可以練心。

半月後，桃村又來了客，是胡大人府上的管事，送來安樂侯府的門匾，林小寧笑出了聲。

從認識胡大人起，他除了送匾，真的不會送其他的什麼玩意。當然，在京城時，胡夫人為林老爺子備的禮除外，那些都留在了醫仙府。

又幾日後，又有馬車停在了侯府。

一人車一貨車，馬車周邊騎馬的護衛有四個。

是郡馬蘇志懷，以及他備的禮。

自蘇志懷與郡主大婚，與郡主去到醫仙府一回後，兩人再也沒有見過面，這是自那次後，林小寧與蘇志懷第二次見面。

物是人已非。

蘇志懷如今是特別協管皇家票號一事，意氣風發，身居要位，手中掌控鉅額銀兩。

蘇志懷下了馬車，林老爺子與林家棟心情複雜地接待了他。

蘇志懷也是神情複雜，看著桃村的巨大變化，百感交集。

他是專程來道歉的，為蘇家當初所為，也為不久前郡主所為。

他愴然說道：「林老爺子、家棟兄、林小姐，有句話志懷一直沒有機會說，是我蘇家負了林家，負了林小姐，我代蘇家鄭重向你們道歉。」

林老爺子笑笑說：「無事，蘇大人，不必這般如此的。當初之事，蘇家也是無奈，莫提莫提，晚上叫上幾個老頭來，我們一起好好喝酒、烤肉吃！」

林小寧也笑道：「蘇大人，不過是陳年舊事而已。」

此話說得輕鬆，蘇志懷卻心中生悲。陳年舊事，也是記憶如新，一生不能忘。

「林小姐，不久前青青來桃村，任性胡為，我代青青道歉……」

林小寧笑著，並不接話。

蘇志懷作了個大揖，林小寧坦然受了。因為蘇府的表小姐紅玉，因為青青郡主。然後，林小寧笑道：「蘇大人，我很是欽佩你的舅公鎮國將軍，當初我去西南止疫時，把他氣得吐血。此事你可知？」

蘇志懷面露難言神色。「知道，豈能不知？是林小姐讓他吐出了多年瘀血，使得他老人家身體大好。」

「蘇大人，我氣了他，他罵了我，但過後什麼事也沒了，反而越發交好。我欽佩鎮國將軍，老將軍凡事拿得起，放得下。在京城時，我對你說過，不必執著，你可還記得？」

蘇志懷怔怔地看著林小寧，半天才道：「謝謝林小姐提點。」

林小寧又笑了。「蘇大人，我很討厭青青，真的。你是她的男人，得好好教教她，讓她學會尊重別人，教不會就打，打到她會為止，這樣才像老將軍的甥孫。」

林老爺子與林家棟聽得臉上肌肉直抽。

蘇志懷終於露出了溫煦的笑容。「林小姐仍是像從前一樣。」

安樂侯府還是那樣熱鬧，林老爺子把鄭老與方老都叫來了，三個老頭、林家棟、蘇大人、安雨、安金、安水一同烤肉喝酒。

蘇志懷很快就喝醉了。

林小寧沒有參加這樣的男人酒宴，坐在屋中想著，青青任性胡來，還有蘇大人來道歉，是怎樣的福報？她卻沒有。她來這世，從一個貧窮的獵戶到今天的地位，卻是根基淺薄，哪個都可以來踩她一腳，踩林家一腳。

記得他說，不讓她受一絲一毫的傷害，可是呢？

蘇志懷走的時候，林小寧把蘇家老夫人送給她的那對玉鐲子，偷偷讓付冠月放進了為他準備的點心包裡。

鎮國將軍回到了西南，駐守在怒河最平穩的那一段。那裡有著層層的哨崗，只要西南三王一有動作，必是由此進攻，守著這一段，就守住了名朝的安全。

主動攻擊，目前並不適合，西北正在開戰，只要與西北和京城保持及時溝通，原地待命即可。

西北邊境，自寧王偷襲的第一仗起，名朝與夏國徹底摘掉了暫時和平的假面具，邊境戰火紛紛，軍士們都被寧王的豪言壯語激起血性，誓要奪回夏國國土。

寧王乘勝又打了第二、第三、第四個勝仗。他是以必死之身全力以赴，勝是必然的。第四仗之後，西北的大軍必須休整。

西北不比西南，夏國與名朝的接壤處，城與城之間距離太遠，戰線太長又氣候炎熱，水源珍貴，加上軍需準備等事物需要很長的時間。
寧王覺得無限孤獨。還有多少天？沒有多少天了，還能再給他幾年嗎？
國庫才充盈，只要軍需跟得上，兩年內，他一定可以滅夏。可是，他真的沒有時間了。
還有她，她的笑容，是這戰火之地的一絲溫柔。從她初次與他相見，他罵她，就是注定了他們之間的結局嗎？他必要辜負她……
他叫來了安風與銀夜，還有尚將軍。
他已決定了，要去刺殺夏國國主。

夏國迎來了蜀國的老三與老五，商議著兩國攜手之事。
老五一盅酒下肚就不省人事。
老三咬牙說道：「老五，不是我們狠，只是你命當如此，誰讓你的年紀與老六最接近呢？大哥說了，會保你代代富貴榮華。老五，我知道你聽不見，你要真能聽見，我也說不出口……」
老三說完揮揮手，夏國大巫師的幾個弟子把暈迷不醒的老五抬走了。
七月初一的夜晚。
夏國的大巫師一身黑色祭袍，走上祭壇，閉目坐下，嘴唇微動。壇下立著的弟子與護衛，以及側邊坐著的夏國國主均是一臉肅穆與敬重。

子時初，五花大綁、被堵了口的蜀國老五，被帶到祭壇。

大巫師的大弟子將其扛上祭壇，用一柄寒光閃閃的匕首割破了他的手腕。血無聲地流到一個黑色的小罈裡。

大巫師表情有些猙獰，口中喃喃地唸著咒語。

罈子的血滿了，大巫師將血倒在祭壇上，待得祭壇都灑滿了血，又把剩下的血飲盡。

躺著的老五因為流血過多而昏迷過去。

大巫師抬著頭看著天相，很久，點點頭。

大弟子恭敬肅穆地在祭壇下堆好的柴禾上澆上油，夏國國主親自取來火把，點燃柴禾。

祭壇周圍火光起，熊熊之火圍繞著祭壇，壇上趴躺著的人被火光與煙嗆醒，怒瞪著雙眼，嗚嗚地掙扎著，坐著的大巫師如磐石，動也不動。

寧王、安風、銀夜騎著大白與小白還有千里，越過荒嶺奔往夏國國都。

才到嶺上，突得風起沙揚，寧王瞇了眼，無端心口絞痛。

他捂著胸口，痛哼了一聲，直挺挺從大白背上跌落，由荒嶺滾落下去。

大白長嚎了一聲，嘯聲中說不出的驚慌。

安風與銀夜大駭。「爺——」

名朝的帝星輔星暗淡無光。

名朝皇帝、太后、欽天監正使坐在御花園中，面色含悲。

「就在今夜了。皇上、太后娘娘，只有八十多日，不到一百日。」

「六弟打了四個大勝仗，也算是完成了他的夙願。」皇帝黯然自語。

太后悲道：「我卻沒見到軒兒最後一面。」又恨恨地看著皇帝。「你滿意了？」

七月初一的桃村。

夜深人靜之時，林小寧突然驚醒，出了一身的汗，頭髮與衣裳貼著她的身上，口乾似火，又覺得心中似有貓兒在抓，慌得無所適從，如同生了重病一般。

望仔與火兒吱吱亂叫，從暗處跑來，跳到她的床上。

此時，她手腕上的胎記一陣劇痛，便不省人事。

她醒來的時候，已是天明，渾身疼痛不已，有一種絕望的情緒莫名圍繞著她。

望仔與火兒在她的床頭焦急地吱吱亂叫著。

她悽然一笑。「空間不能用了？我失去了空間？」便試著要進入空間，然後失望地又笑。

她躺在床上。暑天，屋裡的窗櫺透著外面熱烈的陽光，這才什麼時辰，陽光就這麼烈，又熱又堵。她呆呆躺著，渾身是汗也不覺得難受，只是靜靜看著紗帳被一絲風兒吹過時，輕輕柔柔地微微拂動……

她怔了半天，大笑了起來。

本來就不應該屬於這個世界的東西，是嗎？沒了就說明我才真正與他們沒什麼兩樣，我的爺爺，我的大哥、大嫂，我的妹妹與弟弟，我的親朋好友……

我本就是一個普通的女人，名朝最普通的女人，我第一個願意嫁的男人，我愛不愛他不知道，卻是被郡主搶走了。後來我愛上一個男人，可他的家人不喜歡我……因為空間，我才那麼勇敢，我敢捨，沒有了它，我就是一個膽小鬼。

她坐在床上，不言也不語。

望仔與火兒小心地看著她，許久後，又小心上前，跳到她的懷中，輕聲吱吱叫著。

「我不難過，不傷心，我的望仔，我的火兒。」她恍惚地說道。

望仔扭了扭屁股，討好地叫了兩聲。

「哈哈哈……」林小寧詭異地大笑起來，笑得眼淚流了下來。「原來有人在壞我的天命之星。對了，當初你就說過，這空間是天星的一部分。望仔，你現在是空間主人了，我失去了，你就成了它的主人，不用等我死了。」

望仔與火兒在林小寧的懷中蹭著、叫著。

林小寧摸了摸望仔，笑了。「我知道了，我是你的主人，你的就還是我的。別擔心，我不生你們的氣。」

望仔與火兒小心翼翼地在林小寧懷裡躺下。林小寧靠在床上，抱著望仔與火兒。

「小姐可是醒了？要進來伺候嗎？」荷花在門外問道。

林小寧沒應。

荷花站了一會兒，又道：「小姐，您再多睡會兒吧，給您留了早飯。」

林小寧還是不應。

荷花走了。

林小寧靠在床上，彷彿睡著一般。望仔與火兒靜靜趴在她的懷中。

屋裡的空氣像凝固了一般。

突然，她直起身，抓住望仔與火兒，神情複雜說道：「這世間的事就是這麼奇怪，就是這麼可笑，就是這麼微妙，兜兜轉轉，是我的仍然還是我的，可我不會一直這麼好運。我在想，我之前是憑什麼要做那麼傻的事情。捨？勇敢嗎？我為什麼要捨？傻啊，我若有捨的勇氣，為什麼不去搶呢？」

望仔與火兒吱吱興奮叫著。

林小寧笑得燦爛。「怪不得我上一世是老姑娘。我要去找他，告訴他，除了我，他休想娶別的女人！」

望仔跳了起來，大聲叫著。

林小寧的眼睛閃著光。「好，去抓住那個壞我天命之星的壞蛋，把他殺了，用他的血來肥空間的地。壞我天命，欺負我，當我是病貓呢……」

她跳下床，叫著。「荷花，我要洗個澡。」

林家眾人早就吃完早飯，幹活的幹活，上學的上學，教書的教書去了，只有她起得最晚。

林小寧半點不好意思也沒有，讓人端上早餐，吃得飽飽的，神清氣爽地去付冠月那兒看小姪兒了。

林小寧抱著那個肉肉的、粉粉的小姪兒，哄了半天，逗了半天，只覺得生命實在是一件不可思議的事情，那小小的孩子，白白的、小小的手掌與腳丫，散著乳香，咿咿呀呀地流著口水笑著，讓她胸中泛起說不出的愛意。

她沒頭沒腦地親著這個小嬰孩，心中感動。

「小寧，腮幫子別親狠了，他就是被人親狠了才老愛流口水。」

「沒事，我不嫌。」林小寧笑道。

付冠月笑罵著。「還妳不嫌呢，就是被妳親壞了，不許親臉。」

「他喜歡我親他呢，看他開心的樣子。」林小寧笑著又親了一口。

付冠月無奈道：「妳親吧，回頭他長大了還流口水。」

「傻子才會流口水，我姪兒才不傻。」林小寧笑道。

付冠月吃吃笑了。

林小寧突然蹙眉。傻子，他臨走那天說，別醉了，記得以後要喜歡傻子的笑容……

還有，他讓她再說一遍小王子的故事。

小王子不是死了，是回到他來的地方。

林小寧頓時心慌。她預感到自己錯過了什麼。

她現在就得去西北！

她大叫著：「荷花，叫安雨來。」

寧王仰躺在荒嶺腳下，動也不動。

他望著無垠的天空，這是夜晚，天上沒有月亮，只有滿空繁星，閃得人眼花。然而帝星輔星暗淡無光。

這是什麼時候了？離他的百日大限還有多少日子？

他靜靜地躺在一堆骨骸中。這堆不知是什麼野獸的骸骨，其中一根肋骨刺透了他的背。這根肋骨像一柄彎刀樣尖利，深深沒入他的背脊，生命如同他身下的血一樣在慢慢流逝。

原來，真的活不過百日。

安風與銀夜、大、小白的聲音在夜中響起。他悽然一笑，原來夏國的預言只是一個笑話，他是這個笑話裡的一個戲子，奸細王妃也是，夏國的那些刺客也是，曾經中蠱的銀影也是，都是個笑話，如今戲演完了，要落幕了。

他要刺殺的人還好端端地活在夏國的王宮中。他是那樣不甘心與懊悔，他應該早作決定刺殺夏國國主。

百日滅夏，真是作夢啊……夏國不富，可地方廣闊，人口分散，戰線如此之長，沒有幾年，豈能滅得了？

那麼他為何要來？他來不是為了看到夢滅，他來是要以身死激勵士氣。

他要做西北軍士的增上緣，他死後，皇兄、尚將軍、銀夜、安風定會滅夏！

皇兄，我說我會平安歸來，其實我是希望我能平安歸來。

母后，走時沒有看您最後一面。

他看著滿天繁星，想到自己在西南時應該死了。是啊，那時他應當死了，是她救了他，他欠她的。

他欠了她的不止這些，但是他還不了了。下輩子，等下輩子，一定要找到她。他一定能找到她的，看到她，聞到她的氣味，就知道是她了，如那次在荒山上看到她的臉，突然有些意動難耐的感覺。

是了，這輩子，他其實就在找她，只是那時自己並不知道，否則如何解釋這一切？下輩子一定要記清，她的笑容、氣味、眼神，不會再錯過。

只是不能在有生之年滅夏了。

他輕輕嘆息，背上傷口的巨大痛楚，讓他腦中混亂。

他是安國將軍，他是寧王，天下安寧，寧安天下，他是要為名朝打下周邊之國，讓皇兄一統天下的。

為什麼，為什麼他卻躺在這兒動彈不得？

血汩汩流著，他很快就要離去了。原來沒有誰是無敵的，他兩次遇害都這麼遺憾，這次更是荒誕，竟是從山上摔下來，被一根肋骨刺中，血流盡而亡……

他沒有死在戰場上。

但名朝統一天下是必然的，沒有可笑的預言。他就是相信，他甚至都看到了那一天。

混亂的思維慢慢遠離他，他眼睛沈重。

對不起，等我找妳……

他合上眼之前，看到了林小寧的笑容。

她愛笑，笑起來特別好看，她心裡應是知道的，所以愛笑。其實她長得的確好看，雖比不得京城豔麗佳人，卻那樣獨特、智慧、自信，而且她從不臉紅。出征前，她眼神中那麼多的情意與暗示，卻依然臉不紅，落落大方、熱情似火地看著他。這樣的女子，天下就她一人，她真是對他的心意……

安風與銀夜其實很快就找來了。

寧王躺在骸骨中，失去了意識，身下的血流滿地。

「爺！」安風與銀夜絕望地叫著。

林小寧對林老爺子和林家棟只說要回京城去，曾嫣嫣在催了。

林小寧撒謊的功夫早已爐火純青，心中卻是滿懷歉意。

真對不起爺爺、大哥，不是有意要騙你們，只是你們要知道我去西北，肯定是不會允許的。

林老爺子與林家棟相視而笑。果然，丫頭長大了，心就向外，急著要回京城，怕是為等那六王爺給交代呢，便也沒有阻攔。

「安金、安水讓他們鎮守桃村，朱嬤嬤在府裡教授嫂子一些禮制，嫂子可是從四品夫人了呢。」林小寧笑著安排。

荷花收拾了行囊，吩咐了安雨和小丫。

林小寧偷著拉過荷花道：「小丫不帶。」

荷花疑惑看著林小寧。

「我們是要去西北，不是京城。」林小寧說道。

「啊——」荷花輕聲驚叫了一下。

「閉嘴，妳敢說出去，我打斷妳的腿。」林小寧壓著嗓音，惡狠狠地說。

荷花忍著笑忙點頭。「知道了小姐，放心，我去多收拾些行李。」

不只是小丫、朱嬤嬤沒帶，林府給京城幾位交好大人的回禮都沒準備。

林小寧撇嘴說：「京城太醫院外院事急著呢，這些禮回頭你們備好了，叫人送去就是，哪非得要我帶啊。」

林老爺子與林家棟想想也是，ㄚ頭急著要回京，備禮又不是一天、兩天的事，專程送去也是無妨的，到底這和各個大人的回禮也得有幾車呢。

盧、衛兩個先生上門來，林小寧與林家棟在正廳客氣接待著。

兩個先生又是囉嗦一堆，林小寧心急如焚，只覺得有什麼不好的事正在發生，面上就顯出不耐煩。

林小寧按捺著心情，可聽一聽卻又聽出味來了。

兩位先生對林家棟的回歸帶著滿心的歡喜與讚譽。

之前的桃村，富是富了，但人一多，事就多，暗下的不公不平、欺上瞞下、冷漠嫉妒等事不在少數，更有甚者，還有拉幫結派之風，雖不成氣候，但若不嚴加管治，怕之後少不得要惹些麻煩。

自林家棟回村後這陣子，訂了一條條的規矩，事務安排、時間管理等，細得很，比林小寧訂的那些不痛不癢的制度要嚴厲太多。他是用了軍中的制度來管理林家的家業，其實也是在管理桃村，雖然苛刻了些，卻讓大家馬上達成共識。

這陣子下來，竟見奇效。首先，荒地上那些開荒的眾人做事有條不紊，效率提高，以前的佃戶在田間與窯間兩邊忙活，也不顯亂象，磚瓷窯裡的產量慢慢提升，包括郡主傳出的退婚的流言，在林家棟等人的手段下，也很快就沒了聲息。

桃村幾千人，都對林家棟這個年輕的侯爺世孫服得不得了，想混水摸魚的機會沒有了，作怪的小人少了，風氣好了，踏實幹活的人心更踏實了。

桃村這陣子的變化，林小寧不曾關心過，她一心只想找些具體的事情來耗費時光，況且這些變化是暗地裡進行的，從面上來看與之前一樣，都是一片欣欣向榮。

林小寧聽到盧、衛兩位先生對林家棟的誇讚，只覺得一身輕鬆。就是嘛，讓她一個女人與爺爺這沒讀過什麼書的，只知道喝酒吃肉唱曲的老頭來管這麼大的家，多難啊。

林家與別家不同，林家是缺了整整一輩，爺爺年歲五十多了，正是應當享福的年紀，大哥當仁不讓是要撐起家業的，總算大哥不用去西北那破地方燒磚了，可以好好待在桃村，與妻兒團聚一堂，把林家的家業做起來了。

想到這裡，林小寧心情好了些。這家大業大，麻煩也大，她自問不是女強人之類的鐵腕人物，她前世只會看病，在這世，若沒有神奇的空間水，她那點醫術真是不夠看了。

她自嘲地笑笑，真的成了米蟲，什麼也不會，只須做做慈善，談談戀愛就行了。

這曾是她的最高夢想，只是這戀愛談得真憋屈呀。

想到這，她的心情更加急切。明日，明日就出發去西北！

第七十章

安風與銀夜把昏迷不醒的寧王帶回了軍中，軍醫嚇得渾身哆嗦，用剪子剪開寧王的衣服，然後拿著林家的傷藥粉，撒在寧王的傷口處。

那根骸骨仍在寧王背後，誰也不敢動，此時一動，就必死。

尚將軍撫著寧王的胸口，感受著越來越弱的心跳，悲愴不已。

「怎麼樣？」

軍醫滿頭汗水，不斷用袖子擦著，不敢接話。

尚將軍已近五十，一臉威嚴，拍案怒道：「問你話！」

軍醫撲通跪地，戰戰兢兢道：「現在只能止血，灌藥吊著一口氣，那根骸骨不能拔，這一拔就……就……可若是不拔，王爺他也……也……」

尚將軍征戰沙場一生，豈能不明白，此等傷勢，目前只能吊命，多活一天是一天，根本沒有救，可仍是一腔悲憤，一腳向軍醫踢去。「滾，廢物！」

「去接林小姐來，她會華佗術，或許能救爺。」銀夜說道。

安風搖頭。「西南之戰時，小姐也在，那種臟腑被利器插入的傷，小姐也救不了。」

「林小姐不是救過爺一回嗎？」銀夜說道。

「那是因為舍利子，當時小姐用了師父傳給她的舍利子救了爺。」

三人不再說話，靜靜地守著側躺著的寧王。

在太陽出來的時候，寧王睜開了眼。

「六王爺，你醒了。」尚將軍啞著喉嚨，睜著血紅的眼睛上前輕聲問道。

寧王渾身痛楚不堪，虛弱笑著。「尚將軍、銀夜、安風，你們不必難過。我本大限已至，活不過百日，此乃命數……」把事情說了，卻是沒說林小寧能為他擋劫一事。

尚將軍與銀夜、安風聽了寧王之言，均沈默。

寧王又道：「此番我為何這般急著滅夏，便是因這原由。」

尚將軍率先打破沈默。「六王爺，老夫知你的心意，老夫今日便立下軍令狀，兩年內，夏國必亡！」

太陽高照時，寧王開始發熱。

尚將軍叫道：「快傳軍醫！」

軍醫匆匆而來，急急察看傷口，又探脈。

「六王爺還有多少天？」尚將軍問道。

「若是不動這根骸骨，以寶藥吊著，能撐上幾天。」軍醫冷汗淋漓說道。

「到底幾天？」尚將軍怒目圓瞪。

「四……四、五天。」軍醫的聲音幾不可聞。

「處方吧。」尚將軍嘆息一聲，說道。

安風突然道：「將軍、銀夜，我去接小姐。」聲音低了下去。「來見爺最後一面。」

尚將軍嘆道：「去吧，帶上大、小白。」

寧王正在作夢。他夢見夏國已滅，他與林小寧在桃村的山上，那處溫泉處建了一幢石頭房子，他泡在溫泉裡，泉水越來越燙，而他的身上卻越來越冷。

他便笑道：「我的丫頭，我老了，我都老得怕冷了。」

林小寧笑道：「知道老了還叫我丫頭，得叫我老婆子了。」

他又笑。「妳再老也是我的丫頭。」

林小寧笑著，卻仍是年輕的笑容。「傻子，快起來，泡多久了？」她笑著罵著，拿著一塊白棉巾放在溫泉池邊上的石頭上。

他笑著起身，卻撲通又跌入水中。林小寧哈哈笑著。

他也笑了。

銀影看著寧王昏迷中的笑容，說道：「尚將軍，爺聽到接小姐來，笑了。」

安雨帶著林小寧與荷花出發了，望仔與火兒坐在馬背上，揪著馬兒的鬃毛興奮地吱吱亂叫。

這時已是寧王出事的第三天清晨。

安雨趕著馬車，一邊問道：「小姐，真的要去西北？」

「當然是真的，還能有假？」

「小姐是要去找爺？」安雨試探地問。

林小寧笑了。「是。怎麼了？安雨，你覺得不妥？」

安雨不好意思地笑著。「豈會不妥，其實小姐早應該去找爺了。」

林小寧又笑。「是，早應該去了。」

安雨抿嘴而笑。「是，小姐，坐穩了。望仔、火兒，過來……」

然後一鞭子揮在馬背上，馬車篤篤地行得更快了。

安風帶著大、小白來到桃村，卻撲了一個空，林家棟與林老爺子說是林小寧去京城了，才出發不久。

安風急不可耐。爺千萬等著啊！他來不及解釋就又趕往京城。

林老爺子與林家棟又是相視一笑，怕是六王爺送信給丫頭呢。

安風一路上根本沒看到林小寧的馬車影子，但大、小白的速度，不可能趕不上。

安風心急如焚，到了中午時分，他可以確認林小寧根本沒往京城方向而去，才停下來喝水、吃乾糧。

小姐到底去了哪裡？

安風心裡越焦急越難耐，深吸一口氣。小姐到底去了哪裡？絕不可能去了京城，也絕不可能再遇刺，一路上一點痕跡也沒有。

他拍拍大、小白的腦袋。「你們能找到小姐嗎？」

安雨停下馬車，三人喝了水，吃了一些乾糧，又上路了，林小寧在車廂裡昏昏睡著。

她作了一個夢，夢見自己滿臉皺紋，而寧王卻依舊風華無雙，她氣惱地罵道：「你個死男人，憑什麼長這麼年輕，好去勾搭哪個女子，嗯？」

寧王笑道：「妳想些什麼呢？在我心中，妳就是八十歲了，也是那朵獨一無二的玫瑰花。」

「騙子，這種話只能騙十八歲的小姑娘。」但她仍是笑了。

「十八歲是老姑娘了好不好？丫頭。」寧王笑道。

林小寧笑醒了。

安風找到林小寧一行人時，已是暮色四合。

他悲喜交加，大聲叫著。「安雨！小姐！」

安雨趕緊停了馬車，大、小白箭矢一般衝到馬車前站立。

「安風，你……怎麼來了？」安雨納悶道。

「小姐在車裡？」安風道。「小姐，爺出事了……」

車廂的簾子猛的一下被掀開。「出什麼事了？」林小寧臉色難看。

「爺要去刺殺夏國國主，在荒嶺上突然摔了下來，被一根骸骨刺中了背部，很深……」

「那他死了沒？」林小寧蒼白著臉問道。

安風愣了一下便道：「我來的時候，還……沒……」

「你是來接我的？」林小寧聲音發顫。

「是的小姐，我接小姐去見爺最後一面，我把大白帶來了……」安風聲音黯然無比。

安雨呆怔怔地聽著。

荷花在車廂裡探出她的腦袋，傻了。

「最後一面？」林小寧喃喃說著。「傷得很重？救不了？」

安風點頭，眼中是說不出的悲痛。「那骸骨由背而入，內腑已被插入，我來時，軍醫說還能撐三到五天……」

林小寧鬆了口氣。來得及，時間夠。

然後，狠狠地咬著嘴唇。是那個，是那個壞她天命之星的人！西北方向，是夏國！她腦子裡嗡嗡地鳴叫著，全身怒火沸騰，下意識地摸向了自己的耳垂。

「望仔，這個晶石還是屬於我的嗎？」她在心中問著。

望仔吱吱亂叫著。「是我的，現在是我的了。不要再用了，空間靈氣越發少了。」

「如果我非要用呢？」林小寧捏著耳墜子笑了，心中說道。

望仔憤怒地看著林小寧。

「我非要用，你也沒法子是嗎？」林小寧心下問著，又笑。

荷花看到林小寧不出聲，只是發笑，有些害怕。小姐這是怎麼了？

而望仔，卻是眼淚汪汪地看著林小寧。

「望仔過來。」林小寧不忍，輕柔地喚出聲。

火兒要上前，望仔止住了。

林小寧溫柔地討好地哄著。「來，我的望仔，我的火兒，你們是我的寶貝。來，來我的懷裡，我好好疼疼你們。」

小姐到底是怎麼了？荷花焦急地看著安風與安雨。剛才只是發笑，現在又只顧對望仔說話。

安風與安雨此時的心情難以言說。小姐這樣莫不是傷心過度，魔怔了？

荷花慌得哭了起來，抱著林小寧泣道：「小姐、小姐，妳怎麼了？別嚇荷花。」

林小寧把荷花推開。「別添亂。」又繼續哄著。「望仔，我的好望仔，你看你的火兒，多漂亮，你喜歡你的火兒嗎？你們是多麼配的一對啊。」

完了，小姐真魔怔了！安風、安雨交換著眼神。

「望仔，你有你的火兒，我也有我的火兒，知道嗎？我曾說過的，記得嗎？」林小寧討好的聲音又響起。

望仔終於吱吱叫了幾聲，拉著火兒跳到林小寧的懷裡。

林小寧摸著牠們的腦袋，繼續道：「你們是我的寶貝。而你，望仔，你是天下最蠢的一隻狐狸，你除了吃喝玩樂加吹牛，你什麼都不會。認路？你們還不如大、小白。你就是個狡猾的小狐狸，可是我還是喜歡你，我不要你有多少本事，因為我是你的主人。」

安風和安雨心中痛楚。爺命在旦夕，小姐又瘋魔了。

「小姐……」荷花焦急無助地哭著。

「荷花，小姐是傷心過度，魔怔了。」安風嘆息道。

魔怔？荷花眼中一明，咬咬牙，一耳光甩到林小寧臉上。

林小寧被荷花這一耳光甩得人都快倒下來，荷花忙抱林小寧，大叫著：「小姐醒來！小姐醒來！」

「妳這個蠢貨！」林小寧罵道，一把將荷花推開。

安風、安雨面露驚喜。「荷花，這招管用！」

荷花喜極又泣，跪在車內咚咚地猛磕頭。「荷花以下犯上，請小姐狠狠責罰，請小姐狠狠責罰，請小姐狠狠責罰……」

「行了，一邊去。」林小寧摸著火辣辣的臉，無奈說道：「荷花，妳真是個好命的，打過圍府的兵士，打過田縣令，還打過小姐我。」

荷花咚咚咚地把頭磕得更響了。「荷花以下犯上，請小姐狠狠責罰……」

道。

「行了，荷花，妳再磕頭，我又得花精力與時間治妳，妳能省省不？」林小寧沒好氣

安風看了看天色，心中冰冷，神情黯然自語著。「不知道爺能不能撐得住……估計是來

不及了……」

林小寧鎮定自若地抱著望仔與火兒下了車廂。「安雨，你帶著荷花坐馬車去西北，我與

安風先去。」

荷花看林小寧下車，也跟著下車，跪地又磕頭泣道：「小姐，荷花對不起小姐，請小姐

狠狠責罰。」

這是堅硬土地，不像車廂裡還鋪了褥子。

林小寧壓住情緒，扶起荷花罵道：「妳行了，我要真怪妳，就不會說那些話了，妳當我

魔怔，是想叫醒我，我知道。」

「小姐。」安風再次叫著，心亂如麻。這荷花真煩，什麼時候了還講究這些？小姐也

是，還管荷花作甚，馬上走啊！

荷花驚慌不已起身，手足無措，額頭上一片紅，滿臉淚水。想著寧王死了，那小姐……

於是又忍不住哭泣。「小姐……」

安雨也不耐煩了，上前怒道：「荷花，妳想讓小姐見不到爺最後一面嗎？」

林小寧說道：「安雨，不應該這樣說荷花。」

安雨想到皇室以及郡主的作為，緘口不語了。
安風搖頭嘆息，神情黯然。什麼跟什麼啊，這都什麼時候了啊！
荷花遇到寧王將死這樣的大事，根本不知道如何是好，只覺小姐是何等的苦命，眼淚便止不住掉著。
林小寧不耐煩道：「荷花，不准哭，去車廂裡待著。」
荷花抹著眼淚上了車。
林小寧與安風坐著大、小白走了，荷花坐在車廂裡發呆，過了一會兒，又哭泣起來。
安雨嘆道：「荷花，別哭了。」
荷花仍是泣著，過一會兒才道：「小姐真是命苦。」
安雨嘆息。
「安雨，六王爺要是……那小姐真是被人白欺負了，還沒有交代……」
安雨還是嘆息。
「也許小姐能救活六王爺。小姐醫術高明，救過你，聽說小姐以前還救過六王爺一回……」
「那次我受傷，雖是一劍當胸，但好運沒傷到內腑。爺那次是小姐用舍利子救了的。」
安雨傷感地回答。
荷花無聲哭了起來。

在安風去尋林小寧不久後，寧王稍稍退了熱，但呼吸卻更加微弱，他的面上還帶著夢中的微笑。

軍醫切下參片放到寧王口中。

不久後，下起了大雨，傾盆澆下來，白茫茫一片，一些小的軍帳根本支撐不住，連著片地倒塌。

雨太大了，根本沒有停的跡象，天空越來越沈，越來越暗了，黑沈沈的像破了一個大洞，雨水如同瀑布一樣，從那空中的洞口中傾瀉下來。

寧王的帳外聚集著十幾個兵士，在艱難地處理著帳營外的積水。

銀夜來報。「將軍，前方不遠有山，這樣的大雨，山也要被澆化，泥石流會把大軍前進之路全給吞沒。而後方，恐大雨之後產生沼澤……」

尚將軍沈默著。昨天他觀天相，只看到輔星暗淡，根本不是雨天之相。

他低頭看著寧王，心中悲嘆。莫不是天在哭我大名朝？

他出帳，雨水就嘩嘩地澆打下來，打在他的戎裝之上。

「大軍即刻撤回加和城。」他命令。

小半時辰後，銀夜用帳布裹著寧王，坐著千里先行往夏國的加和城方向而去。

晚上。

蜀王看著暗淡的輔星，帝星也已無光，心中如同綻放著燦爛鮮豔的花。

老六終於要死了！終於要死了！

老六一死，夏國那膽小如鼠的國主才敢主動犯境，到時他也同時犯境，西南與西北邊境大亂，老大定是措手不及。

他要奪回他所失去的，並要得到更多！老大憑什麼一人獨坐江山這麼久，憑什麼？也應該換他來坐坐那至高無上的龍椅了！

夏國國主看著暗淡輔星與帝星，激動不已。

多少年了，夏國終於要破掉預言了，夏國終於可以在他的手上揚眉吐氣了，將來或能攻下名朝的中原，在那繁華沃土上，建立新的夏國國都，在那人群密集的城市裡，得到百官的叩拜——

名朝的宮中，太后與皇帝靜坐在花亭中。

欽天監正使看著地上的無解卦象，再次口吐鮮血，昏死過去。

太后不作聲，皇帝也不作聲。身邊隨侍的宮女太監垂首立著，大氣也不敢出。

林小寧與安風於第二天清晨到了西北，遭逢潑天大雨。

望仔與火兒躲在安風的懷裡，對著加和城方向吱吱叫著。

沒錯，這樣的雨，將軍定會撤軍回加和城。

「去加和城。」安風對大、小白道。

林小寧一身濕透，頭髮被雨打散了，貼在臉頰邊，還有些散髮一綹綹地掉在肩邊。

這樣的天氣讓安風生出難言的恐慌。「小姐。」安風大聲叫著，雨水嘩嘩的聲音蓋住了他的聲音。

林小寧聽到了安風的聲音。「望仔，這天氣是怎麼回事？」她的心中也恐慌著，問著。

望仔在安風懷裡吱叫了幾聲。雨聲再大，也不會影響林小寧與望仔在心中對話。望仔說：「有人壞了妳的天星……」

過了一會兒，望仔不情不願又道：「有人壞妳的天星，他與妳是同一顆天星，他要死啦，天星被壞，這樣的大事，天能沒有異常嗎？」

不是說有三、五天可撐嗎？這個軍醫真是個騙子！

林小寧大聲說道：「安風，我們得快點，時間不多了！」然後她才反應過來，心中忙問：「望仔，你知道他與我同一顆天星？」

「昨天晚上看出來的。只要天星不滅，他死不了的，和妳一樣。」望仔說道。

「你能不能說明白些？」林小寧被望仔說暈了。

望仔這才委屈道：「妳不是要用晶石救他嗎？妳救了他，他不就死不了了？」

林小寧又道：「望仔，你一直到現在都還在小氣。」

望仔更委屈了。「我才沒小氣呢，我要早知道他與妳同一顆天星，我哪會小氣啊？」

「你啊，你什麼都不會，只會吹牛，還說早知道。」林小寧又氣笑了。

望仔不好意思地叫了幾聲。

雨還在下著，這雨一直沒停。

寧王仍是昏迷著，此時已不再發熱，面如白紙，胸口的起伏幾乎察覺不了。

尚將軍與銀夜看著寧王，靜默著。

「等雨停。」尚將軍說道。

銀夜知道尚將軍在說什麼。等雨停，全力滅夏，將軍將會在發兵時宣佈爺重傷不治而亡，如果爺不得不死，也要死得讓夏國痛。

只是兵部與戶部還沒有完全回到皇上手中，軍需與兵力也是大問題。

爺要去了。安風說去接小姐來，爺面上笑了，卻沒有等到小姐來……怕是等不到了……那個軍醫，說是還有三到五天，根本是胡言亂語！

雨下個不停，加和城被雨水澆得淒然。

林小寧與安風入了加和城。

「天破了。」安風喃喃道。

銀夜收到信報，急急出門迎接。「爺不行了。」他說道。

雨聲太大，安風聽不清，大聲問：「什麼？銀夜？」

銀夜神情悲戚地把林小寧與安風接進屋中，門口的兵士忙把門關緊了，帶著大、小白下去了。

雨聲被關在門外，小了許多。

林小寧的耳中仍是有雨聲在轟鳴著，道：「這城都要被雨澆塌了。」

銀夜悲道：「小姐、安風，爺……不行了……」

安風並不震驚，已經預感到了，只是神情含悲。

「誰說的，帶我去。」林小寧說道。她的髮髻散落地掛著黏在背上，渾身的衣物也是緊緊貼在身上，不斷地淌著水。

銀夜與安風對視一眼，心中更悲。

走過穿堂，雨聲又大了，穿過濕漉漉的青色長廊，到了正屋前，銀夜推門進去，尚將軍正守在屋裡。

「來了？」尚將軍聲音嘶啞。他已經幾夜沒合眼了。

林小寧濕淋淋地進了屋裡，寧王正躺在床上，身上蓋著一床薄布毯子，臉色蒼白得嚇人。她嘆息一聲，順著床沿就坐了下來，抓住寧王的手。

此時，她心中一片明朗，晶石是專門用來救他的，她欠了他的，要還，特意讓她來這世還的。

屋裡空了，安風、銀夜、尚將軍不知道何時走了。

是我欠你的。林小寧說道：「望仔，來。」她拿下耳上的耳墜子。

再一次這樣做，真是一模一樣。

望仔討好上前，兩下就把包著晶石的銀絲咬開，如雨滴一般的晶石躺在林小寧的手心，屋裡暗沈沈的，這雨滴卻散著神秘的光彩。

「去拿一柄調羹來。」林小寧吩咐道。

望仔跳出去了，不一會兒，安風進來，手中拿著一柄小銀調羹。

安風看著林小寧手中的晶石，瞪大了眼睛。

「來，幫著餵下去。」林小寧說道。

安風激動得眼睛都紅了。「小姐……這是……舍利子？」

他激動得說不出完整的話來。

林小寧輕聲道：「當初得舍利子時，是得了兩顆，原來是注定要用在他身上的。」

安風疾步上前，用手中的調羹將寧王的嘴撬開，林小寧手一倒，晶石就滾落到了寧王的口中。

安風激動難耐。「小姐，爺真的能救回來？」

林小寧點頭。「是的，如上次在西南一樣。」

「小姐……」安風語無倫次，看到耳桌上的耳墜子，再看看林小寧耳上少了一只的耳墜子，問道：「小姐，耳墜子就是舍利子？」

林小寧點頭。

怪不得上回救過爺之後，小姐就少了一只耳墜子，後來在京城，去了周記重配了一只墜子，現在另一只也用了，小姐就是爺的福星！

安風目光灼灼地看著躺在床上的寧王，好像下一秒，寧王就會醒過來一樣。

「你忘了，不會那麼快的，去找包紮傷口的棉紗布來，還有乾淨帕子，我要把骸骨拔出來。」林小寧說完就覺得累，昨天坐大白趕路，一夜沒合眼，入了西北境後，又是大雨，讓她十分不適。

安風道：「小姐，我再去給您找幾件乾淨的衣裳來，不要著涼了。」

「先找棉紗布與帕子來吧。」林小寧說道。

安風很快找來棉紗、帕子。

她從空間拿出剪子，將寧王身上的衣裳全部剪開，丟在地上，背部的那根骸骨猙獰插在那兒，傷口邊上是藥粉，黑黑的一片。

林小寧閉上眼，一手抓住骸骨，一手用帕子按住傷口，如同在西南那次一樣，拔了出來。

又讓望仔倒出一盅空間水，不斷沖洗著傷口，空間水化開了傷口的血，滿床都是。望仔一反之前的不情不願，殷勤地忙活著，主動拿出三七，咬成粉吐在寧王的背上。

「多吐些口水，好望仔，乖。」林小寧輕聲說道。此時她身體發軟，睏極了。她為什麼這麼睏？

她趴在寧王身邊躺下，吃力地說：「你家人對我不好，不喜歡我，你如果醒了，再對我不好，我就親手殺了你，不讓任何人知道……」她小聲罵著，只覺睏得有些口齒不清了。

安風送完棉紗布後，直奔尚將軍與銀夜的屋裡。

「小姐還有一顆舍利子！爺有救！」他激動吼道。

尚將軍與銀夜不敢相信自己的耳朵。「你說什麼？」

安風道：「快，給小姐找身乾淨衣裳，我再去接荷花，小姐身邊沒有人伺候！」

尚將軍與銀夜拉著安風道：「安風，你說清楚。」

安風笑道：「爺能活過來，小姐說的，她得了兩顆舍利子，現在還有一顆。我看著小姐餵下去的，餵到了爺的嘴裡，那舍利子一下子就滾進去了，不用爺嚥，就滾到爺的肚子裡去了……」

尚將軍立刻往屋裡衝。

安風一把拉住。「將軍，讓小姐陪著爺，小姐的衣裳全濕透了……」

尚將軍頓住腳。「安風，你親眼看到六王爺救過來了？」

「不會那麼快。當初在西南時，爺是昏睡三天才醒的，不過當天脈搏就強了。」

銀夜激動得臉都扭曲了。「我去接荷花，將軍、安風，你們守在這兒！」

「是的，六王爺真的救過來了。」尚將軍突然神情古怪地看著屋外的雨。

雨不知何時已小了。

銀夜與安風也跟著看向屋外。

很快，沒過幾刻，雨越來越小，漸漸停了，天地間一片清亮。

尚將軍喜極而泣。「沒錯，六王爺真的救過來了！」

「快，衣服，找衣服，去接荷花，快去！」尚將軍歡喜大吼著。

安風找來一個女婢，讓她送進去一套乾淨衣裳。

林小寧這時已包紮好寧王的傷口，倒在寧王懷裡睡下了，被敲門聲吵醒，很是不悅。

「睡了，衣裳放桌上……」她含糊說道：「不要吵我，讓我睡個夠，不然打斷你的腿……」

女婢倉皇退出屋，膽怯地看著屋外的安風，安風揮揮手，女婢忙下去了。

林小寧脫掉濕透的衣裳，換上乾淨裡衣，小聲喚著：「望仔，帶我們入空間睡一覺，要是來人，就把我們放出來。」

安風派了兵士守在門口。「誰也不准打擾。」說完，便去了尚將軍房間。

荷花被接到加和城時，又過去了一天。

幾個心急如焚的人都不敢入屋，荷花來了後才忙擁上去。荷花從銀夜口中已經知道一切，一路上眼淚都要流乾了。這樣的情意，感天動地，千年也不過一樁……

「小姐，可醒了？」荷花的聲音細聲細氣地在屋外響起。

望仔聽到敲門聲，便把林小寧與寧王放到床上，床上是濕淋淋的，林小寧仍是昏昏的。

荷花小心推門入屋，輕輕走到床前探了探林小寧的額頭，沒有發熱，呼吸均勻平和，這是累著了。

她又探了探寧王的脈搏有沒起來，這一探，竟是全身如火一般灼手。

「小姐無事，只是六王爺在發熱。」荷花出屋說道。

發熱！幾個男人眼睛發亮了，六王爺之前已不會發熱了，只等著……嚥氣了。發熱在之前是多麼讓人膽懼的事，可現在聽到這兩個字，卻讓他們激動得發抖。

尚將軍嘶啞著聲音吩咐。「叫個女婢來收拾一間乾淨屋子。荷花，妳把小姐抱到那乾淨屋裡去，再叫軍醫來給六王爺診脈。」

「小姐還在睡著，不能吵擾。望仔呢？望仔去了哪裡？」荷花問道。

「六王爺發熱叫望仔做什麼？望仔又是哪個？」尚將軍氣道。

安雨一悟。對，望仔的口水！

安風也明白過來，爺發熱是因為傷，小姐給爺治了傷，還要了棉紗包紮傷口，只是沒有開方煎藥。前次西南時，一直有餵藥，這次小姐可累壞了，望仔在哪裡？

望仔與火兒在空間裡歡快地打理著，沒人知道牠們去了哪裡，在眾人眼中，這兩隻傢伙永遠都是神龍見首不見尾的。

尚將軍只覺得腦子要炸了。「快去安排乾淨屋子，把林小姐抱走才好為六王爺診治。」

「小姐在睡，小姐累了，不能打擾！」荷花不知道哪來的勇氣說道。

尚將軍臉色一變，怒容顯現。安雨上前說道：「尚將軍，小姐在睡時，不便打擾。」

尚將軍全身發抖。「安雨，你……你……」

「將軍，如果睡著的是爺，傷的是小姐，您會打擾嗎？」安雨說道。

安風想到跟著林小寧之後，林小寧做的種種事情，也上前說道：「將軍，找望仔吧，望仔比軍醫有效果。」

「糊塗！如果不及時退熱，六王爺會燒壞腦子！」尚將軍怒道。

荷花紅腫的眼睛又滴落淚水。「六王爺若是睡著，你們絕不會上前打擾，可我家小姐睡了，就要打擾小姐，這是憑什麼……小姐命苦哇，小姐……」荷花只覺得說不出的難過，嗚嗚又哭了起來

「命苦、命苦，哪來的命苦？」尚將軍更怒了。

尚將軍面怒，荷花便哭得更凶了。

安雨一想到皇室作為，心中也難過，又道：「將軍，不管如何，在小姐醒來之前，不能打擾小姐。小姐能救活六王爺，自然能治好他的傷。有我在，誰也不能入屋半步。」

尚將軍只覺得這些人都瘋了，安雨和這個哭泣不已的小婢，簡直是瘋了！

「啪——」屋裡傳出摔東西的聲音，林小寧含糊的怒聲傳出來。「要吵一邊吵去，別妨礙我睡覺！」

尚將軍驚呆了。這、這、這林小姐——

「荷花進來，關門睡覺！」林小寧的聲音又傳來。

「小姐，來了。」荷花急匆匆地入了屋，門便被關死了。

安雨如同門神一樣守在門側。

尚將軍不可思議地看著緊閉的門，但是他沒上前。他想到安雨的話，林小姐能救活六王爺，自然有辦法治好他的傷。他等著，等過一個時辰，六王爺還沒退熱就一定要找軍醫。

林小寧只聽得外面安靜了，便又昏昏睡去。

荷花靜靜坐在椅子上守著，每隔一刻鐘便探摸寧王的溫度，然後體貼地報給守在門外的安雨。

半個時辰後，寧王退了熱。

安雨讓人報給了尚將軍，尚將軍神情恍惚，道：「那林小姐治發熱這麼快？當真是神，安雨說得不錯，她能救活六王爺自然就能治得了六王爺。老夫……老夫也得睡睡了。」話畢就趴到床上，呼呼大睡過去。

林小寧餓醒時，已是下午。

荷花看到林小寧睜眼，忙倒了一盅溫著的茶上前，道：「小姐醒了，喝口茶潤下喉嚨。

小姐餓不餓？我讓人煮了肉粥，喝一碗可好？」

林小寧接過茶盅一飲而盡。「還要，荷花。」

荷花忙又倒了一盅，林小寧連喝了三盅才感覺舒坦。「我睡多久了？」

荷花細聲道：「我來時聽說小姐睡了一天，我來後，小姐又睡了半個白天，現在是下午了。」

昨天是睡在空間裡的，空間的時間多漫長，他卻仍然沒有醒。

「真久。」林小寧自語道。

荷花點頭。「小姐是累壞了。以前在曲家時，看到做苦力累著的人，睡三天都是有的。小姐，六王爺的熱退了，現在要不要用藥？」

「要的，現在估計能灌下藥了。荷花，去給他拿身衣衫來，再換一下鋪蓋，全濕了。」

「是的，小姐。」荷花應聲出去。

林小寧待荷花出屋後，讓望仔拿出一段參，又注了一盅空間水，開門道：「去，熬一碗獨參湯，用這水熬。軍醫醫術如何？如果能比得上嫣嫣，就讓他來會診。」

安風此時也在門外，一聽便眼亮。「小姐，與上回在西南時一樣？」

林小寧笑著點頭。她恢復了精力，也恢復了笑容。

第七十一章

加和城被幾日的雨水沖刷得乾乾淨淨，那場雨讓熱烈的溫度變得清涼，雨停後的太陽柔和地曬了兩日，雖是暑天，空氣中卻含著未乾透的隱隱水氣，十分舒爽。

林小寧吃著荷花送來的肉糜粥，兩大碗下肚，才感覺好多了。

安風給沈睡不醒的寧王換上了乾淨衣裳，荷花則換上新的乾爽鋪蓋，並且開了窗透氣，屋裡濃重的血腥之氣與寧王身上散出的死氣一掃而空。

寧王的面色不再是嚇人的死灰，兩頰有了血氣，嘴唇也有了紅潤，只是有些乾裂。林小寧拿著銀調羹，沾著盅裡的空間水給他潤唇。

軍醫來時，看到寧王氣色驚訝得說不出話來。

沒見識。安風暗笑。

軍醫小心坐在床下的矮凳上，荷花放好脈枕，軍醫伸手探脈，竟是像被蠍子扎了一般收手回來。

此時，寧王的身體溫熱軟和，心臟有力跳動著，一碗獨參湯灌了下去，脈象更有起色。

軍醫哆嗦著手，半天才含著熱淚道：「舍利子……真的有這般神奇的舍利子，活死人、肉白骨！」

然後又哆嗦著再次探脈，良久後才到桌前開方，開方時又想了許久，遲遲不敢落筆。看了看林小寧，吞吞吐吐地開口。「林……林小姐，您看……」

「大夫，這是我開的方子。」林小寧大方笑著，把桌上的另一張方子拿過來。「您可看看有無需要加減之處？」

軍醫彷彿鬆了一口氣，雙手接過方子仔細斟酌半天，卻是不敢有絲毫增減。林小寧嘆氣，這軍醫醫術肯定比她強，卻是膽太小了，不敢增減就不增減吧，這方子大方向沒錯，就這方子了。

軍醫帶著林小寧的方子去配藥、煎藥去了。

藥煎好送來時，已是傍晚時分，加和城的後勤部炊煙升起，飯菜的香味在城中久久飄揚著，引人垂涎。

白玉一般的白米飯，以及乾菜泡過後煮成的菜湯，這是後勤部正在做的晚飯。每一隊兵都有自己的後勤兵，每五日去領一次糧菜，自己架鍋煮飯煮菜。

這些乾菜與白米是小胡大人與周大人徵來的軍糧，全是白生生的大米與散著香味的菜乾，再也不是些陳舊的米麵，氣味刺鼻難聞。光是伙食的改善，就讓傷兵們的傷勢恢復良好。

林小寧坐在床上給寧王一勺勺地餵著放溫的藥，餵得興起，又用嘴渡，一碗藥餵光了，林小寧才笑著說：「先是我欠你，要還，但現在是你欠我的了，索性欠得多些，你也要還的。」

說完，又用一小塊棉紗布沾著淡鹽水給他清理了一下口腔，又笑道：「你看，你就像小寶寶一樣，現在都得由著我折騰了。」又叫荷花打來一盆溫水，把寧王的臉也清洗了一回，並且把雙手與雙腳都擦了擦，然後幫他活動手指關節與腳趾關節。

待累得出了一身汗，林小寧讓望仔帶她去了空間洗了個痛快的澡，把頭髮也狠狠洗了個清爽，用了乾帕子把頭髮擦得半乾，梳理順後，換上荷花帶來的乾淨衣裳，又吃了一碗飯、一碗肉粥，加一碗乾菜湯，最後舒服地打了個飽嗝。

荷花笑道：「小姐，少吃些，都打嗝了。」

林小寧笑道：「是，千金小姐是不能吃太飽，不能打飽嗝的，可不吃飽，人生哪來的樂趣，打飽嗝是一件多麼快樂的事情啊。」

荷花笑個不停。「小姐，妳的想法真怪。」

林小寧笑著對靜躺在床上的寧王道：「你說，我的想法真的很怪嗎？你會嫌我吃得太飽打飽嗝嗎？」

荷花笑著說：「六王爺肯定不會嫌小姐的，六王爺心疼著小姐呢。」

林小寧笑笑不語。

荷花抿嘴而笑。

林小寧吃飽了，又回到床上，看著寧王笑道：「你會嫌我打飽嗝嗎？估計你就是不嫌也會笑吧。」然後也吃吃地低笑起來。

寧王靜靜的，沒有表情，如同睡著了一般。

林小寧嘆氣，坐到床沿又道：「望仔說，西北有人在壞我們的天命之星，你才因此失了性命。唉，我欠你的我認了，可你家人這樣對我，我心裡難過。青青郡主仗勢欺負我，我能怎麼辦？我要是一個人，我就甩她一耳光，回頭我到山上去住著，滿世逍遙，誰也找不著我，讓她被我白打。可我不能棄家人不顧，只好嚥下這口氣，但我心裡堵得慌。還有太后、皇帝，他們在你走後，那樣羞辱於我……其實他們要真不喜歡我，也不必那天對我那麼溫和笑顏，直接說就好了，為什麼你在時與你走時，他們便是兩張面孔，真讓人寒心。

「或許在他們眼中，我配不上你。這真是一件可笑的事情，誰與誰配得上？我不禮佛也知道眾生平等，身分自是不能選擇，可活著的一生，內容卻可以選擇。名朝的開國皇帝，若是沒有那樣的勇氣魄力，選擇了那樣驚險與精彩的一生，豈能從草莽坐上龍椅？而前宋高貴的皇帝，從至高無上到亡國之君，豈是他身分與血統能顛覆或力挽狂瀾的……

「我來的路上作夢，夢到你說我到了八十歲也仍是你獨一無二的玫瑰花，可是夢都是反的……」

林小寧自顧自地說著，寧王聽得到或者聽不到都不計較，她堵了這麼久的情緒，不說出來不如讓她去死。

寧王靜靜躺著，眼角邊沁出一點濕潤，順著臉頰滑落下來。

林小寧看到這滴眼淚，呆住了，老半天才伸手去擦乾淨。寧王臉上的皮膚溫熱，那滴眼淚卻是涼了。她心中一酸，淚水也止不住地掉了下來，抽泣著說道：「你哭什麼？我才難過呢，我才是應該難過的那個……」

尚將軍仍在呼呼睡著，安風與安雨還有銀夜吃完了飯，找到荷花問了問寧王的情況，荷花一一仔細作答，卻不提讓他們進屋的話。

銀夜半天才開口問道：「荷花，能不能讓我們進屋看看？」

荷花看了他們一眼，只回了一句。「小姐在屋裡。」便把話堵了回去。

銀夜看著荷花的背影，氣惱道：「這個荷花，真是用鼻孔看人。」

安風不懷好意地朝銀夜大笑。

安雨卻道：「小姐再次救爺一命，可報宮中？」

銀夜道：「報了，爺退熱後就報了，讓如風去的。」

安雨道：「信是由哪個寫的？爺的性命何等之貴，救命之恩豈是小事。」

銀夜與安風奇道：「爺命中之劫再為小姐所破，何等喜事，怎麼會是小事？自是由專司文書之人所書，一一詳盡寫清。」

安雨輕哼了一聲，沒再言語。

加和城這兩日天氣實在是好，酷暑消失，兩日的太陽已把最後一點積水也曬乾曬透了，晚上清涼夜風拂過人身上，絲絲舒爽。

天上一輪彎月，朦朦朧朧的銀輝罩著加和城，月亮周圍的星星閃閃亮亮。

銀夜、安風和安雨神情扭曲地仰望天空。

帝星與輔星熠熠生輝，亮得驚人。

「尚將軍、尚將軍，快起來！」銀夜衝到尚將軍住所，推醒了尚將軍。

「銀夜小子你大膽，竟不讓老夫睡個好覺，那脾氣大得很的林小姐睡那麼久，你們不去擾，卻有膽擾老夫睡覺，治你大罪！」尚將軍艱難地睜著惺忪睡眼罵著。

「尚將軍，您出屋看星！」銀夜兩眼如同星星一樣亮得驚人。

尚將軍突然意識到什麼，衝出屋外，怔了怔後，仰天大笑。

「快，拿大盆飯來，老夫我餓壞了！」

「要酒嗎?尚將軍。」銀夜笑問。

「要、要、要，讓安雨來陪我痛快喝一場，你與安風不能喝。還有，讓哨兵警醒著點，這個節骨眼上，可別出什麼差錯。」

「是！尚將軍。」銀夜笑著高聲回答。

王丞相滿面春風，如神附身，壓著牡丹在床上折騰許久，才大睡了過去。

他醒來後，身側的牡丹羞笑著。「大人今日真是勇猛。」

王丞相深不可測地笑笑。

牡丹笑吟吟、嬌滴滴道：「牡丹給大人端湯來喝，大人不必起身，在床上候著，牡丹今天好好服侍大人。」

王丞相滿足地含笑點頭。

牡丹端著湯盅入了屋內，親手餵了王丞相喝下去，又嬌道：「大人，牡丹有一事相求……」

「且說。」王丞相瞇眼笑著。

「牡丹想接家人來京，求大人給置個宅子。」

王丞相沈吟一會兒，道：「這樣吧，妳帶些現銀與銀票，這幾日就送妳回去老家，在老家置吧。」

「大人……可是牡丹說錯話了？大人不要趕牡丹走啊……」牡丹慌張說道。

「妳沒錯，我允妳送銀票去妳老家，我會派人護著妳。」

「大人……牡丹捨不得離開大人。」牡丹小心試探著。

「妳想多了，且放心去吧，到時，我會接妳回來的。」王丞相掃了一眼牡丹。真要接她回來？

「是，大人，牡丹謝過大人！」牡丹歡喜媚笑著。

「大人、大人！」屋外傳來聲音，非常焦急。

「何事？」王丞相怒喝。

王丞相最討厭屬下在此時打擾他了，到了他這年紀，床笫之歡，就是活生生的生命象徵，越是歡暢，卻是證明他的年輕，哪像龍椅上那病貨，得靠寶藥吊著性命，還有那鎮國老兒，為了讓人信他身體大好，竟做出納妾這等荒謬之事……

他心中十分歡暢，牡丹的確是個尤物，風情萬種、萬種風情，真是令人骨酥……

「大人，不好了——」屋外的聲音變調了。

王丞相看著星空，一口腥血堵在喉間，堵住了他的呼吸，讓他幾欲暈死過去。

這……到底是怎麼回事，明明前幾日輔星便是將滅的情景……

憑什麼?!憑什麼又亮了起來，還更甚從前，這弄不死的六王爺，到底有幾條命？到底有幾條命！

王丞相將喉間的血嚥了下去，走向書房。「去，去通知，一個時辰內，府中密議。」

夏國國主殺掉了新任大巫師的座下大弟子。

新任大巫師曾是幾日前身祭而逝大巫師的大弟子。

當天火祭後，他便繼任新的大巫師，座下弟子幾日前還是他的師兄弟。

這是夏國最悲慘的一任大巫師了，接任不過幾日，便卜出兩年內夏亡。

座下大弟子在上報時，被夏國國主所殺。

新任大巫師跪在火燒後的祭臺前，以一種詭異的姿勢仰望著星空。東邊的兩顆星星，亮得他不住閉上了眼。他似哭非哭，似笑非笑道：「師父您以肉身為引，用名朝寧王同宗血脈而祭，只求破掉寧王的命格，毀掉名朝的帝星輔星，這是逆天而為啊！師父……

「記得兩年前，師父您曾吐過一口血在乩象上，當時就說，名朝的寧王沒死，不僅沒死，而活相更甚從前。師父，這是注定了的啊，師祖說的天下安寧，寧安天下，哪個能破？那是臨終前的預言，是觸到了天機之言，哪個能破？夏國得不到名朝，坐不了龍椅本就是命數，您又何苦……夏國將亡，您以身獻祭也破不了夏國必亡的結果！」

他說完後就大張著嘴，瞪開了雙眼，呆呆看著那對星子，直到他的弟子上前來報。「大巫師……大師兄他、他被國主殺了！」

國主怎麼能殺大巫師弟子！

他緩緩恢復身體的姿勢，說道：「夏國自第一代起，就是國主與大巫師共同治國，大巫師與座下弟子身分何等尊貴，他竟然說殺就殺了！」

弟子道：「國主他、他好像有些癲狂。」

他冷笑。「喚上所有人，收拾細軟。」

「大巫師……」弟子驚訝道。

「留在這，即便國主不殺，也將會有名朝之兵來殺。在這裡，我們終將是亡國之奴，性命不保。走，我們尋一處不為人知處，自自在在去享受那裡的美酒與美食。」

弟子驚喜道：「大巫師，您說的可是真的？」

他點頭。「我們往蜀國境內而去，到了蜀國，再南下渡船而行。師祖手札記載過，那邊有好幾個小國，其中有一個叫泰王國的地方，地方不大，人口卻不少，繁華富庶，且十分盛行天象之術與巫術。我們去哪兒，多帶些金銀與糧草，這一路幾萬里，不知道要行多久。如今蜀王也未必能善待我們，因此路上要喬裝改扮，避開人群。」

弟子試探地問道：「大巫師，您剛才可是受到了師祖在天提點？」

「下去辦就是。」

「是，大巫師。」弟子垂首而退。

七月初八，大巫師與其座下的弟子們都不見了。夏國國主得知氣得肝膽俱裂，癲狂更甚，大吼道：「追回來，綁回來！我要殺了他，燒了他！」

蜀王呆呆地坐在殿中的臺階上。

老五的命沒了，卻也要不了老六的命。老三還沒回來，名朝的帝星與輔星就恢復了明亮。

老六為何死不了？老六不死，夏國不敢出兵，他只占著西南一隅，又有洶湧的怒河阻隔，難道真的只能望著河對岸的土地山嶺而嘆息？

老五對他是忠心的，當初起事時，老三、老五二話不說就應了，他們雖不是一個母妃所出，卻也是兄弟。老三、老五從小就愛跟著他，視他為真正的兄長。他小的時候帶著他們玩耍，長大後帶著他們起事，老三、老五一直是他的左膀右臂。

他壯士斷腕地捨了老五，就為了奪老六的性命。夏國怕老六，是因為預言，他懼老六是因為老大與老六是嫡親兄弟，只要老六帶兵，就絕對是精兵與壯馬，糧草與藥材絕不會斷。這種仗打下去，就是拚人命，他蜀國又豈能拚得過大名朝？

老六若死，夏國出兵，他在西南同時出兵，京內的王丞相又派兵逼宮，老大縱是幾百萬大軍也會因事出緊急，調動不全，顧了北就顧不上南，這本是穩操勝券之事，可如今……

夏國大巫師空有其名！出的什麼主意？蜀國為成就大事，送上了老五血祭，卻依然成不了事！這幫子廢物！

夏國真是個膽小鬼加廢物，成天就靠著大巫師來指點國政，哪裡像一國之君，與西南深山裡的小部落裡的村落一樣，裝神弄鬼、不行正事、一肚子蟲蟲，豈如名朝宗室血脈那般高貴?!江山是打下來的！當初名朝的開國聖祖皇帝，就是打下來的江山！

蜀王嘆息。

早知如此，也不必搭上老五的性命。他們流著名朝宗室的血，就應當打，而不是瞻前顧後，不敢發兵。什麼智取？什麼謀算？統統都是放屁！

可是，打？他豈能是名朝的對手，他打不過名朝啊！

自兩年前那一計失策後，老六與鎮國將軍又收回那麼多城池，已把他們逼到怒河以西了。

老六為何總也死不了？老六就是他的剋星啊！

蜀王眼睛泛著瘋狂的光芒，深吸一口氣，道：「增加怒河的哨崗，靜觀。」

一句話畢，他五內俱焚。如今只能這麼辦，只能守著靜觀。

又悲傷暗忖：聖祖啊聖祖，您在天佑的是老大與老六對吧？是注定了的，老大就是皇后所出，是要做一輩子的皇帝。聖祖您雖是馬上得的天下，得到後卻在嫡長之事上不留半分情面。

蜀王哈哈笑了起來。

聖祖皇帝，此舉是掩耳盜鈴，欲蓋彌彰，您就是個匪！您搶了人家的天下，卻又沽名釣譽，非立嫡長子不可繼位。

老大，縱是曾經的兄弟又如何？從小你就與我們不同，九五之尊只有一個，是你，天星守護的有兩個，又是你與老六這兩個皇后所出的兒子，這是命數！

聖祖皇帝，您莫不是看到了？名朝真如夏國預言所說，真的能一統天下？在老大手中……

蜀王哭笑不停。

京城皇宮，太后與皇帝昂首看著帝星輔星，歡喜飲泣著。

欽天監正使歪歪躺在軟輦上，奄奄一息地看著天象。

副使在軟輦邊上，一同觀著天象，良久才道：「皇上、太后娘娘，輔星陰陽一體，名朝百年昌盛繁榮，天下將一統，聖祖皇帝的心願必成。」

這便是軒兒無事了？挺過這一死劫了？太后率先泣了起來。

欽天監使喘著氣，又道：「副使你按我所言來卜卦，我來解……」

眾人屏息看著副使動作。

卦象顯現，副使沒有吐血昏迷。

「扶我起……起來……」欽天監正使喘著粗氣。

軟輦邊的隨從小心把他扶抱而起。

他看著卦象，淚流滿面。「皇上，太后娘娘，是王妃，是王妃擋了劫……」

話畢又暈了過去。

「快，太醫……」皇帝道。

隨在一邊的太醫忙上前施針。

太后淚水仍未乾，喃喃自語。「真是她？真是她擋了軒兒的死劫？」

「范愛卿，朕定會保你性命。」皇帝正色說道。「去，將林小姐送來的參取一截來，送給范愛卿。」

「拿到參後現煎一碗參湯來，待范大人醒來後服下。」太后又道。

施過針後，欽天監正使悠悠醒轉。「范大人、范大人……」太醫喚道。
欽天監正使呆呆怔怔地躺著，眼珠子緩緩動了動。
「如何，范愛卿可無恙？」皇帝問道。
太醫回答。「回皇上，太后娘娘，范大人現下怕是不能出言，微臣開方服下後，再靜養數日才行。」
「參湯送來，餵范大人服下，再送范大人回府，你隨同一起回府，定要治好范大人。」皇帝說道。
「臣遵旨。」太醫回道。
而躺在輦上的欽天監正使卻艱難地搖了搖頭。
「范愛卿……」皇帝問道。
太醫俯下耳聽著。「皇上，范大人要服過參湯後再言。」
太后眼神灼灼地看著不能言語的范大人。
眾人便這樣靜靜候著。
參湯送了上來，另還有一個錦盒，裡面便是放著一截參。
太醫小心地將參湯餵了下去。
一刻鐘後，欽天監正使便眼神清亮，聲音也有了。「皇上，太后娘娘，之前臣下所算不錯，六王爺遇劫難逃，而王妃則會為六王爺擋劫，讓六王爺逢凶化吉，遇難呈祥。臣下一直卡在王妃的卦象之上不得其解，皆因王妃之卦是無解之卦，臣下才猜測王妃擋劫而歿……

「但如今才明，無解不是死卦，是天機啊。這等奇異天象，臣下一介凡人，卻妄想算出……皇上、太后娘娘，王妃與六王爺都安好，天星自成陰陽，比之前更為奪目。」

欽天監正使一陣喘，半天才平息下來，虛弱道：「王妃是不是都會為六王爺擋劫，便是六王爺退婚也不能改變……這才是命數，是六王爺與王妃的命數……」說完便又大喘起來。

「范愛卿累了，不必再言。」皇帝說道。「范愛卿回府靜養一陣，必定會身體康健如故。」

軟輦抬起，一行人走了。

太后眼睛還有些腫，看著星空。「騰兒。」

「母后，兒在。」

「軒兒沒事了是嗎？是真的對嗎？騰兒。」

「是的母后。」皇帝也抬眼看星。「子軒沒事了，大劫已過了，其實子軒出征前就說過，讓我信他，他一定會平安歸來，到時還要讓我為他與王妃主持大婚。」

他的六弟啊……他一想起寧王出征前的話，就唏噓不已。

「騰兒……」太后娘娘眼淚再次掉落下來，泣不成聲。

星空中月兒彎彎，宮外有狼吼，禁衛軍首領再是熟悉不過這樣的狼吼，是銀狼，必是送邊境的軍報。

如風被迎了進宮，軍報被送到了皇帝貼身太監手中。太監看到信封上的「急」字，心怦怦地跳著。

此時是丑時初，已是七月初七，皇帝與太后正在明堂拜祭聖祖皇帝。

皇帝與太后恭敬虔誠叩拜，貼身太監立在明堂外守候著。

皇帝與太后拜祭完後出來堂外，見他雙手捧著信筒，垂首屈身道：「皇上，西北送來了加急軍報。」

「軒兒……」太后直覺地叫道。

「母后莫急，子軒已安好無事。」皇帝接過信報，隨侍之人打高燈籠。

皇帝看完書信，神情怪異。「母后請看……」

太后看完後沈默片刻，輕聲說：「原來是有兩顆舍利子，她不必以身擋劫，那她為何急著要退婚……」

「母后，現在還想這些做什麼？林小姐……不，王妃若是真的怕死，也不會獻出第二顆舍利子。王妃救了子軒兩次，對子軒情深意重。怪不得算不出，王妃擋劫不是以身而擋，是以舍利子相救。早在西南時，王妃就是以舍利子相救，誰也沒想到王妃手中還有第二顆舍利子。」

太后深思良久。「騰兒，賜安樂侯府邸一處，如何？」

「母后此意與兒不謀而合。母后，老二以前在京的府邸如何？那宅子大，位置也好，裡面房屋與花園處處精緻。以前九皇叔還想討要這所府邸給他新妃的娘家呢，我沒鬆口。」

「荒唐！老九最是荒唐，一個閒散王爺，就知道花天酒地亂花銀子，就數他能花銀子。這腦子裡裝的是些什麼想法？沒得讓人笑話！那逆子老二以前到底是王爺，府中規制豈是老九那個繼室娘家能享用得了的？現在正好賜出去，省得宗室那幫子人成天叨唸惦記著。」

皇帝笑了。「母后，您現在不覺得林家小姐配不上子軒了？」

太后感慨嘆道：「我曾發過願，若是她能擋軒兒大劫，便保林家三代富貴平安。若是她擋劫後還活著，則保她之後三代富貴平安，哪怕她癲狂無狀，正妃之位也絕不會落入旁人手中。」

寧王彷彿作了無數個夢，長長的夢，但他知道那不是夢。

他醒來時，背上的傷口劇烈地痛著。他緩緩動了動身體，好容易才支撐坐起來。待看到林小寧在他身側睡得正酣暢，屋裡還有為了趕蚊蟲薰艾的氣味。這一切那麼讓他感動，他的眼睛微微濕潤。

他死過兩回，都是她救了他。

第一回，是因為銀影中蠱，他在驚愕中被刺，甚至還沒有品嚐到死的滋味，便失去了意識。

這一次，他是知道的，他知道自己將要死了。等死的滋味，不甘、不捨、遺憾、傷感，諸多的情緒他一一品嚐。他在戰場上殺敵無數，卻從來沒有真正瞭解過生命的珍貴與難得，那些說不出來的感動，如鼻端薰艾的氣味，如他手掌的溫度，還有身側心愛的女人淺淺的呼吸……

屋外靜靜的，伴著些許蟲鳴聲。他的眼淚滑落下來。

他與她都沒死，她沒事！

他想起林小寧說的話：「你哭什麼？我才難過，我才是應當難過的那個。」

他哭什麼？

因為他活了，她也活著。這多好！他笑著用手掌抹淨眼淚。

他聽著林小寧的呼吸。是她救了他，她說他的家人對她不好，她是誤會了。原以為他必會身死，她誤會並自求退婚，對她最好。他也沒有回她大哥的信。那時她多傷心，卻連隻言片語也沒收到。

他輕輕摸了摸林小寧的臉頰。「丫頭，有個夢裡，我老得都怕冷了，妳還那麼年輕，不要嫌我。我欠妳的，能在這一世還是我的福，以後，沒人會讓妳難過。」

他又想起她說青青欺負她，她要是一個人就甩青青一耳光。他一時心酸，卻又忍不住笑了，輕聲說道：「妳想打青青？我給妳的醫仙封號升個一品階，妳想打就打好了。」

「嗯。」林小寧迷迷糊糊地應了一聲。

「我的丫頭。」他忍不住喚著。他們都活著，真好。

「嗯。」林小寧含糊應道，並沒醒來。

過了一會兒，她突地睜開眼睛看向寧王。

寧王的眼睛在黑夜中閃閃發亮。

「啊！」林小寧小聲尖叫了一下。「你醒了？你渴不渴？我給你倒水……」她一邊說，一邊下床點蠟燭，外面的月色再亮，屋裡的窗櫺與簾子也足夠擋去了。

燈亮了，林小寧的笑顏像燭光一樣搖晃，滿屋都是，滿眼都是。

寧王激動地看著她。「妳過來。」

「我給你倒水，馬上就來，別急。」

「我不渴，我想抱著妳。」寧王神情複雜。

林小寧眼睛發酸，回到床沿。寧王伸手抱著她，小心翼翼，生怕一動她就消失了一般。

林小寧低低泣了起來，身體抽動著不能克制。

寧王靜靜抱著她，直到懷中的身體不再起伏，一切都平靜下來。

「我欠妳的。」寧王開口。

林小寧伸手取過枕邊的帕子，把臉擦淨，才鼻音濃重地說道：「知道就好。」

「妳是我的福星。」

「知道就好！」林小寧的鼻音中加了嗔怪。

寧王忍不住微笑，又抱緊她。「我記性很好。」

「你的命是我的。」林小寧沒好氣地說道。

「嗯，是妳的。妳不嫌我就是我的福。」寧王再一次笑了。

林小寧沒接話。

「回京後我們就大婚，內務府應是備得差不多了。」

林小寧起身，倒水，遞了過去。「先喝水吧。」

水是望仔晚間備下的空間水，寧王喝了一盅，只覺傷口痛楚減輕，笑道：「原來是真渴了，再來一盅。」

林小寧又倒了一盅，寧王喝了下去，才道：「竟是許久沒喝過這麼好的水了，是桃村的水的味道。」

「是加了望仔的口水，味道好，對你的傷也好。」林小寧賭氣說道，也覺得口乾，便倒滿手中的茶盅，喝了下去。「嗯，望仔的口水真甜。」

寧王哈哈大笑起來。

林小寧也跟著笑了。這一刻，真是不願去想那些不快的事情，就他們兩人在屋裡，這樣放聲笑著。

笑過後的兩人，臉色在燭燈下很是豔麗。

寧王目光有些灼熱。「丫頭，妳是怎麼救我的？」

林小寧笑道：「我還有一顆舍利子。」

原來如此，怪不得！

寧王恍然大悟，卻是笑道：「丫頭，我不會笑妳打飽嗝的。」

林小寧低聲笑了。「你那會兒都能聽見？」

「嗯，能聽見。」寧王心中翻湧著無限深情。「有件事我得告訴妳，就是園府與退婚一事，當時妳大哥寫過信來問我，其實園府與退婚一事，不是你們想的那樣。」

林小寧一聽就收了笑容，譏諷道：「我們想的是怎樣的？你又知道你家人是怎樣對我？」

「園府與退婚是我提出來的，與我家人無關。」

林小寧這才疑惑看著寧王。「為什麼？」

「欽天監算出我有死劫，在百日內。我不甘心，我想死也要死在滅夏的戰場上，所以我急著出征。我讓皇兄幫著退婚，園府卻是真的為了護妳周全。園府之兵雖不頂用，卻是還有暗衛的。」

竟是如此？

林小寧頓時有些傻眼，就是這麼簡單的原因？

「我臨走時沒和妳說，是我不知道應當如何說。」寧王又道。

林小寧想起他臨走前的那晚送來的一盒鐲子，還有他的親吻，便心酸起來。

「後來妳大哥寫信來問我，那時我知道妳自求退婚，我沒回，現在想來實在欠妳太多，我原是想著……」寧王說不下去了。

林小寧接嘴罵道：「傻子，你想著要死了對吧？不讓我成望門寡對吧？你想得倒是得意，你要真死了，我才不為你守那望門寡，我定會嫁給別人的。」

寧王想的自然不是這些，但現在他與她都活著，當時誰也不知道她還有一顆舍利子。他心裡滿是深情，卻是笑道：「丫頭嘴上這般說，心裡卻不是這般想。妳如何得來的舍利子？這等珍貴神奇之物，妳竟然有一還有二？」

「舍利子是師父給我的，他說我會用得上，卻原來都是用在你身上。」林小寧很自然地撒著謊。

舍利子救的不僅是他，也是她，如果她沒有第二顆舍利子，或許她真的會為他擋劫而死。寧王這般想著，感慨而嘆。

林小寧沒好氣地又說道：「活該是我欠你的。」

寧王輕聲道：「先是妳欠我的，妳還了，現在卻是我欠妳的了，索性多欠一些，慢慢還就是了。」

是她對他說的話。

林小寧又忍不住低泣起來。

寧王屋裡的動靜一早就驚擾了在外守夜著的兵。

寧王殿下醒了，寧王殿下的傷被王妃治好醒了！不過片刻，消息瞬間傳遍了加和城。

清晨時分，尚將軍再次被吵醒，他與安雨飲酒後便又呼呼大睡，還沒睡過癮，就被一臉喜氣的銀夜推醒。

氣煞老夫也！他怒目圓瞪。「銀夜小子大膽！」

「爺醒了，醒了、醒了！」銀夜的聲音因為驚喜而顫抖。

尚將軍一個鯉魚打挺躍起，揪著銀夜的衣領。「六王爺醒了？」

「是的，尚將軍，爺醒了，還說餓了，荷花在煮粥。」

「啊……哈哈哈！」尚將軍哈哈大笑，拍著銀夜的肩膀。「你小子有良心，知道及時報我。去，去看看去。」

第七十二章

林小寧躺在荷花的屋裡，拿著剝了殼的煮雞蛋在敷眼睛，雞蛋是用空間水煮的。桌上還有兩顆，是留給荷花用的。荷花正在收拾著桌上的空粥碗。

「荷花，快別忙了，躺下來敷眼睛。」

「小姐……」荷花的聲音又開始哽咽。

「妳真不能再哭了，再哭眼睛就要瞎掉。妳眼瞎了後，只好把妳隨便找個人嫁了。」

荷花道：「我敷，小姐不要把我嫁掉。」

林小寧笑道：「荷花想嫁哪個就嫁哪個，妳的婚事妳作主，小姐我只負責給妳辦嫁妝。」

「小姐，今天是乞巧節呢，是雞毛的生辰呢。」荷花羞澀地轉移話題，剝著雞蛋殼。

「是嗎？我一直沒記得日子，原來今天是雞毛的生辰呢，爺爺會煮雞蛋給他吃的。」林小寧滾著眼睛上的雞蛋笑了。

「小姐，妳說巧不巧？六王爺就在今天醒來。」

「妳真是戲文話本看多了。」林小寧又笑。

荷花拿著雞蛋在林小寧身邊躺下來，說道：「我就覺得小姐與六王爺的情意比戲文話本還來得精彩，王爺憐小姐圍府退婚，小姐討說法千里相救。」

「妳哪學來的？真是學壞了。」林小寧笑罵道。

七月初七乞巧節，加和城沒有節日，但京城卻是熱鬧非凡。

三千堂又開始募捐。

上回在端午時募捐的那筆銀兩很是豐厚，已挑出人馬去了京城周邊五個府的貧區建設孤、醫、學堂。

每隊人馬都有當地的官夫人接待與支持，並在當地又勸捐不少銀兩。

三千堂就這麼起來了，這不是打皇帝的臉嗎？那些孤、醫、學堂本應該是由朝堂的養濟堂所為，可笑皇室之人還趨之若鶩。

七月初八早朝時，王丞相眼底一片瘀青。他兩夜沒睡了，看到皇帝神采奕奕竟有些嫉恨。這個病貨，用藥養著也養出這等精神。

他在大殿上義憤指出三千堂之舉辱國。

曾太傅笑道：「各地蟲災疫害時，國庫哪次不撥銀兩米糧？這不鬧災、不害疫，風調雨順的，還不由那些善心的夫人幹些慈善之事？自發之舉又益國益民。再富庶之地，仍是有不能果腹之家，這道理誰都知道，這也是歷代帝王心之大憾。現在各地官夫人、富夫人為皇上解憂，皇上治下民富國強，民間慈善盛行。天下百姓都是皇上的子民，富戶貧家也是皇上的子民，這富兄拉窮兄一把，正是家族欣欣向榮之勢，國便是大家！王大人不是也幫襯著王家的旁支嗎？辱國之說從何而來？」

皇帝坐在龍椅上笑咪咪地頷首。「王愛卿是不瞭解三千堂的運作，太傅夫人與胡夫人都是知曉的，朕覺得此舉甚好，太后、太妃與長敬公主也是覺得此舉甚好……」

都知道，是朝堂藉著三千堂盤剝手中有些閒錢的官富之家，可誰敢這樣說？宗室女眷都捐銀子了，你能不捐？

況且那些各地的官、富夫人樂意，是自發之舉，又是用之於民，帳目公開透明，一清二楚。不錯，此舉是在打臉，卻不是打皇帝的臉，是打了那些貪官污吏的臉。

三千堂的帳目上，所費銀兩比不上朝堂曾經舉辦的養濟堂的銀兩，卻解決了朝堂多少年頭痛的難題。那，養濟堂的銀兩花去了哪裡？

七月初九，林家棟收到了千里送來的信，信是寧王所書。

看完信後，林老爺子與林家棟有些唏噓。

寧丫頭竟是去了西北而不是京城，六王爺又被丫頭救了過來，先前的圍府與退婚是六王爺的主意，六王爺現在已書信去京城，重新提親。

林家棟嘆道：「原來如此。怪不得六王爺當初執意讓我回村，是西北要打大仗了！怪不得我寫信給六王爺沒回信，那時六王爺是以為自己必死，六王爺對妹妹有情有意，臨死前安排退婚圍府之事，本意是為妹妹好，哪知道妹妹還有一顆舍利子。」

林老爺子道：「丫頭自那年落水後醒轉過來，就應了和順法師所說的貴不可言，所做之事神奇得很，還總是與那六王爺掛上邊。那時和順法師用六王爺的封號給丫頭作名，果然是天定的緣分啊！」

林家棟又道：「大妹妹有兩顆舍利子，六王爺就身死兩回，這可真的是注定的。」

對於舍利子這等珍貴神奇之物兩次都用在寧王身上，林家人沒有半點芥蒂，就算不用在寧王身上，也只能救兩個人。但能換來林家的安樂侯爵位嗎？能換來林家的宗室姻親的身分嗎？最重要的是，能換來林小寧後半生的美滿與幸福嗎？

七月初十，安風與銀夜前往夏國，探查夏國國主宮中的守衛情況。

寧王沒有停止刺殺的念頭。國主遇害，必生亂象，各方勢力必有異心，儲君繼位不會順利，那時再攻夏正是最佳時機。

寧王醒來後，彷彿恨不得時時提醒自己真的還活著那樣，每日除了談軍務的時間外，便糾纏著林小寧不放，但林小寧再也沒有睡在他的屋裡。

那時睡一間屋裡，他是昏迷不醒，動也不能動，可現在他醒了，豈能再睡同一屋？何況，寧王的傷口癒合得飛快，這孤男寡女獨處一室，乾柴烈火，不發生些什麼她自己都不信。可這加和城啥也沒有，這一世的第一次，好歹也要留到有著紀念意義的洞房花燭夜吧？

這也是入鄉隨俗不是？

她林小寧前世平淡無奇的三十年，也不是沒有經歷風月，到了這一世，她更不是墨守成規之人，只是這地方也實在太沒有浪漫情懷了，比起醫仙府裡他跳牆而來，差太多了。

她嘴上卻只是說道：「到底沒有大婚，別讓人說三道四。」她說這話時的表情，彷彿之前與寧王睡在同一間屋裡的人，根本不是她一樣。

寧王笑道：「我寫信，讓皇兄將納徵提前，下了大禮，就更改不了了。」

林小寧笑了笑，心裡卻很是甜蜜。

安風與銀夜在四天後回到加和城，與寧王、尚將軍密談了一會兒。晚飯時，寧王臉色不大好看。

林小寧問，卻只道無事，再問，又說是軍務之事。

吃過飯，寧王用粗茶漱了口，又與尚將軍談軍務去了。

林小寧對荷花使了個眼色，荷花會意出了屋。不多久，荷花回來道：「小姐，聽安雨說，夏國國主光宮外都是層層守衛森嚴，刺殺根本不可能。」

是啊，刺殺的可是國主，一國之君，宮裡層層守衛，任你再高功夫，人家光是用人堵，你也接近不了宮門。

荷花又道：「聽安雨說，夜大人說只能硬攻，一個城、一個城收復。」

「嗯，知道了。」林小寧心情複雜說道。空間也許可以幫到他，可是應不應該告訴他呢？

七月十六，寧王與尚將軍帶著大軍攻打加和城五十里開外的倉縣。倉縣只是縣城，不大，卻比加和城這個邊關之城要繁華些。

林小寧與荷花留在加和城，由安雨守護著。

七月十八，林小寧收到京城的來信，一封是給寧王的，還有一封是給她的。給她的信是太后所書。信中，太后的感激之情躍然紙上，說起了寧王退婚之因，闈府之意，說起了她曾埋怨林小寧因怕死而自求退婚，在此誤會之下，林小寧仍是千里相救。其中情意，無法言說……

林小寧還沒看完就有些發怔。原來這才是退婚的真實原因，心裡沒有感動那是假的，又有些想發笑。他不說實情肯定是說不出口，如果兩人只能活一個，不如由她活，這話真是太煽情了，她也說不出口。

卻是沒愛錯他。

她繼續看信。

太后寫著：「我擔擾兒子的心如天下母親一般無二，我曾發願，若是林姑娘能為軒兒擋劫，便保林家在妳之後三代都富貴平安，無論林家做何事、吐何言，都不會降罪於林家。懿旨不日便送往安樂侯府……」

這是暗示林家可以囂張囂張了。林小寧抿嘴而笑。

七月十八，桃村在豐收來臨之時，京城聖旨到，賜安樂侯京城府邸一處，因是秋收之際，若要謝恩可在中秋之後。

送走宣旨之人，林家棟笑道：「爺爺，這是皇上想見我們，才提出謝恩的時日。」

林老爺子笑得臉都皺了起來。

桃村的水稻是毫無懸念地高產，而棉花已採收了第一次，馬上就要採收第二次了。林老爺子按林小寧的吩咐，作物施肥時、除蟲時都摻用了後院的井水，而棉花，則在吐絮前及成熟後期再澆灑一些，這樣產的棉又白又好。

桃村的第一道棉又吸引了周邊村上的地主鄉紳們過來取經。

秋收後，桃村並不閒，按林小寧當初的想法，秋收後的稻田裡馬上得試種冬小麥。

因此桃村又開始繁忙。

戶部指派大司農來了，大司農是衝著棉花來的，他沒能看到第一道棉花吐絮時的盛景，但看著林家庫裡的籽棉，按一道棉的產量，他預計能畝產籽棉近五百斤，這樣的產量太驚人了！大司農激動得流下了眼淚。

七月下旬，內務府又來提親，同時也帶來了太后懿旨。

安樂侯府一片喜氣洋洋，付冠月、付奶奶、張嬸又開始置辦起林小寧的嫁妝。之前已置了不少，但那時林小寧退婚後，不敢再置辦，怕被她看到傷了心，所以現在得加緊，京郊的陪嫁莊子也不能少……

幾個老老少少的女人很是快樂，又緊張地忙碌起來。

王丞相書信幾封，派人送了出去。

他最近焦躁難安，越來越力不從心。

寧王根本沒死，內務府又去了桃村重下聘書。

王丞相病了，皇帝准他靜養一陣，但他義正辭嚴地謝絕了。皇帝在殿上感嘆道：「王丞相鞠躬盡瘁，若是天下為官者都如王丞相一般，那朕的江山豈能不錦繡萬年？」

眾臣紛紛頷首。

不日，鎮國將軍府中竟傳出喜訊，鎮國將軍的妾室懷上了！

皇帝體恤鎮國將軍老來得子，下旨召其進京。

遠在西南的鎮國將軍收到信後，竟如孩童一般嚎啕大哭了一通，哭完便坐著小南瓜進了京。

將軍府上大擺宴席，宗室之人無一不上門恭賀，就連皇上也送來了賀禮，更不要說京城其餘為官者。

王丞相拖著病體送了賀禮，鎮國將軍滿面春風，一眼看去，竟是年輕好多歲都不止，而將軍夫人也是笑逐顏開，在後院的女眷席間穿梭著。

鎮國將軍的妾室出來過了個場，便回自己的院子與娘家親人歡敘去了。她身邊有著四個大丫鬟、四個護衛貼身跟隨。將軍夫人與她雖是妻妾關係，卻待她如幼女一般。確實，將軍夫人五十出頭的年紀，她不過十七，做其孫女都是小孫女了。

王丞相從鎮國將軍府中回來後，病得更重了。

七月底，戶部上報，去年由桃村拉來的糧種，試種後，畝產高達八百斤以上，這只是單季。南方氣候溫暖之地，可種雙季，但稻種不同，奏請明年在南方試種此種。

皇帝欣然准奏。

胡大人笑意盎然捋著鬍子。

八月初二，寧王與尚將軍的大軍攻下了夏國的倉縣。

夏國是瘋狂迎戰，名朝雖攻下倉縣，卻沒占多大便宜。

寧王與尚將軍臉色很差。倉縣周邊的山嶺樹多且密，他們砍掉了一些樹，試用飛傘，但還是被掛住了。天降神兵不是什麼環境下都能用的。這次雖是勝了，卻是慘勝，硬碰硬，名朝兵的確不如夏國的強壯。

軍醫忙個不停，安風道：「把小姐從加和城接來相助吧。」

寧王點頭，又道：「再去把曾嫣嫣她們也接來……」

尚將軍道：「此戰甚是慘烈，得休整一陣。」

寧王沈默點頭。

八月初四，安風帶著大、小白與千里、如風，把曾嬤嬤與梅子、蘭兒接到倉縣。曾嬤嬤帶來了多套華佗術服及工具，還有大量的麻沸散，壓得結結實實的，裝在大麻袋裡由四頭銀狼揹在兩側，這樣不影響坐人。

林小寧有些累，不僅是因為傷員多，還因為向望仔討一些空間水太難了。她威逼利誘，每天卻只討到幾桶，但是三七倒是給了不少。

但是空間水是不同的，望仔一臉吝嗇模樣，讓林小寧怒火直冒，罵道：「連你都是我的，你的火兒也是我的，你的所有的一切都是我的，我想用就能用，你這樣是背主，背主知道嗎？」

望仔不情不願地又給了幾桶水。林小寧心中嘆氣，省著些用吧。

曾嬤嬤與梅子、蘭兒來了後，看到斷胳膊、斷腿的人就兩眼冒光，但她的八卦精神在任何時候也不會減少，一邊換衣服一邊拉扯著林小寧到一旁，追問著與寧王之事。林小寧急得跳腳，三言兩句說了，又罵道：「什麼時候了妳妳，這時要幹活了，一堆人命等著妳去救呢！」

曾嬤嬤這才難得地讚了一句。「沒想到皇室之人也能有這份情意。」於是麻利換上華佗術服，包住頭髮，淨手消毒……四人極為默契地各自忙活開了。

助手是林小寧之前就挑好的，一直在燒水與熬參湯，並且隨時聽從各種吩咐。

「嬤嬤妳和我一組，蘭兒、梅子妳們倆一組，先揀手術時間短、能活命的救。」林小寧道：「那些手術時間長的、重傷不行的，我用參王吊著命，得了空再說。」

「知道了，小姐。」梅子與蘭兒一齊回答。

一切準備齊全，林小寧看到曾嬤嬤拿出的幾套工具包，驚呆了。

曾嬤嬤在京城時看到林小寧在外院記下的筆記，就又開始了充滿著她獨特作風的驚世駭俗之舉。

林小寧的手稿裡面記錄了一些她無法想像的事情，原來人切掉一些器官還能存活，還有一些病症，以及這些傷與病可以實施的手術方法，術後的恢復與調養等。當然這些方法只是林小寧在死人身上摸索出來的，並沒有臨床證明過。

原來華佗術不只是簡單的剖腹產、截肢以及割掉一小截腸子。

但她膽大得要命，照著林小寧的描述與圖案，花大把銀子打出了簡陋的相關器具，在動物身上一一試過，再一一改進，搞得京城的太醫院外院手術室裡每天鮮血淋淋，卻竟然真搞出幾套器具，並且還帶來了。

曾嬤嬤看著林小寧的表情，得意笑道：「在豬和牛身上都試過的，有妳說的作用，但兔子太小了，不好試。」

林小寧立刻濕潤了雙眼。

有了更多的工具，就可以做更多的手術。雖然她們的技術並不成熟，一切都是試，但是這樣的傷者其實就是在等死，空間水與參湯不過是吊著他們的命。只要試過，就有可能成功，哪怕只成功一例，都表示有更多的可能。

「我的好嬀嬀，妳太了不起了，我不如妳。」林小寧感嘆。

「瞎說什麼呢，都是按妳的想法做出來的。快，幹活！」

四人對軍醫與兵將們的驚嚇與讚嘆充耳不聞，只管沒日沒夜地忙碌著。

林小寧與荷花的屋裡多併了一張床，她堅持五人睡一個屋裡，這樣可以在睡覺時讓望仔偷偷帶她們入空間，空間時間長，睡得足足的，外面不過才過去不久。

這個時候，時間重要，她們的體力也重要。

八月初七，夏國的大巫師與座下弟子在前往蜀國的路上被追回。

夏國國主怒得臉直抽，揮劍指向大巫師。「你想投奔蜀國嗎？你的師父用了自己的命與蜀王五弟的命，也沒能要了名朝寧王的命，你還想投奔於他，哈哈哈……」

大巫師慘笑道：「我的師父為了夏國以身為祭，夏國聖祖皇帝沒有我太師祖的相幫，哪來的夏國？夏大巫師及弟子與夏國宗室平起平坐，身分何等尊貴，你竟然殺了我的弟子……」

「我是國主，夏國最尊貴的人是我，我還要殺了你，殺了你之後，讓你的大弟子做大巫師！」夏國國主瘋狂獰笑。

大巫師的弟子們面面相覷。果然，國主自那天後就有些癲狂，如今也沒見好。

大巫師也不言語。

夏國國主又道：「拿酒來，讓大巫師走前喝一杯！」

「國主不可——」大巫師的弟子們跪下。

跟隨而來的心腹大臣也紛紛跪下。「國主不可，大巫師殺不得！」

夏國國主咬牙道：「前任大巫師以身為祭，明明名朝帝星輔星已暗淡將滅，他一上任，卻讓輔星重亮，同時又棄國而逃，他是奸細！」說完，便一劍刺進大巫師的胸口。

眾人都呆住了。

大巫師的血流得滿地都是，臉上突然綻開一絲笑容。他說道：「天下安寧，寧安天下，原來如此……」

大臣們焦急問道：「大巫師看到了什麼？」

「國主，你快死了……」大巫師又道，然後轟然倒地。

八月十五，中秋團圓節，寧王提前了兩天，讓安風帶著四頭銀狼不斷朝名朝境內往返，運來大量新鮮肉類與白酒。天氣仍是炎熱，肉類雖要鹽漬，但比軍需中風乾的瘦肉乾要美味得多了。

炊煙升起，肉香飄散，酒味迷人。倉縣的駐兵們吃得滿嘴流油，兵士們一邊喝酒，一邊唱著家鄉的小調，思鄉之愁頓起。

林小寧與曾嫣嫣沒有過節日，仍在忙碌著，輕傷者由軍醫負責的，她們的傷者都是軍醫束手無策的。空間水加三七粉、人參、草藥以及華佗術和新器具，也只救回了三成的重傷者，還有傷員吊著性命在等著，每天仍有重傷者死去。

自從曾嬤嬤、梅子、蘭兒來到西北後，西北的兵士們開始奔相走告，今天這個切掉了哪裡哪裡，那個又切掉了哪裡哪裡，無不驚愕或驚嚇，又或者驚奇。

林小寧是不大喜歡這樣大肆宣揚，做人要低調，況且這些手術在人身上試驗，本就是極不人道的，她有心理上的障礙，做了就偷偷摸摸地藏著掖著就是，哪好理直氣壯地說出來。

但曾嬤嬤卻不是，每回做了大的手術後，都要仔細告訴傷兵：你做了一個怎麼樣的手術，將來要注意什麼什麼……

明面上是為了傷者的知情權，為了術後的恢復，卻不無得意地在傳達著，太醫院外院的華佗術越來越成熟。

至於沒救活的，曾嬤嬤就一句話：傷得太重，華佗再世也回天乏術了。

林小寧不是在這個年代土生土長之人，對於曾嬤嬤這極為自我的貴族習氣很是不以為然，但她很快就發現，正因這樣的習氣，讓她們毫無障礙地施展著華佗術，不管成功與否，沒人會出來說半個不字。

大家都知道，試了還有活的可能，不試，就是死。曾嬤嬤是對的，但就是太顯擺了些。

最後一例了，做完這一例後，不管成功與否，她們都對得起自己的內心。

有一個最讓曾嬤嬤津津樂道的傷者，被她們切掉了脾，目前仍活著。

現在這個傷者，被她們切除了一側腎臟。

做完最後的縫合，林小寧與曾嫣嫣長吁一氣，就在手術室坐下來了，然後哈哈大笑。

林小寧知道，沒有輸液輸血、沒有抗生素、沒有那些精良的器具及設備，能做這樣的手術而存活，是得益於神奇的空間水，卻也是證明了手術的可能性。

曾嫣嫣與梅子、蘭兒自是不知道空間水之事，只是滿足地大笑著。

「小寧，這次比西南那次傷者更多，我竟不覺得累，妳說是不是有心法的原因啊？」曾嫣嫣口氣中滿是滿足。

「沒有心法。」林小寧笑著回答。

曾嫣嫣笑道：「是，沒有心法，但心法無處不在。」

寧王守在屋外，眼中不僅有深情，還有著驕傲。

晚上，荷花做了一頓豐盛的晚餐，擺在院子當中。

有新鮮的肉與青菜，擺滿了一大桌，還有酒，這真是難得的時刻。寧王與尚將軍也來了，銀夜與安風、安雨嫌擠，不願上桌，盛了一些好菜到屋裡去享用了。辛苦一下午的荷花也被銀夜叫去與他們一同吃了。

梅子與蘭兒也想盛菜到屋裡去吃，卻被寧王與尚將軍阻攔，梅子與蘭兒心中歡喜著，便也不再推辭。

一頓晚餐吃得快意得很，望仔與火兒也來討喝一些酒，又與四頭銀狼瘋玩著。尚將軍笑道：「這雪狐與火狐真有意思，靈得很。」

第二天，林小寧醒來時，發現自己躺在寧王的屋裡，但衣衫整齊，屋裡已空無一人。林小寧苦笑著，肯定是自己昨天晚上喝多了，被他逮著空抱到這屋來睡了。

她躺在床上一邊笑一邊發呆，又想著：我終有一天會死，我死了後便再也沒有空間水，一定要在有生之年做出青黴素。我訂的那些甜瓜應該送到了醫仙府吧？可青黴素應該怎麼提煉呢？我又不是製藥師……我只是想試試，記得老師說過，天下萬物相生相剋，在唐朝時，裁縫會把長有綠毛的糨糊塗在被剪刀劃破的手指上，幫助傷口癒合，就是因為綠毛產生的物質有殺菌的作用，那其實就是人類最早使用青黴素。

但這樣的法子是不能用於手術中的，得想法子提煉才行，可到底是怎麼提煉的呢？

林小寧揉揉眼睛，心中叫著望仔：帶我入空間去洗個澡，趁現在沒人。

望仔沒應。

「臭望仔，死哪去玩了？」林小寧罵著起身洗漱。

收拾得體後，才聽得門外腳步聲近了，輕輕敲門的聲音，荷花的聲音響起。「小姐，可醒了？」

「進來。」

荷花笑得眼睛彎彎地推門而入。

「荷花，我怎麼睡在這個屋裡？」林小寧疑惑問道。

荷花抿嘴笑著。「昨天小姐妳和魏夫人都喝多了，魏夫人還喝吐了，小姐妳嫌她身上味重，不肯讓她上床，然後她就叫六王爺把妳抱走了，說她還嫌妳身上酒味重呢。」

「這個曾嬀嬀。」林小寧罵著。

荷花又笑。「小姐，六王爺昨天沒在這屋睡的。」

「他不在這屋睡的？他這麼老實……」林小寧笑了。

「是尚將軍把六王爺拉走了。他們幾個男人還沒喝夠呢，估計這會兒他們也快醒了。」荷花低頭笑著。

「看到望仔沒？」

「昨天晚上還看到牠、火兒和大、小白、千里、如風在玩，後來不知道野哪去了，大、小白今天也沒看到。倒是千里、如風今天早上向我討吃的，我煮了一些肉給牠們吃。」

望仔與大、小白不見了，這對於寧王他們來說實在是常事，都是被望仔這個壞傢伙帶壞了，不知道哪野去了，但對林小寧來說卻不是，因為她與望仔聯繫不上了。

八月二十三，一個普普通通的日子，雞鳴時分，宮女發現夏國國主死了——雙眼大瞪，骨瘦如柴，狀若惡鬼。

宮女尖聲驚叫著，暈了過去。

夏國王宮一片混亂。

御醫檢查，看到國主頸部有許多牙印。

「國主是被吸乾血而亡！」御醫驚嚇道。宮人與心腹大臣一片駭然。

「胡說，明明是國主夜半發病，御醫救治不當而亡！」心腹大臣怒罵道。「來人，把這個不精醫術，只會滿口胡言亂語的傢伙拉下去砍了！」

夏國國主病亡，儲君當天繼位，國主寢殿中伺候的宮女、太監全被砍，宮裡血流成河。

宮內、宮外有傳言，其實國主是被吸乾血而死的。國主殺了大巫師，不久後就被什麼鬼東西吸乾血而身亡。這其實是天降下的報應，國主當初不應殺大巫師，大巫師是什麼人，是能與天說話的人，國主竟然殺了……

夏國上下亂象生。

晚餐過後，西北的天氣不再躁熱，傍晚的風拂在身上，舒適涼爽。

林小寧正與曾嫣嫣幾人在察看傷兵傷口的恢復狀況。

凡是術後沒死亡的，全都恢復良好，但即便傷好了，有許多重傷兵的身體情況也不能再上戰場，只能退役回鄉，願意的話也可以去桃村做藥。這是林小寧承諾的。

切除了脾與腎的兩個傷兵是年輕的兵人，被蘭兒與梅子哄得團團轉，答應傷好、辦好退役就去太醫院外院幹活。他們的命是太醫院外院的神醫救回來的，一輩子只能都是太醫院外院的人了。

到底是空間水，這等神奇。然而曾嫣嫣，梅子、蘭兒不知真相，卻覺得理所當然。林小寧深感壓力，看來自己下半輩子得好好潛心研究所謂的華佗術了。

正在此時，林小寧腦中突然出現望仔的聲音，她面色一變，臉上現出莫名情緒。

曾嫣嫣看在眼裡，只道她是又為沒有救活的傷兵們難過了，對梅子一使眼色，梅子上前道：「小姐，我扶妳回屋去休息吧。」

「不用，我自己回屋。」林小寧說完便急急出了傷兵營，往屋裡快步而走。

望仔正在夏國的王宮，那個壞她天命之星的傢伙就是夏國國主，已被大、小白咬破了動脈，用他的血養了空間。望仔的聲音興高采烈。林小寧一邊走氣得半死，心裡直罵。為什麼？為什麼不叫上我？當初說好的，要殺了那壞蛋，要剝他的皮，抽他的筋才能解恨……

我說了啊！妳當時不是說去去去，別吵妳喝酒。望仔無辜地回應著。

不可能，我不可能說這話的，你這個小騙子！林小寧推門入屋，氣哼哼地往桌前一坐，心中罵道。

妳說了。那天妳喝酒，讓我們別吵妳喝酒。望仔氣呼呼地吱吱叫道。

林小寧突然記起來，做完最後一例手術，尚將軍、寧王與她幾人喝酒，望仔吱吱亂叫，她好像是隨口說了這麼一句，頓時汗顏。

她這一喝酒啊，就什麼事也記不起來了。

那我第二天早上聯繫你，你怎麼不回應我？害我擔心。林小寧沒好氣說道。

那時我們不便回應。望仔吱吱叫道。

林小寧生出歉疚，宮中禁衛森嚴，望仔牠們是處處危險。她一直想做的事，被兩隻狐狸和兩頭銀狼給完成了，幹成這樣一樁大事，誇獎還來不及呢，便溫柔討好道：我的好望仔，說說你們是怎麼弄死那個壞蛋的？

望仔的聲音很是高興——

我們到了夏國，就入了空間，在宮外，找著一個像是守衛頭頭的傢伙，火兒施媚術迷住了他，他便揣著火兒入了宮門。然後，火兒在宮裡又迷住了貼身太監，帶著她入了那個壞蛋睡覺的屋裡，火兒用口水把那壞蛋迷暈了，我就把那壞蛋弄到空間裡，大、小白把他的脖子咬破，等他的血流完了，我就又把他放到床上。後來就有人發現壞蛋死了，到處亂砍人。然後，今天那個國主的兒子又做國主啦，我們看了好久的熱鬧，真好玩，好多人又唱、又罵、又哭的。他也是壞妳天星之人，等我們把他的血再拿來養空間，我們就回去了。

望仔，說話注意言辭，是用壞蛋的血肥空間的地，不是用血養空間。林小寧溫柔糾正著。

都一樣啦！望仔喜孜孜說道。

「丫頭在裡面是嗎？」門被輕輕敲響。

林小寧開門，便迎上了寧王的笑容，正如此時的夜風一般舒適。

「坐下喝茶。」林小寧心情極好，笑意盎然。

「曾嫣嫣說妳心情不好，怎麼我看來倒是覺得極好的樣子？」寧王的聲音溫和，非常動人。

林小寧看著他，多想現在就告訴他夏國國主被望仔牠們弄死了。但如何能說？沒有空間的幫助，沒有火兒的媚術，大、小白的速度再快，如何能擋住層層守衛，如何能跳過高高宮牆？這樣的事情，怎麼說？

凡事要低調，她身上的秘密太驚人了，還是等望仔回來後再說，到時只說是望仔聽到的就行。

林小寧笑著倒了一盅茶遞了過去。「沒什麼事，前陣子忙得很，這一閒下來，便想到我們倆的事。我想，如果有一天夏國攻下了，蜀地收復了，你能每年陪我到桃村住幾個月嗎？我一直想看你穿著萬福金紋的衣服，和我一起收租子。」

寧王失笑，卻又頓生無限柔情。「當然可以，都依著妳。」

林小寧撇了撇嘴。「我本是想讓你一直陪著我在桃村，但現在，我還是得在太醫院外院待下去。我想做些新藥，再試試新的華佗術，太醫院外院的條件好。」

寧王柔聲說道：「想怎麼樣都行，我當初就說過，妳一直可以作我的主的。」

林小寧很是甜美地笑著。「你真好，不過太后與皇帝會樂意嗎？」

「沒事的，只要年節時，入宮陪他們吃家宴就行。母后與皇兄給我來了信，說妳是名朝的福星，這是聖祖皇帝託夢說的，還讓我好生待妳。我哪敢不好生待妳？我的命都是妳的。

他們還說，等傷兵恢復後，讓我帶妳一同回京。」寧王笑道。

「迷信。」林小寧笑道。

「迷信？」寧王疑惑問道。

林小寧笑著。「聖祖皇帝對我真好。」

寧王再次失笑。

第七十三章

八月二十四日，才繼任一天的夏國新國主又死在床上，死樣如前任國主一樣，頸處有牙印，流盡血而身亡，但床榻之上卻無半絲血跡。

御醫檢查，便跪地磕頭驚恐道：「國主是被什麼東西吸乾血而亡，是……是大巫師……」

他保住了性命。

這次再也不是傳聞，是事實。報應啊，大巫師臨終前說的話：「國主，你快要死了。」是詛咒！誰任國主，誰就得死！

夏國的文臣武將心裡蠢動的思緒消停。果真是大巫師的詛咒？大巫師的大弟子臨危受命，接任了國主之位。這是眾臣的心思，若真的是前大巫師的詛咒，會不會由他的大弟子而破呢？都是有大神通之人呢。

八月二十五日，這一任國主又死在床上，死狀與前兩任一模一樣，頸處有牙印，因血流盡而身亡，但床榻之上無半絲血跡。

眾臣紛紛驚懼不已。果然是大巫師臨終前的詛咒！

八月二十七日，望仔與火兒坐在大白的背上，後面跟著小白，大搖大擺地回到倉縣。

牠們徑直走向傷兵營，大、小白在營外嚎著，望仔與火兒則吱吱亂叫。

林小寧興奮道：「望仔回來了！」便急急出去。

曾嫣嫣看著林小寧的背影嗔罵。「小寧，妳真是玩物喪志，妳師父要是在世，定會被妳氣死。」

梅子、蘭兒和荷花偷笑著。

林小寧頭也不回地笑答。「不會的，嫣嫣。」

出了傷兵營，望仔與火兒一頭扎進林小寧的懷裡，大、小白討好地甩著尾巴。林小寧摸著大、小白的背。「真乖，去找荷花要肉吃去。」便忙抱著望仔與火兒奔回屋裡。

「國主的血很養空間。」才一入屋，望仔就興奮不已地叫著。

「注意言辭。」林小寧笑著小聲說道。

望仔咧嘴。「三個國主，都是壞過妳天星的人，現在空間的靈氣恢復不少呢！」

「望仔，你不會用國主的血用上癮了吧？」

「他們都是壞妳天星的人啊，且他們都要做國主，死一個就做一個，他們做國主時可熱鬧呢，真好玩。火兒喜歡看熱鬧，大、小白也喜歡，我們看完熱鬧，晚上就取血肥地。」

「是你喜歡看熱鬧吧！」林小寧樂得笑出了聲，摸著火兒輕聲道：「好火兒，知道為我報仇殺敵，沒想到妳有這等本事。火兒是天下最媚的狐狸，現在想來，倒真的一點不意外，這麼漂亮的火兒，能迷住萬物生靈那是最正常不過了，不然望仔怎麼就被妳迷住了呢？」

望仔看著火兒，很是驕傲地咧著尖尖的嘴，火兒羞澀地垂下了腦袋。

林小寧連喝了幾盅茶才平復了心情，便聽得寧王的笑聲傳來。「那頭壞狐狸終於捨得回來了？把大、小白都帶壞了！」

林小寧開門，臉上是掩不住的喜悅。「你來得正好，我正有事要告訴你。」

「望仔一回來就這麼開心。」寧王語氣帶著些寵愛的嘲笑。

「夏國國主死了。」林小寧笑道。

「妳說什麼?!」寧王不可思議地問道，如同聽天書一樣的表情。

「我說，夏國國主死了，連死三任。」

「王爺，這可是真的?!」尚將軍、銀夜，還有安風、安雨驚愕地瞪著眼睛。

寧王苦笑。「說是望仔這幾天帶著大、小白去夏國玩，聽到的。」

「望仔是靈物，能聽懂人話的！」安風、安雨目光灼灼對視，異口同聲地道。

尚將軍臉色，似驚似喜又似疑。「六王爺，茲事體大，讓安風與銀夜去探虛實。」

九月初四，安風與銀夜坐著千里、如風回來，帶回了驚天消息。

夏國國主三天內連死三任，因被死去的大巫師詛咒了「國主必死」，因此國主之位至今空置。

夏國宮中亂象橫生，宮女、太監攜著金銀細軟而逃，宮中守衛亂搶亂殺。

手握兵權的武將們都想擁兵自立為王，但誰也不說做國主了，只說做王，可誰不想占據更大、更繁華的城池？誰也不服誰，夏國便內戰了。
尚將軍拍案而起。「太好了！」
「天佑我大名朝。」寧王大笑。
安風又道：「爺，還聽到一事，說是第三任死的國主是被殺的大巫師的大弟子，其死後，其他的弟子們不信是大巫師臨終詛咒，因為當時大巫師死前還有一句話，說是天下安寧，寧安天下，原來如此。於是他們挖出那個大巫師屍體，用其手骨來扶乩，得出乩象是有陰有陽，解乩之意竟是說，天下安寧，寧安天下，是兩個人，一男一女。」
寧王一怔，然後如夢初醒般自語著。「可不正是……可不正是她嗎？」
尚將軍不明所以地看著寧王。
銀夜解惑。「小姐的閨名是寧，還是當初和順法師賜的，說是她命太貴，卻身分太賤，便用爺的封號來壓她的命格，才不至於夭折……」
「還有，她與我是同一顆天星，都為帝星輔星，自成陰陽，我一直沒告訴你們。」
寧王出了議事廳，直奔傷兵營，拉著林小寧的手就走。「走，跟我走。」他的聲音激動難耐，還有些許顫抖。
曾嫣嫣、梅子和蘭兒掩嘴，吃吃笑著。
林小寧有些不好意思。「好多人呢。」
寧王吹了一聲哨，大白便箭一般地飛跑而來。

「去個沒人的地方，大白。」
「怎麼了？」林小寧吃驚道：「你吃錯什麼藥了？」
「到了再和妳說。」寧王道。
倉縣的山不高，但樹木密集，有一片被砍掉了，那是攻倉縣時想用飛傘而砍掉的。
「丫頭，妳知道嗎？我在桃村遇刺後，妳救了我。那次之後，我知道一個預言。」寧王抱著林小寧坐在一棵樹上，溫和說道。
「什麼預言？」林小寧好奇問。
「天下安寧，寧安天下。那是夏國的預言，說是我將會平夏國，平天下。我本好武，也一心想助皇兄一統天下，我當時想，原來我正是為此而生。」
「你能平天下，我相信。」林小寧驕傲地說道。
寧王聲音平緩又繼續道：「後來，我殺了奸細王妃，再後來，我帶著大黃到桃村，卻沒遇到妳，直到我再去桃村，才遇到了妳。」
林小寧笑了。「是啊，我回來後才知道你帶著大黃來村裡了，還遺憾沒看到大黃呢。」
「那次遇到妳之後，我的天命之星就升起了。其實，我們倆的天命之星是同一顆。」
「是啊，後來你告訴我，我們是同一天星，我還不信。」林小寧笑了。
寧王嘆息道：「天下安寧，寧安天下。為了這個預言，夏國費盡心思對付我，不僅僅是奸細王妃，還派出多少刺客，還有巫蠱之術，想盡了法子，但他們卻不知道，天下安寧，寧安天下，本就是說兩個人，妳與我兩人，有妳在，我就死不了。」

林小寧愣住了。

寧王抱著她的手緊了緊，再次嘆息。「妳救我性命，可妳將是我的王妃，將被我寵愛一生。這一生還不完，還有下一生，不過現在，妳卻是與我一起平天下之人，讓我情何以堪。」

她笑道：「我記得西南時，你說讓我陪你一起打，當時我就想，你打下一個城，我就做一個城的地主婆。所以，我當然是與你一起平天下的那個人呀！夏國大巫師真厲害，連這個都能看到。」

寧王嘴角抽動著，再也忍耐不住跟著大笑起來。

兩天後，京城收到了千里送來的西北信報。

皇帝看後激動不語，去了太后宮中。太后嘆道：「現在想來，所有誤會卻正是因緣合和，原是這意。」

皇帝與鎮國將軍、曾太傅與胡大人密議。

第二日，桃村的安樂侯府收到小東西送來的胡大人的信，待得通知後再進京。

九月初九，重陽節，皇宮上下一起吃花糕慶祝，京城的三千堂又開始募捐，三千堂的粉色絲綢漫天飛舞。

京城周邊五個府的三千堂已收留了眾多孤寡老人或一些女嬰，貧區的孩子們入了學堂，女堂裡教的是識字、算術與女紅，沒有錢看病的人，可以得到免費的醫治。

三千堂在這五個府城一下子聲名鵲起，當地富商、官夫人紛紛捐助銀兩或物品。端午時募得的銀兩，到現在還沒花完。七夕時募的銀兩入了總堂之帳，長敬公主與周太妃當仁不讓地把京城三千堂做成了總堂。

這總堂的銀子，在各個分堂銀兩不足的情況下，就得撥下去湊足，所以要保證到總堂帳上永遠都有銀子才行。

九月十五，皇帝當朝宣佈，夏國已連死三任國主，國主之位受到詛咒，武將們擁兵自立為王，夏國狼煙四起。西北寧王的大軍將於近日回京，尚將軍仍鎮守西北，伺機而動。

天佑我大名朝！眾臣紛紛感慨。

皇帝哈哈大笑。

王丞相手捂心口，疼痛無比。

皇帝快樂道：「愛卿竟喜極傷肝，快傳太醫！」

王丞相想當朝痛罵：你這個虛偽的病貨！但他只艱難開口。「臣為名朝而喜，為皇上而喜……」

「愛卿乃朕股肱之臣，實是過於操勞，可要養好身體，朕還盼著與愛卿再下一局，記得以前下棋，愛卿老是讓朕……」

王丞相回府，心口越發疼痛。多久了啊？他送去夏國的密信這麼久沒有回，證明夏國的確出事了。爆發內戰？怕是真有其事。蜀王那邊回信只道有著怒河的阻隔，怎麼打？只有喬將軍的十萬兵他能隨時調動，又要了一大筆銀兩。夏國內戰，三王不打，他如何逼宮？那十萬兵力有什麼用？

鎮國老兒打回京後，就沒回西南，而他的妾肚子真的大起來，還診出可能是個男胎。這個老王八，為了哄騙世人，竟真找了個綠帽子戴！

王丞相盛怒之下，痛輕了三分。此時，西南、西北兩邊兵力沒有調回，京城兵力空虛，他若此時發動兵，也可輕鬆攻下京城，挾天子以令諸侯。

他忍辱負重二十年，就為了此時！

九月十八，子時，喬將軍帶兵十萬，由鄭州出發，向洛陽京城逼近。

出了鄭州地界，到了郊外，卻見遠處一點火光閃動，片刻，便是一片火把之海。

熊熊火把之下，密密的大軍向前，寧王與鎮國將軍笑吟吟地站在一排弩床旁邊……

喬將軍的十萬兵，幾乎沒反抗就束手就擒。

九月二十，王丞相躺在床上，病得奄奄一息。

重陽節時，他讓兩個嫡子攜家眷登高，偷離了京城而去，京城的只有旁系，還有妻妾陪在床邊。

他的老妻吳氏比他大了三歲，是父親為他訂下的親事，出自幾百年前的門閥世家，如今世家大族已被削弱，但仍是首屈一指的貴女，就是生得難看了些。

此次事敗，按名朝律法，罪不及妻族，並不會影響吳氏家族，至於妻妾們，跟著他一輩子享盡榮福，隨他一起而去也是應當。

丞相府被眾兵團團圍住，這是在等著降罪嗎？他算計了二十年，卻仍算不過坐在龍椅上的那個病貨！那病貨早就知道他的算計，卻佯裝無知……那個虛偽的病貨！

他甚至都聽到了啼哭吵鬧的聲音，那是府中下人想攜細軟而逃被抓住了。

老妻不言不語地坐在床邊。這個女人生得難看不算，平日對他也是冷淡得很，哪有牡丹半點風情，真不明白他怎麼讓她生出兩個兒子出來的。

牡丹回家置產業去了。王丞相想起牡丹，竟有些暖意，幸好她離了京。

「牡丹被匪人搶了，你派出護送她的人，被我換成了普通家丁。」丞相夫人突然冷漠開口。「在她回老家的路上，她被匪人搶走了，銀票、現銀，還有她這個人。依她的容貌還有那些銀兩，做個壓寨夫人肯定是沒有問題的。一直沒告訴你，現在，倒不如就告訴你了。」

王丞相半天不語，然後悠悠嘆息一聲，當天，王丞相病亡。

皇帝與寧王得知後嗤笑。「這王丞相實在是個好命的，把持朝政多少年，現在謀反，卻沒待降罪就病死了。」

十月，安樂侯林老爺子攜林家棟、付冠月、小香、小寶、家福及安水等幾人進京，林小寧與寧王在京城城門十里處相迎，林家眾人入住御賜的安樂侯府，寧王府上送來二十幾個下人、一個管事，醫仙府的下人也全調派過來。

第二日清晨，朱嬤嬤給林家女眷打扮妥當，寧王馬車來接，林家一眾人等入宮謝恩。

午膳後，林家人回府，林小寧帶回了「一品醫仙」的封號。

安樂侯府張燈結綵，大開府門，忙著迎來送往。

寧王、太傅曾家、吏部尚書胡家、禮部尚書沈家、鎮國老將軍，還有董家、周家以及蘇州的蘇家等人紛紛上門恭賀，這些貴族貴人的身影川流不息。

寧王與林小寧的婚事安排好了，年前納徵，三月大婚，林小寧將在安樂侯府待嫁，桃村已置下的嫁妝一車車送來。付奶奶、張嬸與馬大總管的婆娘趙氏、鄭府的孫氏，也接進京來為林小寧籌備嫁妝。

安樂侯府人來人往熱鬧非凡，安樂侯已在京城聲名鵲起。這是個讓許多世家、官家、富家私下不屑，但面上極盡巴結的新貴。

醫仙府空了，只有林小寧、荷花與梅子在，林小寧正對著後院堆滿了幾個房間，生了綠黴的甜瓜苦思冥想。

府外傳來大白的聲音，寧王跳牆而入，微笑道：「尚將軍與銀夜不費吹灰之力，攻下了夏國四個城。走，我帶妳去西北觀光，看看來年那裡種些什麼好。」

荷花與梅子低頭吃吃而笑。

——全書完

番外

一年半後，夏國歸降。

夏國長達一年半的內戰終於完全平息，夏國的百姓結束了民不聊生、食不果腹、朝不保夕的日子。

名朝被占去近八十多年的國土，就這樣被輕鬆收復。

夏國最後一任的大巫師的預言一點也沒錯，兩年內，夏國必亡。

這一年半間，寧王與林小寧攜手往返於京城與西北之間。

寧王每攻下一個城，城中的百姓們就成了名朝子民，再也不種產量極低的農作物，耕地上全部換種了棉花。而煤礦，金、銀、銅礦也相繼被大、小白發現，朝堂欽差前來，西北駐兵也撥了千人監督開採。

京城的百姓私下津津樂道，這寧王妃與寧王當初大婚時，只覺得她不如前王妃好看，雖然前王妃是夏國的奸細，已從玉牒除名了，但人家能做奸細，說明腦子很好使。

可這王妃的腦子好像有點……一個王妃，大婚後還在太醫院任職，還時時去西北玩耍。西北那戰亂之地有什麼好玩耍的？可寧王殿下卻把王妃當寶似地寵著……

但誰也沒想到，在西北那地界上，竟然給這個腦子不大好使的寧王妃尋到了幾處礦，有煤礦、銅礦，甚至還有金礦！

「要說寧王妃的腦子不好使也不對，三千堂就是寧王妃提議做起來的，現在三千堂做得多火？二十幾個城的貧區邊上都建了三千堂，京城也建了一個。」有人說道。

「可不是？那寧王妃還管著太醫院外院，西北打仗時那兩個退役的年輕男子，聽說是被太醫院外院切掉了脾和腎，這兩人卻好端端地活著，還和魏府的兩個大丫鬟成了親，華佗術可真神！」又有人插著話。

「還有呢，鎮國將軍的身體也是寧王妃治好的，又得了寧王妃的生兒秘方，果真生出了兒子。這不，兒子週歲不到，那妾室又懷上第二胎了。」

「還有，寧王妃獨愛穿細棉布衣裳，什麼貢錦都不稀罕，現在西北全都種上了棉花，你說，這寧王妃得多喜歡棉布啊……」

然而京城周少爺最不願意聽到的，就是關於寧王妃的事情，每每聽到就有些說不出的難受。

林小姐是放在心中想的，但他不願意聽到那些市井百姓嘴上唸叨著林小姐的新稱呼——寧王妃。林小姐是他的妹妹，他會護她一生，可的確，只有六王爺才能真正護得了她，他只能放在心中想著。

但是，林小姐對他很熱情，每回他去拜訪都會有上心又體面的回禮。每逢節日時，林小姐還會親自上門來拜訪。她說，他們是朋友。

朋友，這個詞讓他鼻子發酸，想哭。

不過，福生好樣的，終於讓荷花答應嫁了，這樣一來，他與她就有了更親密的關係，走動也會更加勤了，只要能時時看到她，他這一生也就沒有了遺憾。

寧王與林小寧站在西北的城牆上。

如今的西北早已脫離了當初的荒涼，商隊往來繁忙，各式商鋪林立，當初在夏國國主手中的貧瘠之地顯出繁華面貌。

寧王穿著萬福金紋錦袍搖頭微笑。「西北有旱地、草地，還有沙漠與黃土高原，土地遼闊卻人口稀少，只有靠近黃河流域一帶土地糧產較高，原是通往海外的一條商貿之路，可前宋時都改為海上商貿了。這一大片貧瘠土地，如同雞肋。我的丫頭，妳是怎麼知道這些地方有著如此豐富的礦產資源？」

西北的礦產豐富，這在二十一世紀，無人不曉，在此時，卻正如羞澀處女一般被面紗遮蓋，未被人知。

林小寧一身淡青色的棉布衣裙在風中擺動，笑著道：「是聖祖皇帝託夢告訴我的。」

寧王俯身低語。「那聖祖皇帝有沒有託夢讓妳生小世子？」

林小寧抿嘴笑著。「等我把新藥做出來，好不好？」

京城的醫仙府已成了專門製藥之處。

林小寧站在手術檯前，看著昨天被注射了新藥的兔子，傷口的感染明顯轉好。

曾嫣嫣牽著她的女兒，挺著巨大的肚子，驚喜道：「小寧，新藥有效果呢！成功了呢，太神了！沒想到發黴的綠毛竟能做出藥來，果真萬物相生相剋。」

「家福，你是名朝第一人！你可知你做成了多了不起的事！」林小寧淚水不停流著。

林家福很是不好意思地低頭笑了。

林小寧摸著林家福的腦袋。在這之前她永遠也想不到，她收的這個弟弟林家福，當初道觀裡的小十方，一個不過十幾歲孩子，竟是由他做出了她一直苦惱做不出來的青黴素。

其實對於家福來說，做安樂侯家的少爺就是頓頓有肉吃，可以穿好衣裳，可以讀書了，雖然讀書很辛苦，但這是有錢人才能享受的事情，所以他也只當成是一種享受了。

他以為自己會這樣一直做安樂侯的少爺，做寧王的小舅子，卻一直平庸下去。因為他讀書一般，不像小寶那樣中了秀才還是案首，小寶才十二歲，十二歲的秀才呢，如今和狗兒、二牛隨著盧先生遊歷去了，說是回京後再讀一年就科舉，爭取大三元。

他一生的福氣就是遇到了大姊，他的夢想就是規規矩矩做安樂侯府的少爺，大了後，由爺爺、大哥、大嫂給他說上一門好親事，如果能把荷花姊姊說給他就最好了，但是荷花姊姊年底就要嫁給周少爺的管事——福生哥哥，大嫂與大姊現在給荷花姊姊備嫁妝。真是的，福生哥哥不就是比他年歲大些、個頭高些、長得壯些嗎？

大姊每每回到京城時，就拿著發爛生黴的瓜搗鼓著，沒承想她是要做藥。要不是無意中知道大姊竟然不知道怎麼提取藥物精華，估計大姊還得這樣搗鼓幾年。大姊真笨，還一品醫仙呢！

當初那個天玄老道撿他回來，他就一直幫著天玄老兒幹這事。是很麻煩，當初為了做這些事，沒少挨打，現在卻是覺得真好，原來在天玄老兒身邊的兩年也沒白待，說實話，還得謝謝天玄老兒呢。要不，他怎麼能做上安樂侯府的少爺，做上寧王的小舅子，還能幫大姊做新藥？

只是他開始時有些茫然。不就是提取所要的精華嗎？大姊卻說起萬物相生相剋、無菌培養什麼的，說了足足半個多時辰。

真複雜，不就是同煉丹爐提取精華一樣嗎？有的用火煉、有的用物養，保持溫度不變化，爐裡要乾淨，不能摻進看不見的濁物，蓋子要密封等等，多簡單的事情，非得說得那麼複雜。

第一回藥成後，大姊去了西北，曾姊姊偷偷給他一個死囚犯試藥，割傷腿，讓傷口潰爛後再把藥用針筒打到他胳膊上，有效果就是成功了，沒效果再試，死了就再送一個過來。這些人都是樂意的，因為太醫院外院給他的家屬二十兩銀子。

但是曾姊姊說不能讓大姊知道，不然大姊肯定不依。

試了多次，終於成功了。大姊對著試藥成功的兔子哭了。

曾姊姊說得對，可不能讓大姊知道這藥是在死囚身上試成功的。

桃村，林老爺子與鄭老和方老一起打牌。除了重陽節、中秋節與過大年時會去京城住一陣子，林老爺子其他時間仍是待在桃村。

林老爺子摸著牌驚喜笑道：「哈哈，我又贏了一把！快交錢、交錢！」

鄭老與方老看了看牌面。「讓你的，老林頭。」便呵呵笑，各自掏出一兩碎銀。

林老爺子拿過銀子樂得不行。「今天手氣真是太好了，真不容易啊，以前從來贏不了你們兩個老頭，晚上買肉吃，我唱戲給你們聽。」

鄭老笑道：「老林頭，要不是你從京城回前，觀了長清妹子的大婚之禮，沾上了董娘子與銀影新婚夫妻的喜氣，怕還沒這般好的手氣呢！」

林老爺子樂道：「可不是呢。下回進京時，又可以觀安風與梅子的婚禮了，再沾沾喜氣。這手氣好打牌啊，實在是痛快。」

方老頭撇嘴說道：「這老林頭，難得贏幾兩銀子就樂成這樣。」

林老爺子臉笑成了菊花。能不樂嗎？現在日子過得這麼美，這麼順，也唯有在牌桌上才能再次體會激動與跌宕起伏的心情。

如今，他的寧丫頭與六王爺夫妻恩愛如蜜裡調油，長孫林家棟與方老頭的兒子方大人在京城正式任職，多少官夫人、貴夫人爭相巴結著月兒，指著月兒能在家棟枕邊美言幾句。

月兒是個聰明的，只一門心思撲在三千總堂的事務中，與周太妃，太傅夫人、胡夫人、長敬公主打得火熱，這孫媳婦真是不錯，當初一舉得男，讓他抱了重孫，第二胎又生了個女娃，讓他抱了重孫女。

小寶與狗兒還有二牛跟著盧先生遊歷去了，娃娃大了，得多長些見識，以後他們幾個都是要考科舉做官的。

香丫頭與狗兒的親事訂下了，狗兒科舉後，就給兩人完婚。

寧丫頭說家福做藥是天才，可他倒覺得耗子最是天才，這小小年歲，字還沒認全，便一邊讀書，一邊拿著算盤，把桃村糧食作物的種子與棉花種子賣到全國各地，又把新藥賣給太醫院，還拿到了兵部供奉，為安樂侯府帶來了源源財富。這些事都是沒有讓寧丫頭相幫一點的，愣是給他一個孩子做下這麼大的生意。

耗子成了京城最會賺錢的小少爺，家福成了京城身價最高的小少爺，上門給這兩人說親者眾多，他和月兒交代了，耗子是客居少爺，親事一定要把好關。

人年歲大了就是不愛動，桃村比京城好多了，青山上，寧丫頭發現了一處溫泉，修出了一條山路，在那蓋了幾棟石屋，裡面每間屋子都有溫泉池，他就有自己專屬的屋子，幾個老頭沒事就和他一起在屋裡泡著。他的池子的水是摻了山泉的，溫度不燙，最是適合他們這種老頭泡了。

他們幾個老頭，越泡是越年輕了。

只有鐵頭與雞毛，被安雨帶去軍營了。好好的去軍營作甚？他們做小兵嘍囉，不像丫頭與六王爺的身分，在軍營也能吃好住好，有人伺候的。

這兩小子風吹日曬，吃不好睡不好，還有風險，真是讓人憂心。

不過，總算有一樁煩心事了。

四年後。

青山上，一處石頭屋前，門楣上一塊石牌刻著：寧境。

石屋不遠處，花朵盛開，草兒綠茵，樹木林立，果子芬芳。

望仔與火兒興奮的吱叫與大、小白歡快的嚎叫，時時從林中傳出。

寧王在室外的一座池裡泡著溫泉，林小寧坐在岸上的石頭上，雙腿泡在溫泉水裡。

寧王說道：「西南終於收復了，要不是因為西北的礦，我早就收拾他們了。沒想到西北那次意外，竟是因為老二把老五送去給夏國血祭，想壞我的天命之星，哪知道有妳這個福星？唉，這狗東西老二，真是喪心病狂了。」

「是啊。」

這時，一個三歲左右的男孩從屋裡跑出來，撲到水中，寧王手穩穩地一把抱住，男孩子樂得格格笑。他調皮拍著水面，撩起一朵朵的水花，格格地笑著。「爹爹，娘親，你們看我拍出的水花……」

「看到了，沖兒真厲害。」寧王看著男孩滿臉溫柔地說道。
「娘親，妳也拍。」
「好，娘親拍。」林小寧雙腿在溫泉裡攪晃著。
「娘親沒有我拍得高。」男孩奶聲奶氣地笑了。
「當然，我的沖兒最厲害了。」林小寧滿臉自豪。
「爹爹、娘親，這池子的水好燙啊，我去屋裡和太公公泡去，那個池子不燙。」
「來，我的沖兒。」寧王口中誇張地「嗨」了一聲，把男孩舉上岸。
男孩快樂笑著。
一個婢女上前抱住，拿著大帕子把男孩包了起來。
「我自己去找太公公和鄭太爺爺他們。」男孩奶聲地格格笑著，披著大帕子往一側小跑而去。婢女緊跟在後面溫聲哄著：「世子，小心些，慢些。」
林小寧扭頭看到男孩的背影消失在門內，才滿足地嘆了一口氣，回過頭便沒好氣地道：「你不要泡太久，差不多就行了。欺負我現在不能泡呢！」
寧王的臉被溫泉水蒸得紅紅的，伸出手捏著林小寧的腳。「等兩個月，胎象穩了就能一起泡了。」
林小寧摸著腹部。「你說，這胎是男還是女？」
「男孩。」寧王的手時輕時重地捏著林小寧的腳，頭也不抬說道。

「你就喜歡兒子，和鎮國將軍一樣。」林小寧嗔道。

「人家老將軍想兒子想一輩子，又只生了一個兒子，當然只能疼那個兒子啊。」

「你就是喜歡兒子，不喜歡女兒。」

「我喜歡女兒，我們的女兒生出來，一定像妳這樣漂亮，所以上面得有兩個哥哥愛護著。所以，我們下次生個女兒，好不好？」

「嗯，也好。」林小寧甜蜜笑道。

「西北那次，妳救我之前，我作過一個夢。」寧王的聲音染上了溫泉的氤氳之氣。

「嗯。」

「夢裡，我就是在這裡泡著溫泉。」

「嗯。」

「我那會兒身上很冷，滾燙的溫泉也沒能讓我暖起來。那時，我好像好老了。」寧王柔聲說道。

「那我也一樣老了。」林小寧輕聲道。

寧王嘆息。「夢裡妳也是這麼說的，還讓我叫妳老太婆。」

「那你叫了沒？」

「沒叫，因為妳的臉同現在一樣年輕。」

林小寧便想起了自己去西北路上作的那個夢，輕輕地笑了。

古代混飯難

全套二冊

執手偕老，共嚐酸甜苦辣／花溪

以為她死了，他滅了害死她的鄰國給她陪葬；
聽說她還活著，幾年來他奔波各地打聽她的下落。
如果能找到她，這一生，他絕不負她，換他待她好……

一覺醒來，沈曦發現自己莫名其妙地回到了古代，
她合理懷疑，自個兒八成是睡夢中心臟病發，一命嗚呼了，
好吧，情況再糟也不過就是如此，既來之則安之吧！
……嗯？且慢，眼前這破敗不堪的房子，莫非是她現今的家？
那麼，炕上那又瞎又聾又啞的男人，該不會是她的丈夫吧？!
要死了，她從小生活優渥，是隻不事生產的上流米蟲耶，
想在古代混口飯吃都有難度了，還得養男人，這還讓不讓人活啊？
幸好她能力強，好不容易搞定大小事，沒想到瞎子竟被人殺了？!
一直以為他只是生活上的陪伴，此刻她才發覺自己錯得離譜，
她心痛到只想就這麼隨他而去，不料竟被診出懷有身孕！
產下一子後，她努力地攢錢，想給孩子不一樣的人生，
怎知一顆心歸於平靜後，瞎子竟又出現了，而且還不瞎不聾不啞！
原來他叫霍中溪，在這中嶽國裡，是地位凌駕於帝王之上的劍神，
之前是因為遭人伏擊，身受重傷，又被她的前身下毒才會失明的。
見他隨隨便便就拿出三千萬兩的「零花錢」，她整個人心花花啊～～

逗趣而深情，歡笑又動人／油燈

貴妻

全套五冊

凡璞藏玉，其價無幾

他是慧眼識妻，一眼定終生；
她是曖曖內含光，只給有緣人欣賞；
她的好既然只有他知道，那娶了當然不放嘍……

文創風 181 1

莫拾娘賣身葬父入林府，雖然只是個二等丫鬟，
卻能讀書識字，畫得一手好畫，機靈又心思剔透，
偏偏她有萬般好，就是臉上有個嚇人的胎記，
但美人兒可是林家少爺的心頭好，怎能忍受這樣的醜丫鬟？
這齣「丫鬟鬥少爺」的戲碼一旦展開，是誰輸誰贏……

文創風 182 2

林家小姐已與董家公子訂親，卻和表哥暗通款曲，
林太太一氣之下，竟說出要從丫鬟之中挑選一個認作義女，代小姐出嫁！
拾娘本以為這把火不會燒到身上，誰知那董家公子死心塌地求娶，
更說自己是「有幸」娶她為妻！少爺不想她離家，公子忙著說服她成親，
這下在演哪一齣？她這丫鬟竟然成了香餑餑？

文創風 183 3

婚後的日子不如她想像的拘束，受人照顧的滋味也挺好的，
但不代表董家一片祥和，因為自視清高的婆婆瞧不上丫鬟出身的她，
小姑又是個沒規沒矩的丫頭，族裡一向冷落他們六房，
雖然嫁了個好丈夫，當起少奶奶，可管好這一家又是一門大學問！
更頭大的是枕邊的丈夫比管家做生意還擾人，擾得她心亂如麻啊……

文創風 184 4

董禎毅苦讀有成，在京城一舉成名，連王公貴族也慕名結識，
如此揚眉吐氣的時刻，拾娘本是開心不已，
可京城竟有「榜下求親」之風氣，而她的完美相公也中招！
婆婆和小姑乘機推波助瀾，要串聯狐狸精逼她這正妻下堂，
她的「家庭保衛戰」就此開始，狐狸精等著接招吧……

文創風 185 5 完

醴陵王妃意外得知拾娘身上有故人之物，便急著要見她；
拾娘依約進了王府，塵封的記憶卻忽然湧上心頭——
難道她和醴陵王府有什麼關係？養育她的義父又是何人？
多年來圍繞著拾娘的迷霧漸漸清晰，但這時，董夫人執意要兒子休妻，
婆媳之戰也因此在她找回身分的時刻越演越烈……

文創
風
207

醫仙地主婆 5 完

國家圖書館出版品預行編目資料

醫仙地主婆 / 月色如華著. --
初版. -- 臺北市 : 狗屋, 民103.07
冊 ; 公分. --（文創風）
ISBN 978-986-328-326-3（第5冊 : 平裝）. --

857.7　　103011247

著作者　月色如華
編輯　張蕙芸
校對　林俐君　李文宜
發行所　狗屋出版社有限公司
地址　台北市104中山區龍江路71巷15號1樓
電話　02-2776-5889～0
發行字號　局版台業字845號
法律顧問　蕭雄淋律師
總經銷　知遠文化事業有限公司
電話　02-2664-8800
初版　103年7月
國際書碼　ISBN-13　978-986-328-326-3
原著書名　**《贵女种田记》**，由起點女生網（www.qdmm.com）授權出版

定價250元
狗屋劃撥帳號：19001626
網址：love.doghouse.com.tw　E-mail：love@doghouse.com.tw